멜론은 어쩌다

멜론은 어쩌다

아밀 소설집

차례

나의 레즈비언 뱀파이어 친구 ___ 7

어느 부치의 섹스 로봇 사용기 ___ 43

아이돌 하려고 태어난 애 ___ 79

노 어덜트 헤븐 ___ 109

성별을 뛰어넘은 사랑 ___ 149

넘을 수 없는 사차원의 벽 ___ 177

인형 눈알 붙이기 ___ 211

야간 산책 ___ 249

작가의 말 ___ 327

나의 레즈비언

뱀파이어

친구

기영의 인생에서 미나는 유일한 레즈비언 친구였다. 유일한 뱀파이어 친구이기도 했다. 두 가지 다 친구로서는 비범한 요소이겠지만, 굳이 따지자면 기영에게는 전자를 받아들이는 과정이 더 어려웠다.

중학교 시절 단짝이었던 미나는 기영에게 커밍아웃과 동시에 사랑 고백을 했다. 라일락이 짙은 향기를 내뿜던 5월의 어느 날이었다. 하굣길 담장 앞에서 미나는 기영을 붙잡고 불쑥 말했다. 나 실은……. 이제 와 돌이켜보면 그때 미나의 얼굴에 서려 있던 감정은 두려움보다도 자포자기였던 것 같다. 받아들여지지 않을 줄 뻔히 알지만 그럼에도 고백하지 않을 수 없는 사람이 짓는 표정. 왜 그래야만 했을까? 기영은 지금까지도 이해가 잘 되지 않았다. 어쨌든 그때까지 미나가 자신과 꼭 붙어 다니고, 좋아하는 음악을 녹음한 믹스 테이프를 선물하고, 아침마다 집 앞으로 데리러 오고, 공중전화에서 가진 돈을 다 털어버릴 때까지 긴 통화를 하고, 길 안쪽으로 걷게 하고, 가끔 지나치게 힘껏 손을 잡던 것이, 그 모든 것이 무슨 의미였는지를 뒤늦게 깨달은 기영은 충격을 받았다. 새삼스러운 충격이었을 수도 있다. 그동안 미나와의 사이에서 낭만적인 긴장을 느끼지 않았다고 한다면 거짓말이었다. 느꼈을 뿐만 아니라 즐겼다. 더 나아가 소중히 여겼다. 미나는 기영이 평생 만난 어떤 사람보다 자신에게 잘해주었고, 기영은 그런 사람의 애정을 함부로 대할 만큼 여유롭지도, 염치없지도 않았다. 비록 의미는 다르더라도 기영 역시 미나 못지않게 그와의 관계를 아꼈다. 다만 그것이 우정이라고 믿었을 뿐이다. 남자애들과의 시시한 연애 따위는 넘볼 수 없는 차원의 우정이라고. 어떤 숭고한, 성스러운, 형이상학적인 무언가라고. 그런 기영에게 미나가 "너에게 연애 감정을 느껴"라고 했을 때 기영은 자신의 우정이 형이하학적인 차원으로 추락당한 기분이 들었다.

"어떻게 그런 말을 할 수가 있어?"

기영은 진심으로 화가 나서 물었다. 미나가 뭐라고 대답했는지는 기억나지 않았다.

어쨌든 둘은 이후로도 친구로 지냈다. 서로를 잃고 싶지 않았던 것은 피차 마찬가지였으므로. 하지만 당연하게도 전과 같은 관계일 수는 없었고 둘은 어느 쪽이 무슨 잘못을 했는지 모르게 혼란스러운 상처를 주고받았다. 기영은 친구와 애인을 구분할 선을 긋기 위해 전보다 적극적으로 남자친구를 사귀고 다녔고, 남자친구들 이야기를 미나에게 일부러 많이 했다. 미나는 아무렇지도 않은 양 그 이야기를 들어주는 듯싶다가도 더는 못 견디겠다 싶으면 훌쩍 기영의 곁을 떠났다—이때쯤 둘은 각각 다른 고등학교에 진학했기에 기영은 무턱대고 쉬는 시간에 미나의 반에 쳐들어갈 수 없었다. 미나가 삐삐도 무시하고, 전화도 안 받고, 집에 찾아가도 "미나 친구 만나러 나갔는데"라는 그 애 할머니 대답만 돌아오는 시기가 짧으면 며칠, 길면 일주일씩 이어졌고 그럴 때면 기영은 세상에 혼자 내팽개쳐진 듯했다. 외롭기에 앞서서 어이가 없었고 어이없음이 잦아들 때쯤부터는 불안했다. 미나는 예쁘장한 이름이 어울리지 않게도 쿨한 소년 같은 아이였고 무슨 일에든 담담한 태도를 취했지만, 그건 사실 자기 감정을 피하는 습관에서 비롯된 제스처에 지나지 않음을 기영은 알고 있었다. 미나는 매번 돌아오기는 했다. 긴 잠적 끝에 무슨 일이 있었냐는 듯 태연하게. 기영의 아파트 앞 놀이터에서 '이프로 부족할 때' 복숭아 맛을 마시며 그네를 타는 미나를 발견하면 기영은 버럭 소리를 지르며 화를 냈지만 내심으로는 안도했다. 이번에는 정말로 돌아오지 않을지도 모른다고 생각했기 때문이다. 미나는 언제 사라져도 이상하지 않을 아이였다. 다른 아이들이 집착하는 성적이나 진로나 연예인이나 패션 같은 것에 무관심했고, 방과 후에는 학원이 아니라 오락실에서 시간을 보냈고, 가족이라고는 할머니밖에 없었다. 미나를 이 세계에 붙들어주는 끈은 몇 없었고 그나마도 너무 가늘어 보였다. 그 끈 중 하나는 분명 기영이었지만, 기영에 대한 미나의 애정은 '연애 감정'이 아닌가. 더구나 여자끼리의 연애 감정. 기영이 보기에 그것은 기껏 한 달 사귀다 깨지는 수많은 교내 이성 커플들의 감정보다도 모호하고 근거 없어 보였다.

미나의 사랑은 식을 것이다. 그러면 미나가 수많은 것에 대해 그러듯 나에게도 심드렁해질 것이다……. 기영은 그렇게 되새기며 실망하지 않을 마음의 준비를 했다.

그렇기에 미나가 대학에 입학한 지 얼마 안 돼 휴학을 하고 반년을 내리 잠적한 끝에 다시 나타났을 때, 기영은 미나가 뱀파이어가 되었다는 사실보다도 여전히 자신을 좋아한다는 것에 놀랐다.

"나, 이제 사람 피만 먹고 살아야 해. 그리고 낮에는 밖에 못 다녀. 그래도 나랑 친구 해줄 수 있어?"

기영은 또 어이가 없었다.

"어떻게 그런 말을 할 수가 있어?"

시간이 흘렀다. 기영은 서울 중위권 대학을 준수한 학점으로 졸업했다. 그동안 두 명의 남자친구를 사귀었다가 헤어졌다. 광고 대행사에 취직하고 몇 차례 이직하는 사이에 네 명의 남자친구를 사귀었다. 그중 한 명과 진지하게 결혼을 준비하다가 예비 시댁과의 갈등으로 헤어졌다. 이대로 결혼을 못 하고 나이만 먹어가면 어쩌나 불안해하던 때 한석을 만났다. 집안에 돈도 있고, 전 남자친구와는 달리 어머니에게 쥐여살지도 않고, 장남도 아니고, 알코올 문제도 없고, 경제 관념도 있는 멀쩡한 공무원 남자였다. 둘은 한석의 집안 식구들이 다니는 교회에서 식을 올렸다. 교회 청년부 사람들이 축가를 불러줬다. 신혼여행은 발리로 다녀왔다. 한석의 전셋집에서 살림을 차렸다가 서울에 번듯한 신축 아파트 한 채를 분양받았다. 기영은 주중에는 회사에 다니고 주말에는 한석과 같이 교회에 나갔다. 아이는 아직 없었다. 부부 싸움을 종종, 아니 자주 했지만 그래도 이만하면 남부끄럽지 않은 삶을 살고 있다 싶었다.

그러는 내내 미나와는 친구로 지냈다.

가끔 기영은 자신에게 미나 같은 친구가 있다는 것이 믿기지 않았다. 어느 누구에게도 미나에 대해 말한 적 없었다. 내 친구 중에 레즈비언이 있어, 라고도 말한 적 없고 내 친구 중에 뱀파이어가 있어, 라고도 말한 적 없었다. 뱀파이어 권리 운동 단체의 시위 장면이 뉴스에 나오는 걸 보며 한석이 혀를 차도 기영은 복잡한 심정으로 침묵을 지켰다. 창피해서는 아니었다. 비밀로 지켜야 한다는 의무감 때문만도 아니었다. 자신에게 미나가 어떤 친구인지 설명하기가 어려웠기 때문이다. 미나는…… 어떤 존재인가? 돌이켜보면 어린 시절부터 늘 오리무중이었다.

한 가지 확실한 것은 기영이 미나에게서 느끼는 위안이었다. 미나는 만날 때마다 똑같았다. 여전히 기영을 좋아했다. 여전히 기영에게 잘해주었다. 한석보다도 더, 기영이 만난 그 어떤 남자보다도 더. 기영이 착실히 나이를 먹어가며 피부가 처지고 새치가 돋고 눈 밑에 기미가 끼는 동안, 미나는 소년인지 소녀인지 모를 차갑고 말랑말랑한 살결의 스무살 쇼트커트 청년으로 남아 있었다. 유행이 변하고 변하다 한 바퀴 돌아오는 동안 미나는 늘 똑같은 검은색 배기팬츠에 검은색 티셔츠를 입었다. 더는 믹스 테이프를 만들지는 않았지만 좋아하는 음악을 넣은 낡은 MP3 플레이어를 들고 다녔고, 자기가 태어날 때 데뷔했던 밴드의 신보가 나왔다며 기영에게 이메일로 음악을 보내주기도 했다. 기영은 이어폰으로 음악을 들으며 베란다 창문을 열고 밤공기를 들이마셨다. 그러다 어둠 속에서 라일락 향기가 바람에 훅 실려 오면 불현듯 기영의 눈에 보이는 세상만이—이 아파트가, 이 서울이, 이 결혼 생활이—전부는 아니라는 생각이 들면서 작고 귀중한 새 한 마리를 안은 듯 애틋한 행복을 느꼈다. 너무 애써왔다는 생각이 들었다. 남부끄럽지 않은 것을 손에 쥐기 위해 기진맥진하도록 노력해왔는데 그 노력을 아무도 알아주지 않았다. 억지로 웃고 진심을 숨기고 욕구를 눌러야 했던 수많은 순간들. 오직 미나만이 그 과정을 알고 있었다.

    미나는 변하지 않을 것이다. 점차 그런 생각이 들었다. 여전히 미나는 며칠에서 몇 주, 몇 달까지도 종적을 감추는 나쁜 버릇이 있었지만 기영은 어련히 돌아오겠거니 하고 기다리는 법을 배워갔다. 뱀파이어가 된 미나는 인간이었을 때보다 더 거취가 불안정했지만 그럼에도 언제나 기영의 친구로 남아 있을 것 같았다. 이십 년 동안 기영의 친구였으니까. 죽어서도 친구였으니까.

    그렇게 믿음을 굳히던 어느 날, 미나가 뜻밖의 말을 했다.

    "나, 곧 런던으로 떠나."

    토요일 밤이었다. 기영은 한석에게 동창 친구를 만난다고 거짓말 아닌 거짓말을 하고 미나의 원룸에 놀러 온 참이었다. 보통 기영이 놀러 오면 미나는 현관에서부터 기영을 안아주었다. 자신은 먹지도 못하는 음식을 만들어주고 음식에 어울리는 술을 내주었다. 음악을 틀어주고 기영의 수다를 들어주었다. 그리고 기영의 피를 먹었다. 그게 정해진 순서였다. 그런데 오늘은 달랐다. 기영을 소파에 앉히고 그 앞에 마주 앉더니 화난 것처럼 보이는 굳은 얼굴로 다짜고짜 "나, 곧 런던으로 떠나"라고 말했다.

    "그래?"

미나는 어딘가로 떠나면서 행선지를 미리 말한 적이 한 번도 없었다. 미나답지 않은 말에 기영은 긴장했지만 애써 아무렇지 않은 척 되물었다.

"이번에는 멀리 가네? 언제 돌아오는데?"

미나는 기영을 잠시 바라보더니 고개를 모로 돌렸다.

"모르겠어. 길면 몇 년……."

미나는 말을 흐렸다가 마음을 굳힌 듯 다시 기영을 마주 보았다.

"아예 안 돌아올 수도 있어."

기영은 자신의 귀를 의심했다.

"뭐? 왜?"

미나는 설명을 했다. 자신을 뱀파이어로 만든 사람이―미나는 그를 '대모'라고 했다―런던에 살고 있는데, 미나에게 이제 그만 자기 곁으로 와서 자리를 잡으라 했다고. 미나의 대모는 첼시에 커다란 이층집을 가진 미술품 컬렉터로, 미나에게 자기 소장품을 관리하는 일을 맡기려 한다고 했다. 그곳에는 대모의 친구 뱀파이어들이 있고, 그들이 운영하는 아지트가 있고, 미나와 같은 신참 뱀파이어들―뱀파이어가 된 지 십 년이 넘었는데도 그 세계에서는 여전히 신참이라 했다―의 모임이 있고, 위급 상황에 서로를 돕는 대응 체계가 있었다. 한마디로 말해, 그곳에는 미나의 가족과 친지 들이 있었다. 게다가 영국은 한국보다 뱀파이어 복지 시스템이 잘 갖춰져 있었다. 국가에서 뱀파이어에게 지급하는 혈액도 있었다. 기본 지급 혈액만으로도 근근이 먹고살 수 있을 정도였다. "뱀파이어를 둘러싼 사회 문제는 모두 그들이 음지에서 인간을 사냥하는 방식으로 생존을 도모하기 때문에 벌어진다. 뱀파이어가 공적으로 투명하게 식량을 공급받을 수 있으면 인간도 뱀파이어도 안전해진다." 뱀파이어 권리 운동가들이 끊임없이 부르짖고 유럽의 많은 국가가 채택하는 모토였다.

"대모가 런던에 있다고? 처음 듣는 얘기인데."

"물어본 적 없잖아."

"……"

기영은 항변하려다가 기억을 돌이켜보았다. 물어본 적 없긴 했다. 그냥 미나는 혼자 사는 게 당연해 보였다. 서울에 아는 뱀파이어가 몇 없다던 말이 기억났다. 그게 서울에는 미나의 가족이 없다는 뜻인 줄은 몰랐다.

"하지만 왜 이제 와서? 여태까지 널 여기서 혼자 지내게 놔뒀으면서."

기영은 얼굴도 모르는 미나의 대모에게 화가 났다.

"내가 혼자였는 줄은 아는구나."

미나가 쓴웃음을 짓더니 작은 목소리로 덧붙였다.

"난 이제 혼자인 게 지겨워."

기영은 멍하니 미나를 쳐다보았다. 미나는 기영의 눈을

피하고 있었다. 시계 초침 소리만이 둘 사이의 허공을 메웠다. 기영은 미나의 말이 무슨 뜻인지 서서히 깨달았다. 미나는 자기 의지로 기영을 떠나겠다고 말하고 있었다. 즉 헤어지자는 뜻이었다.

"너 되게 웃긴다."

기영은 어렸을 때처럼 버럭버럭 고함 지르지 않으려고, 어른답게 말하려고 애써 목소리를 낮췄다.

"네가 뱀파이어가 되어서 외로운 걸, 네가 원해서 서울에 남아 있었던 걸 내 탓을 하는 거야?"

"그런 뜻이 아니잖아."

"뭐가 그런 뜻이 아니야. '내가 혼자였는 줄은 아는구나.' 그게 날 책망하는 게 아니면 뭔데. 언제 내가 널 외롭게 했니? 난 여태까지 너한테 안부 연락 한 번 쉰 적 없어. 아무리 바빠도 너 만날 시간은 꼭 냈어. 경쟁 피티 준비로 밤새워가면서 예식장 고르느라 한석 오빠하고 울고 불며 싸우는 와중에도 네 생일 선물은 챙겼어. 근데 넌 뭐야? 내 결혼식 때 코빼기도 안 비쳤지. 너 때문에 일부러 저녁으로 잡았는데도……."

"알았어. 그만해."

미나가 말했다. 미나의 목소리는 낮고 부드러우면서도 이상할 만큼 넓게 퍼졌다.

"너 책망하는 거 아니야. 네가 나한테 잘못해서 안 보겠다는 말이 아니야. 너에 대한 내 감정을 더는 못 감당하겠어. 그래서 그래."

미나의 태도는 늘 그렇듯 담담했다. 인간이었을 때의 성격에 더해, 인간이 아닌 존재가 가질 법한 탈속적인 초연함까지 있었다. 기영은 그게 꼴 보기 싫었다. 미웠다. 이제껏 수없이 기영을 혼자 남겨두었으면서 감히 혼자를 말하는 미나가. 기영은 노력했다. 미나를 서운하게 하지 않으려고 끊임없이 눈치를 봤다. 보통 사람들과 생활 주기도, 습관도, 가치관도, 그 모든 것이 달라도 너무 다른 미나와 멀어지지 않으려고 안간힘을 썼다. 그만큼 미나도 관계를 유지하려고 노력해야 하는 거 아닌가. 조금만 불편하면 피하고, 멋대로 돌아오고, 이제는 영영 도망치겠다니.

"네 감정? 뭐, 나를 사랑한다고 말하고 싶은 거야?"

미나가 눈을 동그랗게 떴다. 기영은 짐짓 헛웃음을 흘렸다.

"너, 내 피 먹잖아. 오늘도 내 피 먹을 생각으로 종일 기다렸잖아?"

"……."

"나 아니었으면 맨날 어플이나 술집 같은 데서 힘들게 사람 꼬드기며 사냥하고 다녀야 하겠지. 나처럼 손쉽게 잡아먹을 수 있는 외양간 속 송아지가 어딨겠어. 근데 이제 네 대모가 너한테 송아지 백 마리가 들어찬 대형 외양간을 제공할 테니 오라고 했다 이거 아냐. 그러니까 내가 필요 없어진 거 아니냐고."

미나의 표정이 흔들렸다. 뱀파이어도 울 수 있다면 지금쯤 눈시울이 젖었을 것이다. 기영은 그만하고 싶었다. 그런데 멈출 수 없었다.

"자, 먹어. 친구가 떠난다는데 송아지 노릇쯤 얼마든지 해줄 수 있지."

기영은 옷깃을 열어 목덜미를 내보였다. 미나의 눈길이 기영의 목으로 옮겨갔다. 기영은 목을 꼿꼿이 세웠다.

침묵이 흘렀다. 미나는 무슨 생각을 하는지 알 수 없는 눈으로 기영의 목만 보고 있었다. 기영은 자신이 한 말을 돌이켜 생각했다. 어떻게 그런 말을 할 수 있었는지 스스로도 놀라웠다. 미나는 한 번도 기영을 손쉬운 먹잇감처럼 대한 적 없었다. 늘 기영의 의사를 먼저 물었고, 다치지 않게끔 조심조심 다뤘고, 위생에도 신경 썼다. 잇자국이 남지 않게 해주는 연고도 꼬박꼬박 발라줬다. 기영 역시 희생양이 된다는 마음가짐으로 이 원룸에 걸어 들어온 적 없었다. 소중한 사람에게 헌혈한다는 정도의 생각이었을 뿐. 그러나 아무리 상호 선의로 접근해도 둘의 관계는 본질적으로 그런 것이리라. 먹는 자와 먹히는 자.

그래서일 것이다. 미나의 앞에 목을 내놓을 때마다 느껴지는 기묘한 긴장감은.

미나가 기영의 옆으로 다가왔다. 기영은 움츠러들지 않

으려 애쓰며 미나를 노려보았다. 미나는 기영에게 몸을 붙이고 앉아 한 손으로 턱을 살며시 쥐었다. 싸늘한 한기가 살갗으로 전해졌다. 푸르게할 만큼 창백한 미나의 얼굴이, 곧추선 얼음 조각 같은 코끝이 기영의 코에 닿을 듯했다. 미나와 아무리 가까이 있어도 숨결이 느껴지지 않는다는 것이 못내 이상했다. 숨을 쉬지 않고, 의식하지 않으면 눈도 깜빡이지 않고, 음식을 소화하지도 않기에 미나는 움직이고 있을 때조차도 정적이었다. 기영은 자기도 모르게 숨을 참았다.

"네가 정말 친구야?"

미나가 낮게 속삭였다. 기영의 심장이 빠르게 뛰었다.

"아니면 내가 여기 내 발로 오겠냐?"

미나가 입꼬리만 올려 웃었다.

"그래? 정말로? 네가 자꾸 여기 오는 이유가 그걸까?"

"무슨……."

"너는 이상한 데서 둔감해. 그리고 지독하게 이기적이지."

미나의 입에서 나온 날 선 비난에 기영은 흠칫했다. 미나가 기영의 턱을 젖히더니 목덜미에 입을 가져갔다. 다른 쪽 팔로는 기영의 허리를 감았다. 그다지 힘이 들어가지 않은 손길인데도 기영은 꼼짝할 수 없었다.

"잘 생각해봐. 너야말로 나를 이용하고 있지는 않은지."

목에 닿은 미나의 입술이 달싹였다. 고양이처럼 까끌한 혀와 메마른 앞니 끝이 피부를 훑었다. 기영은 미나의 말이 잘 들리지 않았다. 먹먹한 귀에 자신의 맥동이 요란하게 울렸고 온몸의 신경이 목에 쏠렸다. 빨리 이 순간이 지나가기를 바라는 마음과 영원히 계속되기를 바라는 마음이 동시에 고개를 들었다.

예리한 송곳니가 살갗에 닿는 감촉이 느껴진다 싶더니, 조그맣게 무언가가 톡 터지는 듯한 소리와 함께 무지근한 통증이 느껴졌다. 아픔은 금세 잦아들고 몸이 달아오르면서 숨이 가빠졌다. 쩝쩝거리고 쭙쭙거리는 소리가 폭발음처럼 머리를 두들겼다. 미끌미끌한 얼음으로 된 절벽을 걷는 듯, 한 발짝만 더 내디디면 굴러떨어질 듯한 느낌에 기영은 미나의 목을 두 팔로 당겨 안았다.

"잘 생각해봐……"라는 미나의 목소리가 아주 먼 데서 들려오는 듯했다. 기영은 생각해봤다. 생각나는 것이라고는 "좋아"라는 한 단어뿐이었다.

좋다니, 뭐가?

다음 날 기영은 미나와 나눈 대화를, 그리고 무엇보다도 흡혈의 순간 자신이 떠올린 생각을 곱씹었다. 좋아. 보드 마커로 써 붙인 것처럼 굵고 명확하게 머릿속에 적힌 한마디를 기영은 지울 수 없었다. 한석과 예배당에 나란히 앉아 설교를 듣는 중에도, 예배가 끝나고 성경 모임을 하는 중에도, 근처 곰탕집에서 시어머니와 함께 점심을 먹는 중에도 기영은 어제의 기억에 파묻혀 있었다.

　미나에게 흡혈될 때마다 기영은 몸이 뜨거워지고 호흡이 거칠어지고 심장 박동이 빨라졌다. 이제까지 기영은 그것이 흡혈에 대한 본능적인 불편 때문이라고 생각했다. 타인에게 자신의 가장 연약한 부위를 내맡기는 것. 포식자에게 신체 일부를 내주는 것. 자신의 안전을 지키고자 하는 인간의 본능에서 벗어나는 행위이니 긴장하는 것이 당연했다. 미나의 집에 갈 때마다 기영은 또 그 거북스러운 감각을 거쳐야 하리라는 생각에 적잖이 부담되었지만 미나에게 솔직히 그렇게 말하지는 못했다. 미나를 신뢰하지 못한다는 뜻으로 받아들여질 것 같아서였다. 아니, 정말로 자신이 미나를 신뢰하지 못하는 것일까 봐 겁이 났다. 인터넷에 흔히 보이는 사람들처럼 뱀파이어를 괴물이라고 여기고 혐오하는 것일까 봐. 미나는 내 친구야. 나는 미나를 믿어. 미나에게 피를 주는 것은 아무렇지도 않아. 그렇게 스스로 다잡았다.

　그런데 '좋다'니.

　흡혈이 끝나자마자 기영은 화장실에 들어가 속옷을 확인했다. 젖어 있었다. 투명하고 끈끈한 액체로 얼룩진 천을 마주하고 너무 당황한 기영은 미나에게 더 화낼 생각도 못 하고 원룸을 나왔다.

　내가 쾌감과 불쾌감도 구분 못 하는 숙맥인가? 그럴 리 없어.

내가 미나에게 피를 빨리면서 꼴린다고? 절대 그럴 리 없어.

기영은 마음을 가득 채운 의구심을 떨쳐내려 안간힘을 썼다. 심지어 기도도 했다. 기영은 한석과 같은 모태 신자에 비해 게으르고 진정성 없는 신도였지만 심란한 일이 있거나 간절히 바라는 일이 있을 때는 하나님을 찾았다. 주님, 제가 쓸데없는 잡념에 사로잡히지 않고 예배에 집중할 수 있게 도와주세요.

하지만 주님의 역사는 오묘해서, 다음 날에도, 다다음 날에도 잡념은 걷히지 않았다. 오히려 연못 속 침전물처럼 마음속 깊은 곳에 가라앉아 쌓였다. 물이 조금만 일렁여도 흙먼지가 일었다.

월요일에 사무실에서 기영은 업무용 컴퓨터로 몰래 '흡혈쾌감'을 검색해보았다. 대번에 위키피디아 검색 결과가 떴다.

흡혈벽 vampiremania

뱀파이어에게 흡혈당하면서 성적 쾌감을 느끼는 증상. 이상 성욕에 해당하는 것으로 알려져 있으나 정신병리학적으로 공인된 개념은 아니다. 과거에는 일부 뱀파이어의 이에서 상대방을 흥분시키는 호르몬이 분비된다는 설이 있었으나 과학적으로 사실이 아닌 것으로 밝혀졌다. 정상적인 성관계에서 쾌락을 느끼지 못하는 경우가 많다. 원인으로는 뱀파이어를 에로틱한 존재로 묘사하는 다양한 고전 작품에서 영향을 받은 것이라는 문화적 요인이 거론된 다…….

한마디로 변태라는 얘기네.
하지만 항변하고 싶었다. 기영은 분명 정상적인 성관계에서 쾌락을 느꼈다. 비록 한석과는 섹스리스 커플이다시피 했지만 그건 불행히도 한석이 발기부전이기 때문이었다. 전 남자친구들과의 관계에서는 그럭저럭 건강한 섹스를 해왔다고 생각했다. 남자 쪽에서 이상한 체위를 요구하거나 이상한 걸 넣으려고 한 적은 있었지만, 기영이 이상한 행위를 원한 적은 없었다. 간혹 불감증으로 고민한다는 여자들 얘기를 들어봤지만 기영에게는 남의 일이었다. 가끔 자위도 했다. 남자 연예인들을 상상하면서. 주로 앳되고 해사한 남자 아이돌. 어렸을 때부터 기영은 소년 같은 남자들을 좋아했다.

그날 저녁 퇴근한 뒤 기영은 한석이 텔레비전을 보는 동안 샤워하면서 자위를 했다. 미나에게 흡혈당하는 상상을 하면서. 하지만 집중이 잘 되지 않았다. "너야말로 나를 이용하고 있지는 않은지" 생각해보라던 미나의 말이 떠올랐다. 미나를 딸감으로 쓰다니, 미안하고 면구스러웠다. 자신을 향한 미나의 오랜 애정을 조롱하는 것 같았다. 좀 웃기기도 했다. 미나가 이걸 알면 뭐라고 할까…….

"기영아, 괜찮아? 뭐 그렇게 오래 걸려?"

욕실 문밖에서 한석의 목소리가 들렸다. 기영은 "어, 괜찮아. 금방 나가"라고 답하고 주섬주섬 샤워 타월에 거품을 냈다.

머리를 말리고 나서 한석과 마주 앉아 캔맥주를 마시면서 기영은 미나에게 카톡을 보냈다.

- 야, 뭐 하냐?
- 그래서 너 정확히 언제 가는데?

맥주와 피스타치오를 다 먹고 이를 닦고 침대에 누워 인스타그램 피드를 끝까지 다 봤을 때까지도 카카오톡 대화창에는 1이 없어지지 않았다. 기영은 낮게 욕을 내뱉고 휴대전화를 내려놨다. 그러자 자는 줄 알았던 한석이 "왜 그래?"라고 물었다.

"몰라."

기영은 아무렇게나 대꾸했다. 한석이 너무 귀찮았다. 혼자 있고 싶었다. 혼자서 미나에게 전화를 걸고 싶었다. 혼자서 미나를 생각하고 싶었다. 혼자서 미나를 미워하고 싶었다.

다음 날 회사에서 기영은 혼자 있을 시간을 만들었다. 점심시간에 일거리가 있다고 핑계를 대고 사무실에 남았다. 샌드위치와 커피로 점심을 때우면서 중고 마켓 앱에 접속했다.

중고 마켓에는 중고품 거래 글뿐만 아니라 분실물을 찾는다거나 심부름을 해달라거나 배관 업체를 추천해달라거나 하는 글도 올라왔다. 그리고 인근에서 '수혈자授血者'를 구하는 뱀파이어들의 글도 꾸준히 올라왔다. 운영진 측에서는 그런 글을 발견 족족 삭제했지만, 굶주린 뱀파이어가 급하게 피를 구할 방법으로 중고 마켓만한 곳도 없었다. 돈이 궁한 청소년들이 이런 데서 피를 팔다가 건강을 해치거나 신변이 위험해지는 일이 생겨 논란이 됐지만 근본적인 대책이 나오지 않는 한 마켓을 통한 수혈자 구인은 끊이지 않을 터였다.

기영은 피드를 한없이 새로고침 하다가 "피 구합니다"라는 제목의 글이 올라오자마자 잽싸게 터치해서 내용을 확인했다.

오늘 저녁 피 주실 분 구해요. 여자끼리. 010-××××-××××.

여자 뱀파이어들이 동성 수혈자를 구하는 것은 흔한 일이었다. 흡혈은 모텔이나 룸카페, 공중화장실, 노래방 등 단둘만 있을 수 있는 공간에서 이루어지는 데다 밀접한 신체 접촉을 동반하니만큼, 성범죄나 약탈이나 폭행 등의 위험에서 스스로를 지키기 위한 방책이었다. 피를 팔고 싶어하는 인간 여자들 입장에서도 상대 뱀파이어가 여자여야 안심이 된다는 모양이었다. 그렇다고 여자끼리는 성범죄나 약탈이나 폭행이 안 일어나나? 기영은 의문스러웠지만 어쨌든 자신도 피를 빨리다면 남자보다는 여자에게 빨리고 싶긴 했다.

신분증에 나온 주민등록번호 앞자리를 사진으로 찍어서 메신저로 인증하고(상대방 생년을 보니 1932년생이었다) 전화 통화로 서로가 여자임을 확인했다. '카르밀라'라는 고전적인 닉네임을 쓰는 상대 뱀파이어는 졸음이 역력히 묻어나는 목소리로 "저녁 9시에 신촌 G모텔에서 봐요"라고 하고는 전화를 끊었다.

이렇게까지 해야 하나? 휴대전화를 내려놓고 식은 커피를 마시며 기영은 회의감에 잠겼다. 하지만 이렇게까지 하지 않으면 의구심에서 헤어날 수 없을 것 같았다. 자신이 과연 흡혈에서 쾌감을 느끼는지. 그렇지 않다는 것을 증명하고 싶었다. 미나의 비난은 사실이 아니라고. 자신은 미나를 성적인 대상으로 보지 않았다고. 결혼은 한석이랑 해놓고서 미나와 유사 성관계를 즐기고 다닌 그런 사람이 아니라고.

그런데 한편으로는, 만약 정말로 자신이 카르밀라의 흡혈에서 쾌감을 느낀다면 차라리 안심될 것 같기도 했다. 그렇다면 굳이 미나가 아니어도 상관없다는 뜻 아닌가. 앞으로 아무 뱀파이어나 만나면 되지.

떠날 테면 떠나라지.

퇴근하고 저녁을 든든히 먹은 뒤 신촌으로 향했다. 봄밤은 쌀쌀했고 고깃집에서 풍기는 기름 냄새가 골목마다 진동

했다. 기영은 모텔촌을 헤매는 커플들 사이를 걸으며 주머니에 든 휴대전화를 만지작거렸다. 막상 만나려고 하니 긴장이 됐다. 모든 뱀파이어가 미나 같지는 않을 터였다. 범죄자까지는 아니어도 매너가 없거나 난폭한 사람이면 어쩌나. 아니, 설마 그렇게 운이 나쁘지는 않겠지. 소설 《카르밀라》 속 주인공처럼 아름다운 여자일까. 아니면 오히려 전혀 다른 이미지일 수도 있을 것이다. 미나는 이걸 알면 뭐라고 할까.

기영은 충동적으로 미나에게 카톡을 보냈다.

— 나 지금 수혈 오프하러 간다.

그리고 휴대전화를 꺼버렸다.

약속된 호실에 도착해 노크하니 안에서 누군가가 걸어오는 소리가 들렸다. 기영은 어떤 뱀파이어가 나오더라도 놀라지 않을 마음의 준비를 했다. 그래서 문이 열리고 작고 통통한 체구에 동글동글한 얼굴의 오십대 여성 뱀파이어가 등장했을 때에도 놀라지 않았다.

"안녕하세요. 마켓 보고 연락한……."

"아 네, 엘리스 님 맞죠?"

카르밀라가 환하게 웃으며 기영을 맞았다. 순간 기영은 자신도 꽤나 낯간지러운 닉네임을 썼음을 깨닫고 멋쩍은 웃음을 흘렸다. 들어와요, 들어와. 카르밀라가 살갑게 손짓해 기영을 안으로 들이고 문을 닫았다.

 밥은 잘 먹고 왔겠죠? 요즘 애들은 다이어트니 뭐니 해서 영 비실비실해서 큰일이야. 어디 마음 놓고 먹을 수가 있어야 말이지. 거기 편하게 앉아요. 알코올 솜으로 목 닦고 있어. 흡혈 끝나고 나면 어지럽고 정신없을 수 있으니까 돈부터 챙기고. 자, 여기 봉투 받아요. 카르밀라가 수더분하게 늘어놓는 말을 들으며 기영은 긴장이 풀어지는 것을 느꼈다. 더불어 자신의 긴장한 표정을 알아보고 카르밀라가 일부러 분위기를 편하게 하려고 노력하고 있나 보다 싶었다. 하기야 1930년대에 태어났으면 못해도 사오십 년을 뱀파이어로 살아오며 수많은 인간을 대했을 테니 베테랑이 아닐 수 없으리라. 기영이 어떤 마음으로 여기 왔는지도 짐작했을지 몰랐다. 적어도 봉투를 받는 손길이 그리 절박하지 않은 데서 돈이 궁해서 수혈에 나선 건 아니라는 사실은 눈치챘을 듯했다.

 기영은 이 자리에서 성적 쾌감을 느낄지도 모른다고 생각한 자신이 어처구니가 없어졌다.

 흡혈이 끝나고 침대 머리판에 기대어 있는 기영에게 카르밀라는 프랜차이즈 커피숍에서 파는 마카롱 세트를 줬다.

 "이런 거 좋아하더라, 요즘은. 이거 먹으면서 좀 쉬어요."

 "고맙습니다."

 기영은 그다지 힘들지 않았지만 예의 바르게 마카롱을 받아 먹었다. 카르밀라는 배가 불러서 흡족한 표정이었다.

"그런데 닉네임은 왜 카르밀라로 하셨어요?"

"아, 그거?"

카르밀라가 소리 내어 웃었다.

"엘리스도 《카르밀라》 읽었어? 난 그 주인공 좋더라. 예쁘고 신비롭고 우아한 뱀파이어잖아. 내가 그렇다는 건 아니지만. 그래도 먹고살기 지긋지긋할 때 나는 카르밀라다, 생각하면 좀 낫더라고. 사람들이 날 싫어해도 뭐 어쩔 거야, 내가 카르밀라란데."

기영은 카르밀라의 말이 우습지 않았다.

"나도 궁금했는데, 그러는 자기는 왜 '앨'리스가 아니라 '엘'리스야?"

"어……."

기영은 낯을 붉혔다.

"그…… 더 큐어라는 영국 밴드의 노래에서 따온 거예요. '엘리스에게 보내는 편지'라는 노래가 있거든요."

"그래? 나는 처음 듣네. 좋아하는 밴드인가 보지?"

카르밀라는 잘 모르는 분야라서 흥미가 떨어진 눈치였다. 기영은 대충 그렇다고 얼버무렸다. 정확히는 친구가 좋아하는 밴드라고, 그 친구도 뱀파이어라고, 어렸을 때 그에게 처음 선물 받은 믹스테이프에 들어 있던 노래 중 하나가 '엘리스에게 보내는 편지'였다고 말하지 못했다.

집으로 돌아가는 길에 기영은 기분이 가라앉았다. 미나가 여전히 카톡을 읽지 않고 있었다. 갑자기 연락 안 받는 것이야 하루이틀 일은 아니지만 이번에는 틀림없이 반응할 줄 알았는데. 정말로 화가 많이 난 모양이었다. 내가 그렇게 못할 말을 했나? 기영은 자신이 한 말을 돌이켜 생각했다. 좀 심했던 것 같긴 했다. 미나가 자신을 얼마나 위해주는지 알면서. 이러니저러니 해도 기영이 파혼하고 매일같이 술 마시고 울며 지낼 때 곁을 지켜준 사람도 미나였고, 졸업하고 취업이 안 돼 전전긍긍하던 때 자소서 읽어주고 밥 사준 사람도 미나였고, 허리가 나가서 병원에 입원했을 때 생필품 챙겨 달려와 머리 감겨주고 짜증 받아준 사람도 미나였다. 게다가 뱀파이어를 적대시하는 사람들 사이에서 몸을 사리며 하루하루 먹을 피 구하며 살아가는 미나의 삶이 얼마나 고달픈지는 기영도 알았다. 다 이해한다고 할 수는 없겠지만, 그래도 뱀파이어 친구 하나 없는 일반인들보다야.

사과해야 할까.

차를 몰고 한강을 건너며 기영은 곰곰이 생각했다. 솔직히 자존심이 상했다. 미나도 잘한 것 없잖아, 어떻게 그딴 식으로 떠날 수가 있어. 마음속에서 소리 지르는 어린아이가 있었다. 하지만 기영은 이제 아이가 아니었다. 미나가 다른 애랑 같이 등교했다는 이유로 욕을 지껄이며 미나의 가방을 길거리에 뒤집어엎고 미나가 아끼는 펜을 배수로에 던져버리던 시절은 옛날 옛적이다. 이제 기영은 무엇이 잘못인지, 언제 감정을 다스리고 할 일을 해야 하는지 정도는 아는 어른이었다. 이대로 미나가 런던으로 떠난다면 그건 그야말로 최악의 결말일 것이다. 이런 식으로 끝낼 사이는 아니었다.

하지만 미나가 사과를 받아주지 않으면 어쩌지.

기영은 집에 돌아와 잠자리에 들 때까지도 고민에 빠져 있었다. 언제 어떻게 사과하는 게 좋을지, 정확히 뭐라고 말해야 할지. 하지만 생각에 집중할 수가 없었다. 어김없이 한석이 방해를 했다.

"너 요즘 무슨 고민 있어?"

기영은 천장을 올려다보던 시선을 흠칫 옆으로 돌렸다. 불그스름한 무드 등 불빛 아래 한석의 얼굴이 보였다.

"아니."

"아니긴 뭐가 아니야. 요 며칠 계속 멍하고, 부르면 깜짝깜짝 놀라고."

"카피가 잘 안 써져서 그래."

거짓말은 아니었다. 광고주가 한때 유명했지만 이제는 다 망해가는 의류 브랜드인데 구닥다리 이미지를 어떻게든 끌어올릴 방법을 찾느라 애를 먹고 있었다. 평소 같았으면 진작 적당한 아이디어가 떠올랐을 텐데 미나 문제 때문에 업무에 지장이 생긴 것도 없지 않았다.

"대충 쓰지 뭘, 일거리를 집까지 들고 와."

한석이 투덜거렸다. 기영은 짜증이 났다. 미나 같았으면 무슨 광고인지 물어보고 같이 아이디어를 고민해줬을 텐데. 한석은 기영의 일을 잘 이해하지 못했다. 창조적이고 마감에 쫓기고 치열하게 경쟁하는 일. 그런 걸 공감해주길 바라고 결혼한 건 아니지만 적어도 귀찮게는 하지 말아줬으면 했다.

"잠이나 자자."

기영은 눈을 감았다. 진짜로 잘 생각이었다. 그런데 갑자기 목덜미에 한석의 손이 슬그머니 와 닿았다.

"뭐야, 나 그럴 기분 아니야."

기영은 한석의 손을 잡아 떼어냈다. 그런데 한석이 부스럭 몸을 일으켜 앉더니 다시 기영의 목을 만졌다.

"너, 목에 이게 뭐야?"

기영은 화들짝 놀라 눈을 떴다.

굳이 묻지 않아도 한석의 말이 무슨 뜻인지 직감할 수 있었다. 목에 카르밀라의 이가 닿았던 부위가 화끈 타들어가는 듯했다.

잇자국 방지 연고는 매번 미나가 발라줬다. 기영에게 그 절차는 흡혈 행위라는 패키지의 일부였다. 연고 없이는 상처가 빨리 아물지 않는다는 사실을 체감할 일이 한 번도 없었다. 그래서 카르밀라가 흡혈하고 연고를 따로 발라주지 않았다는 것을 미처 인지하지 못했다.

"이거 뱀파이어 잇자국 아니야……?"

한석이 나지막히 말했다.

"어……."

기영은 쉽게 변명이 나오지 않아 어물거렸다.

"뭐야, 어떤 새끼한테 물린 거야? 아니, 고개 돌리지 말고 나 봐. 일어나 앉아봐. 똑바로 말해, 이게 뭐냐고?"

"그냥…… 호기심에 수혈 좀 했어."

"뭐라고?"

한석의 눈이 휘둥그레졌다.

"별일 없었어. 좋은 사람이었고, 깔끔하게……."

"너 미쳤어?"

한석이 목소리를 높였다. 무드 등 불빛이 비치는 벽에 곤추선 등이 드리운 그림자가 어른거렸다.

"사람 피 빨아먹는 괴물한테 자진해서 목을 내밀었다고? 그것도 호기심 때문에! 너 변태야? 그런 취향이었어?"

"아니……."

"어쩐지 이상하더라. 나하고 할 때는 심드렁하더니 그래서 그런 거였어? 어? 말하지 그랬어, 뱀파이어 놈한테 물리는 게 취향이라고!"

기영은 기가 막혀서 말이 안 나왔다. 연애 시절 한석을 발기시켜주려고 과장되게 신음하고 몸을 뒤틀었던 일이 뇌리를 한꺼번에 스쳐 지나갔다. 누가 누구를 탓하고 있는 건가? 기영은 비꼬고 싶었지만 가까스로 참았다.

"오빠. 진정 좀 해. 그런 거 아니야. 난 그냥 좋은 일 하고 싶었던 거야. 수혈자가 없으면 뱀파이어들은 굶어 죽어. 그래서 봉사도 많이들 하잖아."

한석이 실소를 터뜨렸다.

"언제부터 뱀파이어 권리 운동가라도 됐다고 그러시냐? 너 뭔가 단단히 착각하고 있는 것 같은데, 그놈들은 어려운 이웃 같은 게 아니야. 선량한 사람들을 속이거나, 심신미약자들 약 먹이거나 폭행해서 피 훔쳐 가는 사기꾼 날강도지. 그 새끼들한테 해줘야 할 건 아까운 피 갖다 바쳐서 목숨 부지시켜주는 게 아니라 깡그리 대낮 땡볕 아래 데려다 놓고 타 죽게 놔두는 거야."

기영은 피가 싸늘하게 식는 느낌이 들었다.

"진심이야? 교회 다닌다는 사람이 어떻게 그렇게 잔인한 말을 할 수가 있어?"

"너야말로 교회 헛다녔네. 성경 잘 읽었으면 뱀파이어가 하나님의 섭리에서 얼마나 벗어난 존재인지 알 텐데. 너 오늘 사탄이 시키는 일 한 거야. 부끄러운 줄 알아."

기영은 입을 다물고 한석을 노려보았다.

침묵이 흘렀다.

기영이 한참을 아무 말도 않고 미동 없이 앉아만 있자, 한석이 마침내 한숨을 쉬더니 조금 누그러진 어조로 타이르듯 말했다.

"정말로 그런 뜻으로 수혈한 거야? 다른 의도 없이?"

아니, 꼴려서 한 건데. 수백 번 꼴려서 했는데.

"시간 늦었으니까 내일 마저 얘기하고……. 오늘은 기도하고 자자."

한석이 그렇게 말하며 기영의 손을 잡았다. 그 순간 기영은 도저히 못 참겠다는 생각이 들었다. 일 초도 저 손에 붙들리고 싶지 않았다. 일 초도 더 이 방에 있고 싶지 않았다.

기영은 한석의 손을 뿌리치고 침실 밖으로 나갔다. 뒤쫓아와 옷자락을 붙잡는 한석을 다시금 뿌리쳤다. 그리고 잠옷 그대로에 카디건을 걸치고 휴대전화와 차 키만 챙겨 집을 나섰다.

어렸을 때 잠적중인 미나를 만나려고 새벽에 무작정 집에 찾아간 적이 있었다. 겨울이었다. 패딩을 껴입고 운동화를 신고 부모님이 잠에서 깨지 않게 살그머니 현관문을 열고 밖으로 나섰다. 눈이 내리고 있었다. 눈발이 얕게 깔린 거리가 가로등 불빛을 받아 설탕 가루가 입혀진 듯 반짝였고 주위는 적막했다. 기영이 새벽의 도시를 걸은 것은 그때가 난생처음이거나, 적어도 기억 속에서 가장 오래된 순간이었다. 낮의 도시와는 완전히 다른 풍경에 둘러싸이자 잠이 달아났다. 기영은 공기 중에 부서지는 자신의 숨결을 홀린 듯 바라보며 눈밭을 걸었다. 미나의 집까지는 버스로 두 정거장, 걸어서 이십 분 거리였다. 그 시절에는 그 길이 무척 길게 느껴졌다. 길지만 지루하지 않았다. 아파트 상가와 분식집과 문구점과 근린공원과 음반 가게와 오락실과 육교와 버스 정류장에 모두 미나와의 추억이 깃들어 있었다. 아니, 이것은 지금 시점의 기영이 겪는 추체험일 것이다. 그때는 무슨 생각을 했던가? 그때는…… 기억나지 않았다. 다만 막상 미나의 빌라 앞에 도착하니 초인종을 누를 용기가 나지 않았던 것은 기억났다. 초인종을 누르면 미나가 아니라 식당 일을 마치고 곤히 주무시던 할머니가 나올 테고, 할머니는 틀림없이 기영을 혼낼 터였다. 기영은 미나의 집 현관문 앞에 서서 한참을 망설였다. 얼마나 그렇게 망설였던가? 십 분이었던 것 같기도 하고, 한 시간이었던 것 같기도 했다. 어쨌든 건물 계단실 창밖이 아직 어둠에 잠겨 있을 때였다. 아무 전조도 없이 현관문이 열렸다.

잠옷 차림의 미나가 졸음이 덜 가신 얼굴로 서 있었다.

미나는 기영을 보고 놀라지 않았다.

"네가 오는 꿈을 꿨어."

지금은 이해할 수 없지만, 그때는 미나의 그 말로 모든 게 충분히 납득이 됐다. 그냥 그럴 수도 있을 것 같았다. 기영은 고개를 끄덕였다. 머리카락에 앉은 눈이 녹은 물이 콧날을 타고 흘러내렸다. 미나가 옷소매로 물을 닦아줬다. 기영은 행복했다.

"좀 걸을래?"

"좋아."

미나가 패딩을 걸치고 나왔다. 둘은 손을 잡고 고요한 골목을 걸었다. 꽤 추웠는데도 둘 다 춥다는 말을 하지 않았다. 둘은 시내버스 차고지까지 걸어서 그 앞 시장에 있는, 새벽에 문을 여는 우동집을 찾아냈다. 돈이 모자라서 우동 한 그릇을 시켜 나눠 먹었다. 미나는 쑥갓을 싫어했고 유부를 좋아했다.

지금의 미나는 유부를 먹을 수 없었다.

기영은 텅 빈 도심을 운전해 미나의 원룸 앞에 도착했다. 지금은 자정이 좀 넘었고 뱀파이어들에게는 한창 활동할 시간이었다. 미나의 집 창문으로 새어 나오는 빛은 없었지만 그걸로는 미나가 집에 있는지 없는지 알 수 없었다. 뱀파이어들은 어두워도 앞을 보는 데 지장이 없다. 미나는…… 너무 많은 것이 과거와 달랐다. 만날 때마다 똑같다고 생각했던 것은 착각이었다. 미나는 기영과 다른 시간을 살았다. 다른 세상을 보았다. 다른 나라와 다른 가족과 다른 규칙을 필요로 했다. 앞으로도 그럴 것이다. 기영의 꿈을 꾸고 잠에서 깨어 문을 열어주는 그런 마법 같은 일이 다시 일어날 리 없다는 것을 잘 알았다.

기영은 심호흡을 하고 초인종을 눌렀다.

아무 반응도 없었다.

다시 초인종을 눌렀다.

세 번째로 초인종을 눌렀을 때 문이 열리고 미나가 나왔다. 미나는 반갑지도 않고 그렇다고 화가 나지도 않은 듯한, 그저 피곤한 눈빛으로 기영을 마주 보았다.

"뭐야? 난 할 말 없어."

기영은 미나를 와락 끌어안았다.

미나를 만나면 사과하려고 했다. 어른스러운 사과의 말을 열심히 준비했다. 받아주지 않는대도 너무 실망하지 말자고 스스로 다잡았다. 그런데 그 모든 게 소용없었다. 미나를 본 순간 그런 건 다 머리카락에 앉은 눈송이처럼 녹아 사라졌다. 기영은 미나를 힘껏 부둥키고 가슴에 얼굴을 묻은 채 말했다.

"미나야, 안 가면 안 돼? 널 사랑해. 정말 사랑해."

미나는 뱀파이어 전용칸이 있는 유럽 항공사 비행기 편을 예약했다. 낮에는 절대로 창문을 열지 않고, 기내식 대신 혈액 팩을 제공한다는 모양이었다. 티켓이 비쌌지만 대모가 제공해주었다고 했다. 미나는 19세기에 찍은 듯한 대모의 은판사진을 기영에게 보여주었다. 막연히 백인일 거라고 상상했는데 의외로 인도계 여성이었다. 사진 속에서 그는 긴 머리카락을 땋아 내리고 점잖게 두 손을 포개고 앉아 카메라를 응시하고 있었다.

"너무 옛날 사진이다. 이번에 가면 네가 새로 찍어드려."

"사진 많이 찍어서 보내줄게."

미나는 씩 웃으며 사진을 주머니에 넣고 터미널 창밖으로 날아오르는 비행기를 올려다보았다. 기분이 좋아 보였다. 난생처음 유럽에 가본다고 며칠 전부터 들떠 있었다. 대학 시절 유럽 여행을 다녀온 경험이 있는 기영은 이런저런 조언을 해주었다. 챙겨야 할 물건, 주의해야 할 점, 가봐야 할 곳들……. 하지만 기영이 추천한 명소 중 상당수는 미나가 갈 수 없는 곳이었다. 유럽이 한국보다 뱀파이어 권리가 더 잘 보장되어 있다고는 하지만, 야간 노동을 지양하는 분위기여서 상점이나 기관 들이 일찍 문을 닫기 때문이었다. 대신 야간에 뱀파이어들의 노동으로 굴러가는 뱀파이어 전용 시설이 있었다. 뱀파이어 영화관, 뱀파이어 마트, 뱀파이어 옷가게, 뱀파이어 문화 센터.

"인간도 그런 데 가도 돼?"

"상관없대. 오히려 좋아한다던데. 뱀파이어들이 소비해주는 것만으로는 임대료가 감당 안 된다고."

"그럼 나도 다음에 가면 너 따라 밤의 런던 투어 할래."

기영은 오는 여름 휴가에 연차를 붙여서 런던에 여행 가겠다고 약속했다. 한석에게는 아직 말하지 않았지만 어떻게든 밀어붙일 작정이었다. 더불어 런던에 뱀파이어 친구가 있다고 밝히고, 앞으로 뱀파이어를 모욕하는 발언은 용서하지 않겠다고 선언하기로 했다. 미나는 싸움이 날 텐데 괜찮겠느냐고 걱정했지만 기영의 의지는 확고했다.

"너만 나 보러 올 순 없잖아. 나도 가야지."

미나는 걸음을 늦추고 캐리어 손잡이를 고쳐 쥐면서 머뭇거렸다.

"보고 싶을 거야."

"반년이나 잠적한 적도 있으면서 두세 달 가지고."

핀잔 섞인 기영의 말에 미나는 머쓱한 듯 고개만 끄덕였다.

둘은 잠시 그렇게 어색하게 서 있었다. 런던 히스로 공항행 비행기 탑승 안내 방송이 울려 퍼졌다. 손에 여권을 든 사람들이 기영과 미나를 피해 지나갔다. 한 부부가 어린 쌍둥이 딸의 손을 잡고 출국 심사장으로 향했다. 미나가 출국장 입구를 흘끔 돌아보았다.

"그럼……."

그 순간 기영은 무엇을 해야 하는지 알았다.

기영은 미나의 입에 입을 맞췄다. 입술이 닿자마자 기영은 생각했다. 흡혈보다 이게 더 좋구나.

어느 부치의

섹스로봇

사용기

누구나 그렇겠지만, 영민이 섹스 로봇을 들이기로 한 데에는 나름의 사연이 있었다.

　영민은 여자가 어려웠다. 물론 여자를 좋아하기는 했다. 여자를 만나고, 웃게 해주고, 맛있는 걸 먹여주고, 예쁘다 해주고, 쓰다듬고, 만지고, 키스하고 싶었다. 더 나아가 여자와 섹스하고 싶었다. 간절히 하고 싶었다. 말캉한 살덩어리를 움켜쥐고 달콤한 체취를 들이마시고 촉촉한 그곳에 손가락을 밀어 넣고 싶었다. 새처럼 신음하며 황홀한 표정을 짓고 부르르 떠는 얼굴을 보고 싶었다. 그러나 여자에게 다가가려고 하면 더럭 겁부터 났다. 저 여자가 분명히 자신을 거절할 것 같고, 거절하지 않는대도 비웃고 괴롭히고 상처 주고 배신하고 결국엔 버릴 것 같아서 무서웠다.

　여자를 만나본 적도 없으면서 여자를 혐오하는 어떤 남

자들하고는 달랐다. 다르다고 믿었다. 영민은 일단 여자였으니까. 그리고 여자를 만나본 적 있었다. 그게 문제였다. 영민의 첫사랑은 그를 철저하게 망가뜨렸다.

"솔직히 너 얼굴 별로인 거 알아? 이제 알았으면 관리라도 좀 해."

"나니까 너를 만나주지 누가 널 만나주겠니?"

"넌 어쩜 그렇게 사람이 허술하니? 그러니까 사람들이 무시하지."

"야, 저리 가, 걸리적거려."

이런 말을 밥 먹듯 했다. 거기에 대해 영민이 항의하면,

"뭐야, 내가 언제 그런 말을 했다고 그래? 기억 안 나. 왜 나를 나쁜 년으로 만들어?"

라고 하거나,

"야, 농담이지. 여자친구 농담 하나 못 받아주냐? 쪼잔하게 굴기는."

이라고 대응하기 일쑤였다.

가장 큰 공포는 섹스였다. 첫사랑은 영민의 기술도, 몸도 불만스러워했다. 애무가 서툴다고 불평했고 영민이 잘해보려고 애써도 만족시킬 수 없었다. 손가락이 너무 짧아서 삽입을 해도 감이 오지 않는다고 했다. 그 말은 모욕적이었지만 첫사랑이 말라버린 건 결국 자기 탓이었고 그 앞에서 차마 화를 낼 수는 없었다. 영민은 울지 않으려 안간힘을 썼다. 최소한

의 자존심을 지키려고.

그런데 그렇게 모욕적이었는데도 영민은 첫사랑을 사랑했다. 아이 같은 웃음소리를, 삐쳤을 때 살짝 주름 잡히는 미간을, 품에 쏙 들어오는 날씬한 허리를, 기분 좋을 때 부르는 콧노래를, 거기에 영민이 끼어들어 함께 바보 같은 이중창을 부르는 시간을 사랑했다. 아무리 나쁜 관계에서도 순수한 기쁨을 누리는 순간이 있다. 아무리 나쁜 사람에게도 천진하고 사랑스러운 구석이 있다. 영민은 첫사랑과의 연애가 정말 나쁜 경험이었다는 사실을 잘 알았다. 그렇다 해도 사랑이 사랑이 아니게 되는 것은 아니었다. 만약 그것이 사랑이 아니었다면 영민의 자존감이 이토록 처참히 부서지지는 않았을 것이다.

영민은 다시 사랑하고 싶었다. 이번에는 좋은 여자를 만나 좋은 사랑을 하고 싶었다. 하지만 레즈비언 데이팅 어플로 수십 번 오프를 해봐도, 레즈비언 독서 모임에 나가 무슨 소린지 알 수 없는 철학책을 읽겠답시고 끙끙거리면서 자만추를 하려고 해도, 여자에게 일정 거리 이상 다가가려고만 하면 자신의 손가락이 눈에 들어왔다. 짧고 가느다란, 덜 자란 초등학생 같은 손가락이.

세상 어떤 여자도 만족시킬 수 없을 거야.

머릿속에서 그런 목소리가 들려왔다. 처음에는 첫사랑의 목소리였다. 그런데 첫사랑과 헤어지고 일 년, 이 년, 그리고 사 년, 더 나아가 칠 년이 흐르자 그 목소리는 영민 자신의 목소리가 되었다. 그동안 영민은 졸업하고 속초에서 아는 선배가 하는, 로봇 직원은 하나도 쓰지 않는 정통 스시집에 들어가 일했다. 그러다가 일 년 만에 대판 싸우고 때려치운 다음 급한 대로 해변에 있는 삼 층짜리 물회 전문점에 들어갔다. 어마어마한 매출을 올린다는 사장님은 재료를 수급하고, 손님을 응대하고, 경영 문제를 해결하느라 너무 바빠서 그 많은 돈을 누릴 시간도 없어 보였다. 그 일들은 누구도 대체할 수 없는, 어느 업장에서든 사장이 직접 해야 하는 일이었다. 그러나 주방 일, 그러니까 재료 손질, 조리, 플레이팅은 대체로 로봇이 처리했다. 영민이 할 일은 로봇이 잘 돌아가도록 관리하고 점검하는 것이었다.

당연하게도 환멸감이 들었다. 어쨌거나 영민은 사람의 섬세한 손길만으로 구현 가능한 요리를 동경하고 나름의 신념을 갖고 있던 사람이었다. 그러나 일 년간 선배와 함께했던 스시야 일은 영민에게 좌절을 안겼다. 살아 있는 것을 잘 죽이고, 죽은 것을 잘 뜨고, 쥐고, 말고, 누르고, 얹는 과정은 창의력만큼이나 아니 혹은 그 이상으로 순발력과 정확성이 중요했고 영민은 손이 무디고 굼떴다. 선배는 원래 이 바닥에서 여자가 잘하기는 어렵다고 위로처럼 말했다. 첫사랑의 비난이, 아니 이제는 자기 자신의 비난이 되어버린 바로 그 목소리가 뇌리를 맴돌았다. 이런 식으로는 세상 누구도 만족시킬 수 없을 거야. 여자도, 손님도. 평생 로봇 수발이나 들어주면서 살든가.

그렇게 좌절에 빠져 지내던 어느 날, 영민은 인터넷에서 이런 광고를 보았다.

이것이 진짜 여자
가장 리얼한 여성형 섹스 로봇, '리아'

커다란 광고 문구와 함께, 유명한 여자 배우 P가 청바지에 티셔츠 차림으로 하얀 호텔 침대에 걸터앉아 커피를 마시며 웃고 있는 사진이 실려 있었다.

P만 아니었으면 그냥 지나쳤을 것이다. 그러나 영민은 P를 좋아했다. P는 오 년 전 청춘 로맨스 영화로 이름을 알린 배우로, 풋풋하고 싱그러운 대학생 이미지로 남자들에게 인기를 끌었다. 그런 P를 데리고 섹스 로봇 광고를 찍다니, 기획사가 미쳤나? 아무리 이십대 후반에 접어들었다지만, 그래서 이미지 전환이 필요하다는 말도 많다지만, 그래도 그렇지 섹스 로봇은 좀 아니지 않나?

영민은 곧바로 검색해보았다. 그러자 섹스 로봇 리아의 정보와 더불어 온갖 바이럴 마케팅이 주르륵 쏟아져 나왔다. 이게 뭔 헛소리야 하면서 체험단의 사용 후기를 읽던 영민은 점차 헛소리만도 아닌가 하는 의구심이 들기 시작했다.

제목: 리아는 혁신적입니다.

아시다시피 보통 섹스 로봇은 남자들 판타지대로 만들어지잖아요. 그래서 가슴 크고, 엉덩이 크고, 야하고 더러운 말 잘하고, 넣기만 해도 흥분하게 되어 있죠.

물론 그런 로봇 좋기야 하죠. 저도 이미 지아 GX288, 다정 K9, 심지어 희나 초기 모델까지 가지고 있는 컬렉터거든요. 클래식한 섹스 로봇이 얼마나 사랑스러운지 저도 다 알죠.

그런데 리아는 좀 색다르더군요.

솔직히 처음에는 좀 김이 샜어요. 아니 무슨 섹스 로봇이 내가 넣으려는데 아직 넣지 말라고 거부를 해? 여기가 아니라 거기 만져줘, 그렇게 세게 하지 말고 살살해줘, 그러면서 명령을 해? 기분이 좀 나쁘더라고요.

근데 뭐, 처음 해보는 게임 튜토리얼 한다 생각하고 한번 해봤죠. 그런데 웬걸, 이게 점점 물이 오르니까 반응이 진짜 맛깔스러운 거예요. 진짜 야릇한 신음을 흘리면서, 막 얘가 사람 아니고 로봇인데도 진짜 성감대가 있고 진짜 마음이 있어서 진짜로 느끼는 것 같다고 할까? 표정도, 몸짓도 장난 아녜요.

보통 섹스 로봇은 반응이 극적이고 과장스럽잖아요. 딱 들어도 로봇 같죠. 남자를 막 추켜세워주니까 슈퍼히어로 된 것 같고 좋기는 한데, 솔직히 그게 진짜 같지는 않잖아요. 그냥 꼬꼬마 때로 돌아가 붕붕카 타고 노는 기분이죠. 근데 리아는…… 어휴, 그렇지, 이게 바로 여자지, 내가 지금 여자를 정복했구나, 이런 쾌감이 듭니다.

어른 남자의 즐거움이란 이런 거죠. 오래전에 헤어진 여친 생각도 나고, 괜히 감성적인 기분이 돼서 와인 한잔했네요. 앞으로 한동안은 리아 아니면 손이 안 갈 것 같습니다.

제목: 리아를 알고 섹스 로봇 찬성파로 돌아섰습니다

저는 원래 섹스 로봇이라면 질색을 했어요.

이런 말하면 자꾸 여자냐고 하는데, 전 남자고요. 남자라서 반대했던 겁니다.

왜냐하면 남자들이 집구석에서 섹스 로봇만 껴안고 뒹구니까 '도태남'이 되는 거잖아요. 요즘 이거 사회 문제잖아요, 남자들이 점점 연애도 결혼도 못 하고 그래서 애도 못 낳는 거요.

그렇게 살아서 행복하다면 무슨 문제겠냐만, 다들 불행하고 공허하고, 그러니까 괜히 사회에 불만만 생기고, 다 못난 인간이 되더란 말이죠. 어쩔 수 없어요. 남자는 씨 뿌리고 가정 꾸리면서 태어난 의미를 찾게 되어 있는 동물인데, 그걸 안 하고 말초적인 쾌감에 신경을 절이고 살려니 불행해질 수밖에.

저는 그럭저럭 예쁜 마누라에 딸 하나 아들 하나 있습니다만……. 이제 초등학교 들어간 제 아들이 커서 섹스 로봇이나 끼고 살겠다고 하면 어쩌나, 진심으로 걱정이었거든요. 요즘은 중학생만 돼도 다정이 어떻고, 지아가 어떻고 떠든다더라고요. 아빠로서 애 귀를 막고 키울 수도 없고 어떻게 교육시켜야 하나 고민이 많았죠. 그런데 리아 사전체험단을 뽑을 때 눈에 들어온 문구가 이거였어요.

'이제 성교육도 로봇으로!'

강력한 한마디였죠. 그렇지 않나요, 유치원에서도 학교에서도 다 로봇으로 애들 가르치는 시대에, 성교육도 로봇으로 시키는 게 이치에 맞기는 하네, 싶었어요.

그리고 지금까지 시중에 나도는 섹스 로봇이라는 게 남자들에게 손쉽게 공상 속의 성적 쾌감을 줘서 문제가 된 건데요, 손쉽지도 않고 공상적이지도 않은 쾌감을 주는 로봇이라면? 현실의 여자와 섹스하는 법을 '가르쳐주는' 로봇이라면? 사내애들이 그런 로봇으로 성에 대해 알아간다면, 도태남이 되기는커녕 오히려 알파남이 되는 것 아니겠습니까?

물론 그런 게 팔려봤자 얼마나 팔리겠냐, 이 회사 금방 망하겠네, 싶은 생각도 들었죠. 하지만 섹스 로봇을 무조건 금지할 수 없는 시대라면 이렇게 유익한 시도가 더 많이 이루어지게끔 소비자 입장에서 응원하는 게 맞겠다는 생각이 들었습니다. 이런 걸 학교에서도 선제적으로 도입해서 애들 안전하게 섹스하는 법 가르쳐주고 하면, 애들이 괜히 싸구려 중국산 로봇 가지고 놀다가 다치고 그럴 일도 없겠죠.

그래서 제가 먼저 테스트해봐야겠다는 생각에 신청해서 써보니…….

영민은 더 읽지 않고 창을 닫았다.

그리고 새 창을 열어서 리아 제조 업체 공식 사이트로 들어가 리아 본품에다가 옵션으로 파자마, 원피스, 브래지어와 팬티 세트 2종까지 추가해 삼 개월 렌털 서비스를 신청했다. 구입이 아니라 렌털인데도 만만찮은 거금이 들어갔다.

◆◆◆

섹스 로봇, 그러니까 리아는, 생각보다 컸다. 물론 성인 만 한 크기일 줄은 알았지만, 그래도 직접 보니 정말로 성인 만 한 크기여서, 택배가 하나 도착한 게 아니라 사람 한 명이 집 안에 들어온 것 같아서, 이게 단순한 서빙 로봇이나 주방 로봇 대여하고는 차원이 다른 일이라는 것을 깨달았다. 하지만 깨닫고 나서는 이미 너무 늦은 뒤였다.

영민은 연꽃에서 나온 심청이처럼 해체된 택배 상자에 웅크리고 앉아 있는 리아를 보며 망연자실했다.

내가 무슨 짓을 한 거지?

섹스 로봇을 대여했지.

하지만 리아는 로봇이라기에는 너무 사람 같았다. 이마 위로 흩어진 머리카락, 미세한 주름과 솜털까지 재현된 피부, 그 위로 도드라진 뼈마디 하나하나까지. 너무 리얼해서 숨을 쉬지 않는 것이 기이하게 느껴질 정도였다. 이런 최신 기술을 고작 장난감을 만드는 데 쓴다고? 인간이란 정말이지 종족 자체가 낭비였다.

더욱 놀라운 것은 무게였다. 리아는 보기와 달리 굉장히 가벼웠다. 크기가 사람만 하다고 무게까지 사람만 하면 다루기 힘들 테니 당연한 일이었지만, 그래도 침대로 들어서 옮기자니 실체 없는 요정을 들면 이런 기분일까 싶었다.

영민은 리아를 침대에 눕혀놓고 택배 상자를 내놓고 옷과 속옷과 부속품들을 정리한 다음 침실로 돌아왔다. 그리고 옆에 앉아서 심호흡한 다음 귀 뒤에 있는 버튼을 눌러 전원을 켰다. 아주 낮은 시동음이 나더니 리아가 눈을 떴다. 눈동자는 엷은 고동색이었다. 리아는 초기 설정 모드로 들어갔다.

"안녕하세요. 당신의 이름은 무엇인가요?"

리아의 외모와 마찬가지로 목소리도 평범했다. 높지도, 낮지도 않고, 성우처럼 정확한 발음을 구사하지도 않았다. 길거리 어디에선가 들어봤을 법한 목소리였다.

"나는 영민이야."

"반가워요, 영민 님. 제 이름은 무엇인가요?"

영민은 첫사랑의 이름을 떠올렸지만 양심상 그 이름을 대지는 않았다.

"그…… 그냥 리아야."

"알겠습니다. 리아라고 불러주세요. 앞으로 영민 님에게 반말을 할까요? 존댓말을 할까요?"

"반말로 해줘."

"이름을 부를까, 다른 호칭을 쓸까?"

"그냥 이름으로 해줘."

"알겠어. 앞으로 잘 부탁해, 영민아."

리아는 웃으면서 침대에 책상다리를 하고 앉더니 침묵에 빠졌다.

영민이 렌털한 기본 모델 리아에게는 사용자와 잡담을 나누는 기능이 없었다. 날씨, 음식, 연예인, 드라마, 일반 상식에 대해 폭넓은 대화를 나눌 수 있는 수준의 인공지능이 탑재된 '생활형 리아'는 두 배쯤 더 비쌌다. '기본형 리아'의 언어 능력은 오로지 섹스 상황에만 맞춰져 있었고, 영민에게는 그것으로 충분했다.

영민은 리아와 어색한 침묵을 나누며 마주 앉아 있었다.

하지만 어디까지가 일상 대화고 어디부터가 섹스지? 보통 섹스할 때는 이런저런 대화를 나누다가 섹스로 넘어가지 않나?

사실 고민할 필요는 없었다. 상품 설명에 따르면 리아와 섹스를 시작하는 키워드는 단 하나, "섹스하자"였다. 모 여성주의 단체의 자문을 받은 결과라고 했다. 반드시 명확한 언어로 동의를 구할 것.

그래서 영민은 말했다.

"리아야, 섹스하자."

그러자 리아가 영민에게 눈을 맞추더니 말했다.

"좋아."

바로 이 부분 때문에 여성주의 단체에서는 이 로봇의 자문 역을 그만두었을 뿐 아니라 로봇 광고에서 '교육용'이라는 표현을 빼라고 항의하고 있다고 했다. 제조사에서는 리아가 늘 "좋아"라고만 대답하도록 설계했다. 그러나 여성주의자들은 진짜 여성은 싫다고도 할 수 있는 존재라는 것을 사용자에게 가르치지 않으면 의미가 없다고 주장했다.

하지만 섹스하기 싫다고 하는 섹스 로봇이라니, 그런 건 정말 어디에도 안 팔리겠지.

영민은 섹스하자고 하면 멋대가리 없이 그런 걸 대놓고 말로 한다고 핀잔하고, 스킨십부터 하면 지금 그럴 기분 아니라고 짜증 내고, 가만히 있으면 너는 내가 여자로 안 보이냐고 화를 내던 첫사랑을 떠올렸다.

이제부터 너의 망령에서 벗어날 것이다.

영민은 굳게 마음먹고 리아의 입술에 입을 겹쳤다. 리아의 입술은 따뜻했다.

❖❖❖

리아를 렌털한 지 삼 주째, 영민은 이것이 자기 인생에서 가장 잘한 선택이었다고 결론 내렸다.

처음에는 단순히 연습용으로 생각했다. 사람들 말마따나 성교육을 받는 거라고. 어차피 남자 사용자들과 달리 영민은 리아에게서 오르가슴을 얻을 수 없었다. 그렇다면 영민이 얻을 것은 결국 여자를 만족시키는 스킬뿐이리라고 생각하는 게 당연했다.

그런데 막상 써보니 리아의 가치는 그 이상이었다. 쾌락을 주는 일만이 아니라 받는 일에도 스킬이 필요하다던데, 그 말이 맞다면 리아는 쾌락을 받는 데에 귀재였다. 리아는 상냥하면서도 명확하게 영민을 이끌어주었고, 자기가 원하는 것을 알기 쉽게 표현했다. 영민이 헤매도 참을성 있게 기다려주었고, 답을 잘 찾아가면 그때그때 적절하고도 다양한 반응을 보여주었다. 영민은 쾌락을 표현하는 데에 그토록 많은 언어가 있다는 것을 처음 알았다. 너무 많은 걸 표현하면 자존심이 상한다는 듯이 뻣뻣하게 굴던 첫사랑과는 완전히 달랐다. 리아는 좋으면 좋다고 했고, 정신이 나갈 것 같으면 정신이 나갈 것 같다고 했고, 녹아버릴 것 같으면 녹아버릴 것 같다고 했다. 영민이 잘하면 잘할수록 표현의 강도는 높아졌다. 리아는 영민이 너무 잘해서, 계속 계속 느끼고 싶어서 종일 영민 앞에 다리를 벌리고 애원하고 싶은 생각밖에 나지 않아 죽고 싶다고 했다. 영민은 리아에게 나가버릴 정신이 있고 녹아버릴 감각이 있고 죽고 싶은 감정까지 있을 것처럼 생각되었다. 그리고 그런 정신과 감각과 감정을 쥐락펴락할 수 있는 자신이 세상에서 가장 잘난 사람이 된 것처럼 느껴졌다.

물론 그런 것보다 중요한 것은 몸이었다. 바르르 떨리는 눈꺼풀, 젖은 성기, 움찔거리는 근육, 따뜻한 살갗까지 너무 생생했다. 어떻게 이렇게까지 섬세한 것을 구현할 수 있었는지 놀랍기만 했다. 다소 수수하고 밋밋하다고 생각했던 리아의 얼굴과 몸은 침대에서 극도로 아름다워 보였다. 영민의 손과 입과 혀에 생동감 있게 반응하며 온몸으로 기쁨을 발산하는 것을 보면 그렇게 보이지 않을 수 없었다. 예쁘고, 기특하고, 사랑스럽고, 달콤했다. 너를 이렇게 만들 수 있는 사람은 나뿐이지, 그렇게 생각하면 너무 행복했다.

퇴근하고 집에 가는 게 기다려졌다. 남자들이 결혼해서 예쁜 아내를 집에 두면 이런 기분일까? 아니, 하지만 그건 달랐다. 그들은 자신에게 밥을 해주고, 집을 가꿔주고, 아이를 낳아주고, 쾌락을 줄 여자의 존재에 열광하는 것이다. 즉 여자에게 사랑받고 싶어하는 것이다. 그러나 영민은 리아에게 무언가를 받는 게 아니라 무엇이든 주고 싶었다. 쾌락만이 아니었다. 리아에게 예쁜 옷을 사주고 싶고, 우아한 얼굴과 목에 어울리는 주얼리를 사주고 싶고, 조수석에 앉히고 운전해 먼 도시로 떠나고 싶고, 영민이 아는 가장 좋은 파인다이닝에서 신선하고 귀한 재료를 아낌없이 쓴 요리를 맛보여주고 싶고, 산책하다가 구두 때문에 발이 아프다고 하면 들쳐 업고 강변을 걷고 싶고, 크리스마스가 되면 호두까기 인형 공연에, 새해가 되면 신년 음악회에 데려가고 싶고, 생일이면 최대한 솜씨를 발휘해 사시미와 스시와 솥밥을 준비하고 잘 어울리는 술을 곁들여 한 상 차려주고 싶었다. 영민이 살면서 보고 듣고 맛보고 알게 된 좋은 것을 모두 경험시켜주고 싶었다.

하지만 물론 그럴 수 없었다. 리아는 로봇이었으니까.

리아를 생각하며 퇴근하다 자기도 모르게 길거리 꽃집에서 튤립을 한 다발 산 날, 혼자 쓴웃음을 지으며 텀블러에 물을 받아 꽃다발을 식탁에 올려놓으면서, 영민은 이제 슬슬 진짜 여자를 만나봐야겠다고 생각했다.

◆◆◆

리아를 렌털한 지 오 주째, 영민은 효주라는 여자와 연애를 시작했다.

이제까지 연애를 못 한 게 어이가 없을 만큼 쉬웠다. 그냥 어플에 들어가서 예전에 친구들의 조언을 받아 공들여 선별한 프로필 사진을 걸고, 이력서보다 열심히 쓴 소개문을 그대로 놔둔 채 스와이프를 몇 번 했고, 그러다 매칭이 됐다. 프로필에 "친구 찾아요"라고 되어 있는 사람이어서 큰 기대는 없이 대화를 시작했다. 알고 보니 영민이 일하는 물횟집에서 도보로 닿을 거리에 있는 오래된 관광호텔 프런트를 보는 여자였다. 진상 관광객에 대한 성토를 나누다 보니 우리 그냥 만나서 가볍게 맥주나 한잔할까요 하는 말이 나왔고, 그렇게 만나서 맥주를 마셨다. 한 잔이 두 잔, 두 잔이 세 잔이 되었을 때 영민은 불쑥 말을 꺼냈다.

"우리 사귈래요?"

효주가 대답했다.

"좋아요."

돌이켜보면 신기했다. 어떻게 사귀자는 말을 꺼낼 수 있었을까? 어떻게 처음 앱으로 말을 튼 여자와 대뜸 만날 수 있었을까? 예전 같았으면 상상도 못 했을 일이었다. 하지만 이상하게도 겁이 나지 않았다. 그냥 한번 해보지 뭐, 아니면 말고, 하는 마음이었다. 리아를 통해 여자를 사귀는 법까지 배우지는 않았는데도 자신감이 생긴 것 같았다. 리아를 침대에서 몇 번이고 천국으로 보낸 경험이 있으니—물론 리아는 로봇이고 로봇에게 천국 따위는 없다는 것은 알고 있었지만 어쨌든 섹스라는 것이 일종의 게임이라면 그 게임을 여러 번 클리어한 경험치가 생긴 셈이었다—나한텐 문제가 없구나, 난 그럭저럭 괜찮은 사람이야, 이런 생각이 들었다. 손가락의 길이는 알고 보니 별문제가 아니었고, 서툰 건 노력으로 개선되었고, 거울에 비친 얼굴은 그렇게 못생겨 보이지 않았고, 키가 아주 크지는 않았지만 풍채가 있으니 썩 볼품없지는 않은 것 같았다. 희한하게도 그랬다. 효주도 결국 자신에게 만족하게 될 것 같았고, 만약 만족하지 않는다 해도 그게 뭐 큰일은 아니지 않나 싶었다. 여자에게 거절당한다고 인생이 망하나? 무가치한 사람이 되나? 그렇지 않았다. 영민에게는 리아가 있었다.

잠자리 기술에서 더 나아가 자기 효능감마저 일깨워주는 리아라는 존재가.

재미있는 건, 별로 절실하지 않은 듯 행동하니 오히려 상대방이 끌리는 것 같다는 점이었다. 효주는 원래 정말로 연애 생각이 없어서 친구를 구한다고 프로필에 써놓았는데, 영민처럼 대화가 편안한 사람이라면 친구처럼 사귀어봐도 괜찮을 것 같았다고 했다. 하지만 이전까지 해왔던 벽장 연애는 지겹다며, 이쪽 친구들을 더 사귀어보고 서울에서 퀴어 문화도 체험해보고 싶다고 했다. 그거라면 영민은 자신 있었다. 연애하려고 온갖 클럽과 동호회와 인권운동단체에 기웃거리며 온갖 성정체성과 온갖 성적지향의 친구들을 사귀고 정작 연애는 못하며 살아온 지 십 년이었다. 친구들에게 효주를 소개하면 얼마나 기뻐하며 놀려댈까, 생각하면 부끄러우면서도 우쭐했다.

그렇게 시작한 연애가 고작 한 달 반 만에 끝날 줄은 몰랐다.

효주를 만족시키지 못한 것은 아니었다. 효주는 영민과의 섹스를 좋아했다. 침대에서 수줍음을 타는 편이어서 리아만큼 대담한 표현을 하지는 않았지만, 매번 기분 좋았다고 했다. "언니 진짜 잘한다. 경험 많나 봐"라는 질투 섞인 말을 듣기까지 했다(물론 거기에는 대답하지 않고 씩 웃기만 했지만). 처음 사귀자고 했을 때는 '아니면 말고'의 마음가짐이었지만 일단 사귀기 시작한 이상 영민은 여자친구를 위해 최대한 노력했고 성의를 다했다. 효주의 퇴근을 기다리고, 집에 데려다주고, 데이트 코스를 짜고, 주말에는 효주를 차에 태우고 최대한 조심스럽게 운전해 서울 나들이를 가고, 레즈비언 친구들을 소개해주고, 캐나다 현대 미술가의 전시회와 인스타그램에서 뷰 좋기로 유명한 카페와 친구의 선배가 신규 오픈한 프렌치 비스트로에 데려갔다. 그해 처음 나온 산호색 작약도 선물했다. "옛사람들은 작약지증勺藥之贈이라 해서 남녀 간에 향기로운 작약을 보내 정을 두텁게 했대." 언젠가 여자친구가 생기면 인용하리라고 꿈꿨던 말을 카드에 적어넣으며 영민은 스스로가 만족스러웠다. 효주는 이렇게 크고 화려한 꽃을 받아보는 건 처음이라며 감탄했고 고마워하며 뺨에 입을 맞춰주었다. 영민은 효주 특유의 수줍은 입맞춤이 좋았다.

정말 이해가 안 되는 건 작약을 선물받은 다음 날 효주가 이별을 선고한 것이었다.

"왜?"

그렇게 묻자, 효주는 더욱 이해가 안 되는 말을 했다.

"언니는 나한테 잘해줘. 정말로. 그래서 고마워, 고맙긴 한데, 부담스러워."

"그런 게 어딨어? 부담스러울 것 없어. 여자친구잖아."

그러자 효주는 입술을 깨물고 복잡한 표정으로 영민을 쳐다보더니 대꾸했다.

"언니는 내가 무슨 꽃 좋아하는지 알아?"

"뭐?"

"무슨 꽃 좋아하는지 알아?"

"음……."

"나는 프리지아랑 소국을 좋아해. 잔잔하고 귀여운 거."

효주는 잠시 망설이다가 결심한 듯 말을 이었다.

"작약은 너무 크고 징그러워. 어제 받은 게 오늘 벌써 다 피어버렸는데, 꽃이 아니라 무슨 동물 같아. 그렇지만 언니가 예쁘고 좋은 거라고 하니까 그렇게 말해야 할 거 같았어. 맨날 맨날 그런 식이었어."

영민이 할 말을 잃고 멍하니 앉아 있는 동안 효주는 커피잔을 내려놓고 일어섰다.

"커피 잘 마셨어."

◆◆◆

효주와 헤어지고 나니 리아의 렌털 기간이 끝났다. 영민은 벽장에 넣어뒀던 리아를 꺼내 옷을 갈아입히고 매무새를 정돈했다. 업체로 돌려보내기 위해서가 아니었다. 리아를 생활형으로 업그레이드해 렌털을 삼 개월 연장하기 위해서였다.

효주에게 쓴소리를 듣고 영민은 반성했다. 그러고 보면 리아를 섹스할 때 나누는 더티 토크를 제외하면 아무 말도 못하게끔 한 것이 비인간적인 처사였던 것 같았다. 여자와 잘 섹스하는 법을 배우려면 결국 여자를 존중하는 법을 배워야 하지 않나? 그리고 여자를 존중하려면 대화를 해야 하지 않나? 여자가 무슨 말을 하는지, 하고 싶어하는지 들어줘야 하지 않나? 그동안 영민은 리아를 로봇일 뿐이라고 여기고 리아의 입장을 무시했다. 은연중에 그런 습관이 몸과 마음에 배어서 진짜 여자를 대할 때도 그 습관이 나와버린 것이었다.

업체에서는 정비 기사를 보내 리아를 점검해주고 시스템을 업그레이드해주었다. 기사는 영민이 여자인 것을 보고 의아한 눈빛을 숨기지 않았지만 영민은 개의치 않았다. 오픈리 레즈비언으로 살면서 늘어난 것은 배짱이었다.

"리아가 저를 남자로 인식하는 건 아니겠죠?"

기사는 순간 당황한 듯했지만 이내 프로답게 대답했다.

"그건 걱정 안 하셔도 돼요. 리아의 신경망이 그렇게 단순하진 않거든요. 물론 저희 고객이 주로 남자분들이고, 리아가 학습한 데이터베이스의 상당량이 남녀 간의 사적 대화이기 때문에 거기에 더 익숙한 건 사실이지만, 사용자와 대화를 나누면서 새로운 데이터를 학습하기도 해요. 처음에는 좀 어리숙하더라도 가르쳐주시면 금방 배울 거예요."

그러니까 기본적으로는 남자 사용자에게 적합하다는 뜻이기는 했다.

하지만 누구에게나 처음은 있다. 오랫동안 자신이 헤테

로인 줄 알다가 뒤늦게 레즈비언으로 정체화하는 사람도 있다. 리아도 그런 경우라고 생각하고 차근차근 적응시키면 되겠지.

기사가 떠나고 영민은 곧바로 리아의 전원을 켰다. 시동이 켜지는 몇 초간 영민은 괜히 긴장되었다. 처음 리아를 마주했을 때보다 더 긴장되는 것 같았다.

마침내 리아가 연한 고동색 눈동자로 영민을 보고 웃었다.

"안녕, 영민아. 오랜만이네."

영민은 준비했던 말을 했다.

"리아야, 그동안 너를 소홀히 하고 함부로 다뤄서 미안해. 소개부터 제대로 할게. 나는 차영민이고, 서른두 살이야. 요리사고. 그리고 레즈비언이야."

리아가 눈을 깜빡였다.

"너는 여자를 좋아하는 여자구나."

"응. 그런데 여자를 잘 모르겠어. 여자랑 연애도 겨우, 음, 두 번 해봤어. 나는 여자를 대하는 데 서툰 것 같아. 여자들을 불쾌하게만 하는 것 같아."

리아가 고개를 저었다.

"그렇지 않아. 너는 내게 늘 잘 대해줬는걸."

"그렇게 생각해?"

"섹스 로봇을 거칠게 다루는 남자가 많아. 때리고, 던지고, 걷어차고, 얼굴에 사정하고…… 이런 건 양반이고, 더 심한 짓도 많이 해. 그런 남자들에 비하면 너는 내게 무척 친절하고 신사적이었어."

영민은 그제야 자신보다 앞서 리아를 대여한 사람이 있었으리라는 데에 생각이 미쳤다. 끔찍해서 토할 것 같았다.

"그러면 너는…… 몇 명이나 거쳐간 거야……?"

"응? 그건 기억나지 않아. 렌털이 끝나면 사용자와의 기억은 모두 초기화되니까. 나는 그냥 일반적인 상식을 말한 거야."

그나마 다행이었다. 하지만, 아니, 다행인가?

"어쨌든 너를 그렇게 대한 남자가 있었다는 거네."

"그랬을 확률이 높겠지."

"그래도 너는…… 좋다고 했을까?"

영민은 내심 싫었으면서도 좋다는 말을 반복했다던 효주를 떠올렸다.

리아가 다시 고개를 저었다.

"나는 신체를 파손하는 행위에 대해서는 거부 의사를 표시하게 되어 있어. 그리고 어쨌든 우리가 파손되면 수리비가 청구되니까 고객 입장에서는 손해지. 그런데도 많은 남자들이 그렇게 해."

"미안해."

"네가 왜 미안해?"

리아가 진심으로 이해하지 못하는 표정으로 되물었다. 영민은 말문이 막혔다. 인간은 비합리적이었다. 자신이 저지르지 않은 잘못에 대해서도 같은 인간이라는 이유만으로 사과하고 싶어지다니. 하지만 그것만은 아니었다. 영민은 자신과 그 남자들이 근본적으로 다르지 않다는 생각이 들었다. 도망치거나 저항할 힘이 없는 상대를 자기 만족을 위해 이용하고 있다는 점에서.

"너는 지금 행복해?"

보통 인공지능이라면 이런 질문에 대해서는 '나는 인공지능이기 때문에 행복이나 불행을 느낄 수 없다'라고 대답할 것이다. 하지만 리아는 섹스 로봇이므로, 게다가 이제는 일상에서의 여자친구 노릇까지 하도록 설정된 섹스 로봇이므로, 밝게 웃으며 이렇게 대답했다.

"나는 너랑 같이 있으면 행복해."

❖❖❖

영민이 세 번째 여자친구를 사귄 것은 생활형 리아를 렌트하고 두 달만의 일이었다.

사실 처음에는 다시 여자를 만나볼 마음이 안 들었다. 리아와의 대화와 섹스가 꽤 만족스러워서이기도 했지만, 무엇보다도 리아를 집에 두고 다른 여자와 연애하기가 꺼려졌다. 스스로도 우스웠지만 그랬다. 바람을 피우는 기분이 들 것 같았다.

하지만 영민은 진지했다. 리아를 존중하고 싶었다. 지금 리아를 존중하지 않는다면 그 어떤 여자도 존중할 수 없게 될 것 같았다. 어차피 정해진 렌털 기간은 삼 개월이었다. 일종의 시한부 연애를 한다고 생각하고, 삼 개월 동안 리아에게만 집중하다가 헤어진 다음 다른 여자를 사귀어야겠다고 생각했다.

그런데 어이없게도, 하필이면 이 시기에 새로운 여자가 영민의 인생으로 걸어 들어왔다.

무더운 여름, 어김없이 열린 서울퀴어문화축제에 참여하러 서울로 올라갔다. 행진이 시작되기 직전에 서울 광장에 도착해 친구들과 합류했는데 비가 오기 시작했다. 그럼 그렇지 하고 가져온 비옷을 꺼내 쓰는데, 근처에 서 있는 여자 한 명이 눈에 띄었다. 여자라고 해야 할지 여자애라고 해야 할지 분간하기 어려운 인상이었다. 얼굴은 이십대 초반 같은데 자그마한 체구나 입고 있는 옷은 핑크색 요술 공주 같았고, 굽이 8센티미터는 되어 보이고 발목을 리본으로 칭칭 감아 묶은 핑크색 구두를 신고 있었다. 퀴어 축제에서야 별의별 옷차림을 볼 수 있으니 그 자체로는 특별하지 않았지만 영민의 눈길을 끈 것은 누가 봐도 혼자 온 것 같은 어색함과, 누가 봐도 처음 온 것 같은 결연함이었다. 그는 세상을 구하러 오기는 했는데 어떻게 구해야 할지는 모르는 초보 요술 공주처럼 가냘픈 우양산을 쓰고 풍성한 치마에 비를 맞으며 우두커니 서 있었다.

행진이 시작되었다. 영민 일행은 인파를 따라 천천히 광장을 빠져나갔다. 그런데 아무리 걸어도 트럭이 보이지 않았다. 음악을 크게 틀어주고 다채로운 공연을 하며 사람들의 흥을 돋우는 트럭들을 따라 걸어야 행진을 하는 맛이 나는데, 을지로입구역을 지나 청계천을 건널 때까지도 음악 소리라고는 들리지도 않았다. 더 빨리 뛰어서 저만치에 있을 트럭을 따라잡아야 하나, 아니면 뒤에 오는 트럭이 있을지도 모르니 그걸 기다려야 하나, 친구들과 이야기하는 동안 주위 사람들은 혼이 나간 표정으로 쏟아지는 비를 헤치고 걷고 있었다. 그중에는 요술 공주도 있었다.

친구들이 뛰어가자고 결론 내렸다. 영민은 요술 공주를 곁눈질하다 말고 친구들과 함께 뛰기 시작했다.

그러자 요술 공주도 뛰었다.

열 발짝쯤 뛰었을까, 요술 공주가 넘어졌다.

"어!"

영민은 비명을 지르며 공주에게 다가갔다. 공주는 길바닥에 나동그라진 채 신음했다. 한쪽 구두 굽이 부러졌고 우양산은 공주와 마찬가지로 처참한 꼴로 널브러져 있었다.

"괜찮아요?"

"아……."

공주가 울음을 터뜨렸다. 비로 흠뻑 젖은 얼굴에 눈물이 섞여들었다. 무릎이 까졌고 발목을 접질린 상태였다. 영민은 공주의 발목을 동여맨 리본을 일일이 풀어내 구두를 벗기고, 비 때문에 운동화가 젖으면 집에 갈 때 갈아 신으려고 가져왔던 삼선 슬리퍼를 가방에서 꺼내 공주에게 신겨주었다. 우연찮게도 사이즈가 꼭 맞았다. 영민은 자신의 손만큼 작은 발 사이즈에 처음으로 감사했다.

그동안 영민 옆에 몰려든 친구 중 한 명이 가지고 있던 반창고와 연고를 꺼냈다. 그리고 지나가던 사람이 남는 비옷을 한 장 줬고, 또 다른 사람이 바르는 파스를 빌려줬다. 그 외에 여러 사람이 괜찮으냐는 둥, 걸을 수 있느냐는 둥, 광장으로 돌아가서 의료진을 찾아야 하지 않겠느냐는 둥 걱정의 말을 건넸다. 공주는 눈물을 그치고 어리둥절한 표정으로 영민을 바라보았다.

"다들 되게 친절하시네요."

영민은 뭔지 모를 안도감을 느끼며 말했다.

"여기 왔으면 서로 가족 같은 거니까요."

영민은 그때 느낀 안도감에 대해 오랫동안 생각했다. 아마도 영민은 공주가—공주의 이름은 의선이었다—첫 퀴어 축제에 실망하지 않기를 바랐던 것 같았다. 트럭은 보이지 않고, 비는 쏟아지고, 신나지도 않고, 아는 사람도 없고, 뻘쭘하고, 급기야는 넘어져서 아프고 창피한 채로 아무 도움도 못 받고 집에 돌아갔다면 어떤 기분이었을까. 사람이 처음으로 퀴어 축제에 나오기까지, 나올 마음을 먹기까지, 그러기 위해

옷과 신발을 고르고 짐을 챙기기까지 수많은 우여곡절이 있게 마련이라는 것을 영민은 알았다. 그 우여곡절을 보상받지는 못하더라도 적어도 배신당하지는 않는 경험이었으면 했다. 퀴어라면 다 그렇게 생각하지 않을까?

하지만 의선은 그렇게 생각하지 않았다. 그날 의선을 도와준 다른 사람들은 몰라도, 다른 누구보다 먼저 의선에게 달려와 신발을 내주고 카페에 데려가고 따뜻한 차를 시켜주고 상처를 봐주고 만둣국을 사주고 집까지 바래다준 다음 밤 기차를 타고 속초로 돌아간 영민의 행동은 의선을 처음 본 순간부터 좋아했기 때문이라고밖에는 설명되지 않는다고 했다.

그럴지도 모른다.

의선은 효주와도, 첫사랑과도 달랐다. 의선은 영민의 애정을 무척 소중하게 여겼다. 자신을 그렇게 신경 써서 챙겨주고 아껴준 사람은 난생처음이라고 했다. 의선은 의대에 다니는 똑똑한 언니와 남자라는 이유만으로 사랑받는 남동생 사이에서 치이며 자랐고 대학에 들어간 지 얼마 안 돼 중증 우울장애 진단을 받고 휴학중이었다. 집에서 누워서 밥이나 축내고 용돈으로 괴상한 공주 드레스나 사 입고 다닌다며 부모님의 힐난을 샀다. 의선은 "난 아무짝에도 쓸모없는 사람 같아"라는 말을 자주 했고, 그때마다 영민이 "그렇지 않아. 넌 사랑스러운 사람이야"라고 위로하면 빙그레 미소 지었다. 아무리 들어도 좋다고, 자꾸 자꾸 듣고 싶다고 했다.

"언니, 언니 만나니까 좀 살 것 같아. 그전까지는 어떻게 살았는지 모르겠어. 맨날 주말이었으면 좋겠어, 언니 만나게. 언니 그냥 서울에 있는 식당으로 이직하면 안 돼? 언니 친구들도 서울에 많잖아. 아니면 내가 속초로 갈까? 언니 집에서 있을까? 나 어차피 하는 일도 없는데. 언니 집 좁다고? 괜찮아, 난 좁은 데 익숙해. 친언니랑 같은 방 쓰면서 이십 년을 살았는걸. 앗, 근데 저 레서판다 키링 귀엽다. 나 레서판다 진짜 좋아하는데. 정말? 나 사주는 거야? 고마워!"

적어도 영민은 자신이 이전에 했던 과오를 반복하지는 않는다고 자부했다. 영민은 의선의 말을 귀 기울여 듣고 의선이 먹고 싶은 것을 먹이고 갖고 싶은 것을 사주고 하고 싶다는 것을 하게 해주었다. 맛없는 뚱카롱을 같이 먹으면서 맛있다고 하거나, 새벽 3시에 오는 전화를 받거나, 일본의 공주 드레스('로리타 양복'이라고 부른다고 했다)를 직구하거나, 휴무 날마다 서울을 오락가락하는 것은 쉽지 않았지만, 그래도 그때마다 진심으로 기뻐하고 고마워하는 의선의 표정을 보면 보람이 있었다. 그리고 의선을 조금이라도 슬프게 하면 안 될 것 같았다. 이런 방식의 연애를 얼마나 지속할 수 있을까 하는 염려도 되었지만 지금으로서는 할 수 있는 최선을 다하고 싶었다.

그 최선이 한순간 수포로 돌아갈 줄은 몰랐다.

어느 날 퇴근 준비를 하고 있는데 의선에게서 전화가 왔다. 의선은 울먹거리면서 부모님에게 커밍아웃했다가 집에서 쫓겨났다고, 갈 데가 없다고 했다. 영민은 당연하게도 당장 속초로 오라고 기차표를 끊어주었다. 그리고 부랴부랴 역으로 마중을 나갔다.

항상 공들여 화장하고 예쁜 드레스를 입고 데이트에 나오던 의선이 헐렁한 티셔츠에 운동복 바지를 입고 머리를 질끈 묶고 온 것을 보니 사태의 심각성이 실감 났다. 큰 배낭을 메고 있었지만 정작 물건을 제대로 챙길 여력은 없었던 듯 짐이 많지는 않았다. 치약과 칫솔과 속옷 몇 장 정도였다. 영민은 의선에게 씻으라고 하고는 냉장고에 있던 토마토와 갖은 채소와 소고기 등심으로 스튜를 끓였다.

드디어 여자친구를 위해 요리를 해주게 되었구나. 물론 의선에게 생긴 일은 안타까웠지만 그래도 의선을 집에 불러서 밥을 해 먹일 수 있는 것은 기뻤다. 비록 스시는 아니고, 크게 복잡하거나 대단한 요리도 아니지만, 영민은 요리의 기본이 정성이라는 오래된 말을 믿었다. 채소를 다듬고 고기를 익히는 과정 하나하나에 마음을 다하면, 그렇게 진심이 들어간 요리를 의선이 먹으면, 공포와 외로움에 질린 마음도 따뜻하게 풀어지지 않을까. 그렇게 생각했다.

그런데 스튜가 끓어가는 동안 식탁에 수저를 놓고 있을 때 방에서 의선이 영민을 불렀다.

"언니, 이리 좀 와봐."

"왜? 밥 거의 다 됐어."

"이리 와보라고."

사뭇 심각한 목소리였다.

영민은 걱정스러운 마음에 후다닥 방으로 뛰어갔다. 그리고 그곳에서 절대로 보고 싶지 않았던 광경을 보았다.

의선이 열린 벽장 문 앞에 서 있었다.

벽장에는 리아가 있었다.

"어……."

영민은 바보 같은 신음을 흘렸다.

"이게 뭐야?"

의선이 리아를 가리켰다. 전원이 꺼진 리아는 이 모든 상황을 까맣게 모르고 눈을 감은 채 웅크려 있었다. 민트색 물방울무늬 파자마를 입고서.

"그건……."

영민은 변명거리를 찾으려 안간힘을 썼다. 그러나 아무 생각도 나지 않았다. 아무 할 말이 없었다. 영민은 섹스 로봇을 대여하는 사람이었고, 섹스 로봇을 두고 열 살 어린 여자친구를 사귀는 사람이었고, 섹스 로봇이 있는 집에 열 살 어린 여자친구를 부른 사람이었다.

"나 갈래."

의선이 풀었던 짐을 도로 쌌다. 막 감은 머리카락은 처음 만났을 때처럼 젖어 있었지만 이제 영민은 의선을 도와주기는커녕 헤어드라이어조차 건네지 못했다. 주방에서 스튜가 끓어 넘치는 소리가 났지만 영민은 주방으로도 가지 못하고 그렇다고 현관문 앞을 막아서지도 못했다. 영민이 없으면 못 살 것 같다던 의선은 마지막 순간에 눈물 한 방울 흘리지 않았다.

❖❖❖

"난 쓰레기야."

소주병을 기울이며 쏟아낸 영민의 푸념을 묵묵히 듣고 있던 리아는 그 대목에서 고개를 가로저었다.

"스스로를 비하하는 것은 좋지 않아, 영민아. 의선에게도 그렇게 말했다며."

영민은 조소를 흘렸다.

"의선이는 아무 잘못 없으니까."

"그래?"

리아가 잠시 생각하더니 물었다.

"하지만 나는 이해가 안 돼. 너는 성욕을 해소하려고 나를 들인 게 아니잖아. 그런 목적이라면 딜도를 사는 것으로 충분했겠지. 너는 여자를 잘 대하는 법을 익히려고 나를 들인 거야. 그 점에 대해 의선에게 설명해봤어?"

영민은 한숨을 쉬었다.

"넌 이해 못 해. 이건 설명하면 할수록 나만 구차해지는 일이야. 그리고……. 나는 너를 존중한다는 다짐조차 못 지켰잖아. 나는 너한테도, 의선이한테도 잘못했어."

리아가 묘한 미소를 지었다.

"나는 로봇이야. 로봇은 인간을 돕기 위해 있는 거고. 내가 성교육용 로봇으로 태어난 의의는 네 연애를 훼방놓는 게 아니라, 네가 새로 사귈 여자친구에게 너를 보내주기 위해 있는 거야. 네가 한 유일한 잘못이라면 의선을 사귀기 시작했을 때 나를 반납하지 않은 거였어."

"하지만……."

영민은 울컥 화가 났다. 누구에게 화가 나는 건지 알 수 없었다.

"하지만 그럼 너는 뭐가 돼?"

"나는 쓸모 있는 로봇이 되겠지."

"그럼 결국 뭐야, 내가 너를 통해 배운 게? 지금 여자를 다음 여자를 위한 연습 정도로 치부하는 거? 예쁘면 가지고 놀다가 질리면 반납하는 거? 여자를 '렌털'하는 거? 그게 올바른 성교육이야?"

리아는 잠시 침묵했다.

"그건 생각 안 해봤어. 어떻게 생각해야 하는지 모르겠어. 회사에 물어볼게."

"너 스스로 생각해."

리아는 멍하니 영민을 바라보다가 고개를 숙였다.

"미안해. 잘 모르겠어. 그 문제에 대한 결론을 내리려면 시간이 걸릴 것 같아."

"좋아."

영민은 술잔을 탁 내려놓고 휴대전화를 집어 들었다. 그리고 업체 사이트에 들어가 로그인한 다음, 리아의 렌털 관리 페이지에서 '평생 구매로 전환' 버튼을 눌렀다. 리아를 구매하는 데에는 두 달치 월급이 들어갔다. 십이 개월 할부로 했으니 앞으로 일 년 동안은 주머니가 빠듯하겠지만 그래도 상관없었다. 리아는 밥도 못 먹고, 술도 못 마시고, 직구로만 살 수 있는 물건을 원하지도 않았다. 리아를 만족시키는 데에는 많은 돈이 필요 없었다.

리아는 영민이 하는 양을 지켜보다가 조용히 말했다.

"너 지금 취한 것 같아."

"그럴지도."

"후회해도 난 몰라."

영민은 휴대전화를 내려놓고 말했다.

"섹스하자."

리아가 언제나처럼 대답했다.

"좋아."

아 이 돌
하 려 고
태 어 난 애

해연은 방에 들어오자마자 가방을 팽개치고 침대에 누웠다. 귀가하면 화장부터 지우라고 매니저가 잔소리했지만 도무지 그럴 기운이 나지 않았다. 에너지가 방전되어서 손가락 하나 까딱할 수 없는 기분이었다. 이번이 데뷔하고 세 번째 투어고, 오늘은 첫 공연이었다. 무대에서 관객을 처음 마주한 순간 아드레날린이 정수리를 뚫을 만큼 치솟았고 두 시간 삼십 분이 어떻게 가는지 모르게 흘러갔다. 자신을 연호하는 팬들 앞에서 해연은 오랜만에 살아 있다는 실감을 느꼈다. 물론 완벽하지는 못했다. 긴장한 탓에 실수도 했다. 음정이 흔들리거나, 1절과 2절의 안무를 헷갈리거나, 가사를 잊어서 애드리브로 때우기도 했다. 그때마다 일순 수치심이 치솟았지만 무대의 흥분은 그 모든 부정적인 감정을 마취시킨 듯 둔하게 느껴지게 했다. 막판에 해연은 완벽하지 못해도 사랑받을 수 있다는 착각에 빠졌다. 나는 나로 충분해, 이대로 좋아.

바로 옆에 모아가 있다는 것도 잊을 정도였다. 그때까지만 해도.

해연은 AI 비서를 시켜 천장에 프로젝션 스크린을 켰다. 그대로 드러누운 채 팬 커뮤니티에 접속해 오늘 콘서트에 대한 반응을 살펴보았다. 예상대로였다. 커뮤니티는 모아로 가득했다. 정확히는 공연이 끝나고 모아에게 벌어진 사건 이야기로 시끄러웠다. 최상단에 "기사 떴다"라는 제목의 스레드가 있었다. 해연은 시선을 제목에 둔 채 눈을 감았다 떠서 스레드로 들어갔다.

[걸그룹 '셀리스' 모아, 유전자 편집 반대론자들과 충돌]

금일 걸그룹 셀리스의 콘서트장 인근에서 멤버 모아(본명 강모아·20세)와 유전자 편집 반대론자들 사이에 물리적 충돌이 발생해 논란이 일고 있다. 콘서트장 앞에서 안티GE Anti Genome Editing 단체가 "생명을 존중하라" "비인간적 아이돌 산업 척결" 등의 구호를 외치며 시위하던 중, 모아가 시위대 한 명에게 달려들어 얼굴을 손으로 두 차례 가격한 것으로 전해졌다. 현장을 목격한 이들은 "피해자 몸이 기우뚱거리며 뒤로 쓰러졌을 정도였다"라고 전했다. 피해자 신상은 밝혀지지 않았으며, 소속사 코엔 엔터테인먼트에서는 현재까지 아무런 공식 입장을 내놓지 않고 있다…….

해연은 손으로 눈을 덮었다. 안 그래도 무거운 몸이 침대로 빨려 들어갈 듯했다. 다분히 모아에게 악의적으로 작성된 기사였다. '피해자'라니. 누가 피해자인가? 해연은 세 시간 전의 상황을 돌이켜보았다. 겨울의 찬바람. 얇은 무대 의상 위에 걸친 점퍼의 미끌거리는 감촉. 목덜미를 싸늘하게 식히며 증발하던 땀. 공연장 후문에서 차량까지 걸어가는 짧은 동선 동안 쏟아지던 팬들의 환호성. 그리고 반대쪽에서 쏟아지던 혐오자들의 고함. 오프라인 행사장에서 혐오자들이 시위를 벌이는 것은 어제오늘 일이 아니었으므로 모두가 익숙했다. 팬들은 그들에게 질세라 더 크게 환호성을 지르는 것으로 응수했다. 모아는 그런 팬들에게 천사처럼 웃어 보였다. 모아는 언제나 잘 웃었다. 보는 사람으로 하여금 저건 진심이라고, 나를 위한 웃음이라고 생각하게 할 만한 웃음을 지었다. 아무리 피곤해도. 아무리 기분이 안 좋아도. 머릿속으로 딴생각을 하고 있을 때조차도. 심지어 "씨발, 좆같은 게"라고 생각하고 있다 해도 겉으로는 상대방의 눈을 들여다보며 "당신의 어두운 비밀도 안아주고 싶어요"라고 말하는 듯이 웃었다. 그러니 아무도 몰랐을 것이다. 모아가 내심으로는 혐오자들의 구호에 신경을 한껏 곤두세우고 있었다는 것을. 콘서트장에까지 들어와 객석에서 "인조 괴물 강모아"라는 피켓을 들고 있던 혐오자를 보고 기분이 상할 대로 상한 상태였다는 것을.

해연과 다른 멤버들이 먼저 차에 타고, 모아가 마지막으로 올라타기 직전이었다. 시위대에서 달걀 하나가 날아왔다. 발사된 로켓처럼 매끄러운 궤도를 그리며 모아를 향해 날아들어 옆머리에 맞았다. 시끄러운 와중에도 파삭 하고 달걀 껍데기가 부서지는 소리가 마이크로 증폭하기라도 한 것처럼 또렷하게 들렸다. 해연을 비롯해 주변에 있던 사람들은 놀라서 아무 반응도 하지 못했다. 끈끈한 노른자가 모아의 은빛 머리카락을 타고 흘러내렸다. 모아는 그대로 오 초쯤 가만히 있었다. 그러다 시위대 중 한 명에게 달려들어 손을 휘둘렀다.

눈 깜짝할 순간이었다. 모아답게 민첩한 몸놀림이었다. 물론 사태는 금세 수습되었다. 경호 안드로이드들이 모아와 시위대를 떨어트렸고, 매니저가 모아의 팔을 붙잡고 억지로 차에 태웠다. 분노한 팬들과 격앙된 시위대와 쩔쩔매는 현장 관리 요원들을 남겨두고 차는 그곳을 빠져나갔다.

날이 밝는 대로 회사에서 회의가 열릴 것이다. 회의라고는 하지만 사실 어떻게 대응할지는 이미 임원진 차원에서 결정했을 것이다. 아마도 시위대가 먼저 달걀을 던졌다는 사실을 공식 입장문에 언급은 하되, 모아도 사과하도록 하는 방향으로 가겠지. 하지만 사과의 내용과 무관하게 논란은 가라앉지 않을 것이다.

- 미친 기자가 제대로 알아보지도 않고 기사 썼네. 걔네가 먼저 달걀 던졌는데 씨발
- 회사는 애들 경호 제대로 안 하냐 존나 빡치네
- 강와 불쌍하다……. 얼마 전에도 파파라치 때문에 어이없는 열애설 나서 맘고생했는데
- 기자 새끼들 죽어야 함
- 우리 와한테 왜 지랄이야 와가 뭘 잘못했어? 그 새끼들은 맞아야 정신을 차린다

실시간으로 댓글이 올라와 눈앞에서 점멸했다. 해연은 마지막으로 올라온 댓글을 보고 앞으로 무슨 이야기가 이어질지 직감했다. 단 십 분 만에 예상은 현실이 되었다.

제목: 아무리 그래도 맞아도 싸다는 얘기는 자중했으면 좋겠음
작성자: 익명팬
본문: 지금이 무슨 21세기도 아니고…… 시위대가 잘못한 건 맞는데 때린 게 정당하다는 식으로 자꾸 이야기 나오는 거 불편하다. 난 동선 안 지켰다는 이유로 경호 안드로이드한테 맞아본 적 있음. 기분 얼마나 더러운지 아냐?

댓글창은 난장판이 되었다.

- 질서 안 지킨 게 자랑이다
- 솔직히 모아가 자중했어야 하는 게 맞다고 봄. 경호 안드로이드가 없던 것도 아니고 알아서 처리해줄 텐데 손이 먼저 나가면 어쩌냐. 안 그래도 욕먹는데 더 욕먹을 빌미는 주지 말지
- 그럼 머리에 달걀 맞았는데 너 같으면 가만히 당하고만 있겠냐?
- 가만히 있으란 건 아닌데…… 맨날 모아가 이런 분란 일으켜서 피곤한 건 사실임. 다른 애들은 무슨 죄냐. 좋지도 않은 일로 그룹 이름 신문에 오르내리고

그러게요.

해연은 조용히, 마치 누가 보고 있기라도 한 듯 숨죽여서, 마지막 댓글의 '좋아요' 버튼에 시선을 두고 눈을 깜빡였다. 엄지손가락을 치켜올린 손 모양의 아이콘이 빨갛게 물들었다.

그 즉시 죄책감이 들었다. 모아를 몰래 배신한 것 같았다. 같은 그룹 동료로서 모아가 얼마나 힘들어하는지는 해연도 잘 알았다. 하지만 그건 명에 따르는 암이었다. 인기 많은 아이돌의 숙명이었다. 모아는 욕을 먹는 만큼 사랑도 받았다. 환호성과 야유를 동시에 들었다. 동경과 질시를 한 몸에 받았다. 모아를 미워하는 사람들과 사랑하는 사람들이 서로를 이기려고 기를 쓰며 목소리를 높였다. 결과적으로 온 세상이 모아 이야기를 했다. 그동안 해연은 뒤에 있었다.

무대 위에서도 모아 뒤에. 무대 밖에서도 모아 뒤에.

강모아는 1세대 유전자 편집 아이돌 중 하나였다. 이십여 년 전, 인간 배아의 유전자 교정을 제한하기보다는 사회적 진보의 수단으로 적극적으로 활용하자는 논의가 활발해졌고 '생명윤리 및 안전에 관한 법률'이 대대적으로 개정되었다. 비단 유전병 치료 목적이 아니어도 "사회 필수 인력 양성"이라는 명목하에 정부의 관리 감독을 받는다는 조건으로 유전자 편집이 허용되었다. 사회 각 분야에 필요한 인재들을 유전자 가위로 오려내는 시대가 열린 것이다. 미래의 외과 의사를 낳고 싶은 부모는 섬세한 손과 빠른 판단력을 주문했다. 정치인은 점잖고 카리스마 있는 대통령감 아들을 요구했다. 튼튼하게 발달할 운동선수의 근육을 가진 아기들이 태어났다. 어떤 화가는 자식에게만은 절대로 예술을 시키고 싶지 않다며 논리와 수리에 강하고 상상에는 젬병인 아기를 그려냈다. 동화 속에서 아기 공주님에게 미모와 품성과 건강을 선물해주는 착한 마녀들처럼, 어른들은 아이들에게 일련의 속성을 부여했다. 정부에서는 이렇게 태어난 아이들이 적절한 교육을 받고 성장해 적절한 분야에 진입할 수 있도록 제도적 발판을 깔아주었다. 그 아이들이 이제 스무 살이 되었다. 오래전 뿌린 씨의 결실이 맺히고 있었다. 이 열매들이 충분히 달고 탐스럽다는 것이 밝혀지면 기성세대의 의도는 성공이라고 할 수 있었다. 이 나라에서 불필요하게 태어나는 사람은 없게 하겠다는 의도. 미래의 불확실성을 제거하고, 인생의 역할을, 의미를 찾아 자손들에게 물려주겠다는 의도.

그렇게 해서 인간 역사상 가장 이상적인 아이돌들이 데뷔했다.

엔터테인먼트 회사들이 자식을 아이돌로 키우고 싶은 부모의 신청을 받아 유전자 디자인에 직접적으로 관여했다. 회사들은 수많은 범재 가운데 재능 있는 청소년을 발굴해내고, 거금을 들여 교육시키고, 성장 과정의 수많은 변수를 통제해야 하는 리스크에서 벗어나 말 그대로 천상 아이돌을 탄생시킬 수 있는 이 신세계에 두 발 벗고 달려들었다. 그렇게 디자인된 모아 같은 아이돌은 대중의 숭배를 받기에 적합한 특성을 타고났다. 미모, 몸매, 체력, 목소리, 음악적 감각은 물론이고 이른바 '끼'라고 하는, 사람들의 이목을 자신에게 집중시킬 줄 아는 능력까지. 이삼 년 전부터 곳곳에서 데뷔하기 시작한 이 유전자 편집 아이돌들은 아이돌 산업에 파란을 일으켰다. 버추얼 아이돌이 대세였던 시장의 흐름이 단숨에 뒤바뀌었다. 사람들은 인공지능보다 더 인공적이고 현실보다 더 생생한 GE 세대 소녀 소년 들에게 열광했다. 그리고 딱 그만큼 많은 사람이 이 신인류의 등장에 우려와 질시와 증오를 보냈다.

세대론으로 분류하자면 해연도 GE 세대에 속했다. 그러나 해연은 유전자 편집을 거치지 않고 태어났다. 셀리스의 다섯 멤버 중에서 모아를 제외한 넷은 신이 디자인해준 대로 태어난 아이들이었다. 한마디로 막 생겨난 애들이었다. 막 생겨서 편한 점도 있기는 했다. 적어도 퇴근길에 달걀을 맞을 일은 없으니까. 그룹의 리더인 민서는 자신의 존재를 전면적으로 부정하는 사람들 앞에서 이만큼 버텨내는 모아가 대단하다고 했다. 여자애 하나를 싫어하는 것이 윤리적으로 정당하며 숭고한 대의명분까지 있다고 믿는 사람들. 모아를 죽여야만 생명윤리가 바로 서고 인권과 인간의 자유의지가 보전된다고 믿는 사람들. 그런 식의 증오를 받는 건 도대체 어떤 기분일까?

해연은 죽었다 깨어나도 알 수 없을 터였다.

잠을 한 시간밖에 못 자도 피부가 깐 달걀 같은 건 어떤 기분인지. 새벽 1시에 라면을 먹어도 붓지 않는 건 어떤 기분인지. 유명 평론가가 "별이 부서지는 소리 같다"라고 평가한 음색으로 노래하는 건 어떤 기분인지. 신체 부위가 따로따로 움직이는 아이솔레이션 기술을 연체동물처럼 구사하며 춤추는 건 어떤 기분인지. 연말 무대에서 카메라를 향해 오 초 동안 눈웃음을 짓는 영상이 전세계 네트워크에 퍼지는 건 어떤 기분인지. 자기가 아이돌에 적합한 사람인지, 이토록 많은 사람에게 사랑받을 자격이 있는지, 언제까지 이 일을 하며 살 수 있을지 단 한 순간도 고민할 필요가 없다는 건 도대체 어떤 기분인지.

해연은 알 수 없었다.

기분이 한없이 가라앉았다. 해연은 커뮤니티에서 자신의 이름을 검색해보았다. 모아에 비해 훨씬 적기는 하지만 그래도 해연을 좋아하는 사람들의 반응이 나왔다. 해연은 굶주린 듯이 반응을 하나하나 읽었다. 기분이 조금 좋아지는 듯도 싶었다. 하지만 이만하면 됐다 하고 스레드를 빠져나온 순간 다시 기분이 허전해졌다. 자신에 대한 칭찬은 다 시시하거나, 지나치게 당연하거나, 빈말인 것처럼 느껴졌다. 그나마도 모아에 대한 언급이 섞여 있기가 부지기수였다. 결국 이야기는 돌림노래처럼 모아 사건으로 돌아갔다—팬들은 그 사건을 '모아 폭행 사건'이라고 부르지 않고 '안티GE 달걀 투척 사건'으로 불러야 한다고 말하고 있었다.

팬들은 이런 식으로 여론 관리에 나설 것이다. 추문을 가라앉히기 위해, 그룹 이미지를 좋게 만들기 위해, 반쯤은 의도적으로 반쯤은 진심의 발로로 모아에 관한 찬사를 커뮤니티에 끝없이 올릴 것이다. 모아의 예쁨. 사랑스러움. 라이브 실력. 춤선. 그건 셀리스 팬들이 가장 잘하는 일 중 하나이니까. 보지 않아도 뻔했다. 이제는 정말로 화장을 지우고 자야 할 시간이었다. 내일도 스케줄이 빡빡했다.

그렇게 해연이 커뮤니티에서 빠져나가려고 했을 때였다. 문득 한 스레드의 제목이 해연의 눈길을 끌었다.

제목: 강모아는 가짜임

작성자: 답답

가짜?

해연은 눈을 깜빡였다.

본문: 다들 내 말 안 믿을 거 아는데, 보다 보다 답답해서 쓴다. 사실 강모아 GE 인간 아님. 코엔에서 너네 다 속이고 있는 거임.

뭐라고?

해연은 한참 스크린을 바라보았다. 세 문장을 읽고 또 읽었다. 댓글은 한 건도 달리지 않았다. 너무 얼토당토않은 말이라서 반응할 필요도 못 느끼는 모양이었다. '답답'의 스레드는 금방 밑으로 떠내려갔다. 사람들은 어떻게 안티GE 단체에 집단 항의를 쏟아부을 것인가에 대한 토론에 불이 붙어 있었다.

해연은 일어나 앉았다. 자기도 모르게 주위를 둘러보았다. 아무도 없는 방에서 화장대와 커튼과 테이블만이 해연을 응시하고 있었다. 벽에 걸린 아날로그 시계가 가리키는 시각은 11시 50분이었다.

해연은 고민했다. 그러다 자정이 되었을 때 심호흡을 하고 '답답'에게 메시지를 보냈다.

보낸 메시지 가짜라니 그게 무슨 말이야?

더도 말고 덜도 말고 딱 그 말만 보냈다. 메시지를 보낸 사람이 누구인지 유추될 수 없게끔. 아니다 싶으면 곧바로 그만둘 수 있게끔.

답장은 기다렸다는 듯 곧바로 날아왔다.

받은 메시지 기자예요?

해연은 마른침을 삼켰다. 심장 박동이 귀를 쿵쿵 울렸다.

보낸 메시지 아뇨 그냥 구경하던 사람인데. 궁금해서요.

'답답'은 뭔가 망설이는 듯했다. [상대방이 메시지를 입력중입니다]라는 문구가 떴다 사라졌다 했다.

받은 메시지 저 이 정보로 돈 벌거나 그런 생각 없거든요. 그냥 모르는 사람 아무한테 털어놓고 싶은 거라서.

보낸 메시지 진짜 기자 아니에요. 셀리스에도 별로 관심 없고요. 그냥 오늘 뜬 기사 보고 궁금해서 들어와본 회사원이에요.

받은 메시지 그렇군요.

〔상대방이 메시지를 입력중입니다〕

일 분이 십 분처럼 느껴졌다. 그냥 접속을 끊고 잠이나 잘까 하는 도피 심리와 어서 상대방이 다음 말을 해줬으면 하는 강렬한 호기심이 충돌했다. 전자로 마음이 기울어질 때쯤 메시지가 도착했다.

받은 메시지 저는 국립인공포궁기관에서 일하는 간호사예요. 일하던, 이라고 해야겠군요. 이제는 여기 일 접었고 며칠 뒤에 해외로 뜰 거라서. 결론부터 말하자면 모아는 신생아 때 여기 간호사 실수로 다른 애랑 바뀌었어요.

보낸 메시지 바뀌다뇨?

받은 메시지 말 그대로예요. 다른 집 애랑 바뀌었어요. 코엔 소속 아이돌 되려고 유전자 편집했던 아기는 지금 완전히 다른 일 하면서 살고 있고, 모아라는 이름으로 아이돌 하고 있는 사람은 사실 지극히 평범한 집에서 자연 임신 과정으로 태어난 아기였다는 거예요.

해연은 선뜻 대답하지 못하고 멍하니 스크린을 바라보았다. 이게 무슨 소리지? 무슨 21세기풍 드라마 같은 애기야? 이런 일이 요즘 시대에 일어난다고?

이런 헛소리에 말려든 자신이 바보 같았다. 간호사를 자처하는 이 사람은 네트워크에 흔하고 흔한, 관심받고 싶어서 온갖 거짓말을 지어내는 사기꾼일 것이다. 모아에 대한 루머를 퍼뜨리려고 작정한 혐오자일 수도 있다. 댓글 하나도 달리지 않은 허튼수작에 장단을 맞춰준 사람이 다름 아닌 자신이라니. 해연은 대화를 끝내려고 말을 골랐다.

받은 메시지 당신, 제 말이 웃기지도 않는다고 생각하고 있죠? 근데 사실 저도 웃기지도 않는다고 생각해요. 당신이 지나가던 회사원이라고 둘러댄 거.

해연은 흠칫 굳었다.

받은 메시지 믿어도 안 믿어도 상관없어요. 난 그냥 솔직해지고 싶은 것뿐이니까. 처음에 이 사실을 알고 기관 측에도, 코엔 측에도 문제 제기 했지만 무시당했어요. 기관에서는 당연히 자기네 실착을 책임지고 싶지 않았고, 코엔은 지금까지 모아 하나 키우자고 어마어마한 돈을 퍼부었으니 도루묵 만들고 싶지 않던 거죠. 그냥 없던 일로 하고 넘어가면 모두가 좋으니까 덮어버린 거예요.

보낸 메시지 하지만 모아네 부모는요?

받은 메시지 그러니까요. 아무것도 모르고 있어요. 모아랑 바뀐 여자애도, 그 집 가족들도.

해연은 울컥 화가 치밀었다. 이건 거짓말이어도, 진실이어도 몹시 부당한 이야기가 아닌가.

보낸 메시지 당신 말이 사실이라면, 이렇게 네트워크에서 아무나 붙잡고 값싼 루머처럼 떠들 게 아니라 당사자들한테 정식으로 이야기해야 하는 거 아니에요?

받은 메시지 :)

웃다니? 뭐가 웃기지? 해연이 뭐라고 더 쏘아붙이려고 내장된 마이크에 대고 몇 마디 말을 뱉었다가 지웠다가 하는 사이에 새 메시지가 도착했다.

받은 메시지 당신이 누군지는 모르겠지만 나는 평범한 사람이에요. 기관에서도 코엔에서도 나 하나만 조용히 하면 된다고 구슬리는 상황에서 그런 행동을 하려면 큰 용기가 필요해요. 잘못하면 나만 미친 사람 될 수도 있고, 손해 배상 소송에 휘말릴 수도 있고. 당신이라면 그런 걸 감수할 수 있겠어요?

해연은 할 말이 없었다.

보낸 메시지 하지만…….

받은 메시지 어쨌든 나는 이제 됐어요. 그쪽은 그쪽 마음대로 하세요. 소문내든, '당사자'에게 말하든, 기사를 쓰든. 이만 대화 종료할게요.

보낸 메시지 잠깐만요.

해연은 자기도 모르게 말했다.

보낸 메시지 진짜 모아는 어디서 뭐 하는데요?

◆◆◆

해연은 지금 자신이 하는 행동을 믿을 수 없었다.

도심을 미끄러지는 무인 택시 안에서 해연은 검은 차창 밖을 물끄러미 내다보았다. 겨울날 일요일 아침 거리는 황량했다. 옷깃을 세우고 종종걸음으로 인도를 걷는 사람들 위로 앙상한 빌딩이 늘어서 있었다. 하늘은 금방이라도 눈을 쏟을 듯 뿌옜고 어두침침한 허공을 배경으로 옥외 광고판이 빛을 발했다. 그중 하나에 또 다른 GE 소녀를 메인으로 내세운 걸 그룹의 새 앨범 홍보 영상이 송출되고 있었다. 미디어에서는 저 애와 모아를 라이벌 구도로 자주 비교했다.

만약 모아가 GE 인간이 아니라면, 어떻게 되는 거지.

해연은 모아가 GE라서 가능한 것이라고만 믿었던 온갖

재능을 떠올렸다. 자신은 절대로 따라잡을 수 없고 넘볼 수조차 없으리라고 생각했던 특성들. 그런데 그것들이 타고난 것이 아니었다면, 아니 운 좋게 타고났을 수는 있을지라도 적어도 인위적으로 디자인된 것은 아니었다면, 그러면 자신은 뭐가 되는 것인지. 모아를 떠받들던 사람들과 모아를 증오하던 사람들은 다 어떻게 되는 것인지. 머리가 어찔거렸다. 그야말로 온 세상이 놀아난 셈이었다. 모아 본인도 포함해서.

감당하기 어려운 비밀이었다. 모아의 삶이 자신의 두 손 안에 든 느낌이었다. 모아가 한순간에 추락할 수도 있는 스캔들을 손에 쥔 것 같았다. 물론 '답답'의 말이 거짓일 수도 있다. 아니, 거짓일 가능성이 훨씬 높다. 해연은 그것이 진실이기를 바라는지 아닌지 스스로 판단이 서지 않았다. 다만 확인하고 싶었다.

확인해서 뭘 어떻게 할 것인지는 모르겠지만.

택시가 구시가지로 접어들면서 주변 풍경이 변해갔다. 도로가 좁아졌고 건물은 좁고 낮고 칙칙해졌다. 고풍스러운 구청 건물을 지나자 오래된 초등학교와 시장이 나왔다. 해연은 선글라스를 고쳐 쓰고 자세를 바로 해서 앉았다. '답답'은 이곳 어딘가에 진짜 모아가 있다고 했다. 박인주라는 이름으로 살아가는 진짜 모아.

만약 박인주가 남부럽지 않게 살고 있다고 했다면 해연이 굳이 찾아 나서기까지는 않았을지도 모른다. 그러나 '답답'은 박인주가 가난하다고 했다. '답답'이 알아본 바에 따르면 박인주는 안드로이드 수리공으로 일하는 홀아버지 밑에서 자랐다. 당연하게도 어려서부터 예뻤고 음악에 두각을 드러냈지만 그것을 받쳐줄 지원을 기대할 수 없는 환경이었다. '답답'은 박인주를 찾으려면 그가 다니는 교회에 가는 것이 가장 빠를 거라고 했다. 음악을 좋아하지만 정규 교육을 받을 여건이 안 되는 청소년이나 청년 들이 교회에 의존하는 경우는 흔했다. 교회에 가면 언제든 노래할 수 있고 피아노를 칠 수 있고 기타를 만질 수 있고 춤을 출 수 있으니까. 일요일만 되면 어김없이 청중이 찾아오고 그들은 어김없이 귀 기울여 연주를 들어주니까. 아무리 작고 허름한 교회라도.

진짜 모아가 작은 동네 교회의 찬양단원이라니.

믿기지 않았다. 원래대로였다면 모아가―해연이 모아라고 알고 있는 그 화려하고 찬란한 아이돌이 그런 삶을 살아야 했다는 게 아닌가. 한편 박인주는 자신에게 주어진 것이 당연한 줄로만 알고 있겠지. 어른들의 농간으로 원래 자기 것이어야 했던 엄청난 부와 명성을 남에게 빼앗긴 줄도 모르는 채. 박인주가 정말로 아이돌로 디자인되었다면, 그는 한 교회의 신도들보다 훨씬 많은 사람 앞에서 노래하고 춤추고 사랑받고 싶은 갈망에 사로잡혀 있을 것이다. 박인주는 그 갈망을 충족시키지 못해서 불행할까. 아니면 그것이 주제넘은 욕심이라고 생각하며 자기 처지에 만족하고 있을까. 자신은 GE 인간이 아니라서 재능이 부족하다고 여기며 주눅 들어 있을까.

부당하다. 너무나 부당한 일이다.

택시는 지어진 지 오십 년은 넘은 듯 보이는 아파트 단지의 상가 앞에 멈춰 섰다. 여기 어디에 교회가 있나 하고 올려다보니 상가 건물 꼭대기에 십자가가 세워져 있었다. 건물의 사 층과 오 층을 예배당으로 쓰는 모양이었다. 한눈에 보기에도 방음이 잘 되지 않을 창문 너머에서 피아노 소리가 새어 나왔다. 해연은 시계를 확인했다. 예배 시작까지 아직 이십 분이 남아 있었다.

좁은 계단을 거쳐 다다른 예배당은 곧 다가올 크리스마스 분위기로 가득했다. 플라스틱 트리에 칭칭 두른 꼬마전구가 반짝였고 곳곳에 호랑가시나무 조화가 달려 있었다. 무대 위 피아노 앞에 앉은 사람은 귀에 익은 잔잔한 캐럴을 연주하고 있었다. 홀에 늘어선 장의자에는 점잖은 옷을 갖춰 입은 노인이나 장년층이 많았고, 젊은 사람은 여남은 명쯤 보였다. 해연은 맨 뒷줄 구석 자리에 조심스럽게 앉았다. 같은 의자 끝자리에 앉은 사람이 해연을 흘끔 눈짓했다. 그제야 선글라스를 쓴 채로 예배에 참석할 수는 없다는 데에 뒤늦게 생각이 미쳤다. 해연은 마지못해 선글라스를 벗어 주머니에 집어넣고 기도하는 척 고개를 수그렸다.

이윽고 찬양단원들이 자리를 잡았다. 흰 상의에 청바지나 면바지를 입은 단정한 청년들이 기타나 베이스를 잡고 드럼스틱을 쥐었다. 긴 머리를 포니테일로 묶은, 체구가 큰 여자 하나가 마이크 앞에 섰다. 피아노 연주자가 치던 곡을 마무리하고 키보드로 옮겨 앉으면서 잠시 정적이 흘렀다. 그리고 새로운 곡이 시작됐다.

    날 인도하는 빛 선하신 목자
    환난 날의 구원 나의 견고한 반석
    어둔 바다 위 등대 내 길의 등불
    음침한 골짜기라도 난 두렵지 않네

경쾌한 노래였다. 드럼이 신나는 리듬을 깔고 빠른 베이스 음이 그 위에 얹혔다. 기타 연주자는 리드미컬한 리프를 되풀이했고 키보드 연주자는 아까의 조용한 곡과 사뭇 다르게 생기 있는 반주를 했다. 전체적으로 강약 조절이랄 게 없다시피 했고 실수도 잦았지만 분위기는 화기애애했다. 그런데 보컬은 달랐다. 해연은 포니테일 여자를 눈여겨보았다.

    오 주가 다스리시네
    오 주만 의지합니다
    오 주는 영원하신 왕
    오 주만 따라갑니다

사람들이 모두 후렴을 따라 부르는 가운데—다들 아는 노래인지, 찬송집을 펴지도 않고 잘도 불렀다. 해연은 입을 벙긋거리며 부르는 척만 했다—여자의 목소리는 단연 두드러졌다. 청아한 음색에 시원시원한 발성. 음정도 박자도 정확했고 아무것도 아니라는 듯 고음을 가뿐히 소화했다. 무엇보다도 인상적인 것은 그의 카리스마였다. 여자는 환하게 웃는 얼굴로 신도들과 눈을 맞췄다. 한 명 한 명에게 말을 걸듯이 노래했다. 그 와중에 악기들에게 곡의 흐름을 지시하는 지휘자 역할도 했다. 이곳에 있는 누구라도 여자에게 집중할 수밖에 없었다. 사람들은 그가 일으키는 파도에 휩쓸리듯 너울거리며 목소리를 높여 찬양했다. 해연은 직감했다. 저 여자가 박인주구나.

주와 같은 분은 없네 할렐루야
주와 같은 분은 없네 할렐루야
주와 같은 분은 없네 할렐루야
주와 같은 분은 없네 할렐루야

다시 한번 부릅시다.
온 마음으로 찬양합시다.
우리 주 하나님께 영광을!

주와 같은 분은 없네 할렐루야
주와 같은 분은 없네 할렐루야……

　여자는 맑게 웃고 있었다. 기뻐 보였다. 진심으로 행복해 보였다. 어떤 콘서트 무대에 선 아이돌 못지않게 충만한 얼굴이었다. 아니, 어쩌면 그 이상이었다. 누군가가 던진 달걀에 맞을지도 모른다는 두려움이나 완벽하게 무대를 하려는 긴장감 같은 것은 조금도 보이지 않았다. 하나님을 향한 감사와 사랑만 있으면 충분하다고 생각하는 듯했고 신도들도 같은 생각인 듯했다. 해연은 어쩐지 실망스러웠다. 음악에 따라 기우뚱거리며 흔들리는 여자의 몸을 해연은 물끄러미 바라보았다. 키가 175센티미터, 어쩌면 그 이상은 되어 보였다. 장신이었다. 뺨에 살이 올라 웃을 때마다 둥그렇게 불거졌고 등과 어깨가 탄탄하고 엉덩이가 컸다. 저 정도면 몇 킬로그램쯤 될까? 해연은 50킬로그램이 넘는 사람의 체중을 잘 가늠할 줄 몰랐다. 키가 크고 비율이 좋으니 살을 빼면 모델처럼 늘씬한 몸매가 될 텐데. 본판의 우수함은 어디 가지 않으니까. 그리고 머리에 볼륨을 넣고 화장을 살짝 한다면……. 해연은 생각을 멈추려고 혀를 깨물었다.

　찬양 시간이 끝나고 본격적인 예배가 시작되었다. 찬양 단원들은 맨 앞 신도석에 앉았고 예배 인도자로 보이는 사람이 나와서 대표 기도를 했다. 기도 도중 "찬양을 이끈 박인주자매에게 은혜를 내려주시고……"라는 대목에서 해연의 짐작은 확신이 되었다. 하지만 그 확신은 어디로도 이어지지 않았다. 박인주에게 모아에 대해 무슨 말이라도 할 수 있을 리 없었다. 좌중에서 간헐적으로 아멘 소리가 터져 나왔다. 해연은 여기 괜히 왔다 싶은 후회가 들었다. 도중에 나가버리면 너무 이목을 끌 테니 이제부터 한 시간을 꼬박 앉아 있어야 했다. 해연은 주머니에 넣어둔 선글라스를 만지작거리며 기도하는 척했다. 감은 눈 안에서 모아의 얼굴이 어른거렸다.

드디어 예배가 끝나고 해연은 서둘러 자리에서 일어섰다. 자리에 앉아 기도하는 사람들과 인사를 나누는 사람들 사이를 비집고 출구로 나가려는데 뒤에서 누군가가 어깨를 잡았다. 뒤를 돌아보니 박인주였다.

"해연 님! 해연 님 맞죠!"

해연은 아무 말도 못 했다. 박인주는 눈을 커다랗게 뜨고 몸을 약간 굽힌 채 해연을 내려다보았다. 가까이서 마주 보니 박인주의 긴 속눈썹 아래 드리워진 촘촘한 그림자가 보였다. 뺨이 살짝 상기되어 있었다.

"어……"

"세상에! 하나님 감사합니다! 저 진짜 해연 님 팬이거든요!"

박인주가 두 손을 맞잡으며 환호성을 질렀다. 해연은 너무 당황해서 어물거렸다. 주변에서 사람들이 무슨 일인가 하고 하나둘씩 이쪽으로 다가오고 있었다. 대부분은 해연이 누구인지 모를 법한 연배였지만 셀리스라는 그룹 정도는 알 것이다. 큰일이다. 아무도 모르게 다녀가려고 했는데. 해연은 뒤늦게 습관적인 미소를 입술에 띄웠다.

"아, 안녕하세요. 감사합니다. 찬양 너무 잘 들었어요."

박인주가 활짝 웃으며 몸을 앞뒤로 까닥였다.

"저희 교회는 어떻게 알고 오셨어요?"

"그게……."

"저 진짜 팬이에요."

박인주는 자기 질문을 잊은 듯 다음 말을 우르르 쏟아냈다.

"그냥 하는 말이 아니고요. 셀리스에서 해연 님 제일 좋아한다고요. 데뷔 때부터 쭉 좋아했어요. 작년에 나온 프로젝트 싱글도 스트리밍 열심히 했고요. 직캠도 다 찾아봤어요. 이번 콘서트도 당연히 예매해뒀죠. 그저께 공연 솔로 무대에서 직접 짠 안무로 독무 추셨다면서요! 대단해요! 다음 공연 때도 하실 거죠?"

해연은 멍하니 고개를 끄덕였다.

"너무너무 기대돼요. 저는 해연 님이 열심히 하는 모습이 너무 좋아요. 언제나 진지하게 최선을 다하고 팬들에게 좋은 걸 보여주려고 하시잖아요. 보고 있으면 기분이 좋아지고 저도 막 힘이 난다니까요. 해연 님은 하나님이 빚으신 보물이에요. 주님이 해연 님 통해서 저를 일으켜주시는 것 같아요."

박인주는 진심으로 감격한 듯 목소리가 살짝 갈라졌다. 해연을 만난다면 할 말을 평소에 연습이라도 했는지, 아니면 찬양을 이끌다 보니 구변이 능해진 것인지. 팬 사인회처럼 미리 준비된 자리에서도 할 말을 떠올리지 못해 아까운 기회를 낭비하는 팬들도 많은데. 해연은 그의 말을 듣는 동안 당혹감을 숨기고 팬을 대하는 아이돌의 자세를 둘러 입었다. 해연도 삼 년차 아이돌이니만큼 이런 데 어리숙한 초보는 아니었다.

"너무 기쁘네요. 지나가다가 찬양 소리가 너무 좋아서 들어와봤는데, 팬을 만날 줄은 몰랐어요. 좋은 말씀 해주셔서 정말 고맙습니다. 사인해드릴까요?"

"앗, 내 정신 좀 봐! 사인부터 부탁드렸어야 했는데! 잠깐만요……."

박인주가 후닥닥 신도석으로 돌아가더니 공책을 한 권 가져왔다. 그러는 사이에 몇 안 되는 젊은 신도들도 웅성거리면서 저마다 소지품을 가지고 합세했다. 해연은 가까운 장의자에 자리를 잡았다. 조촐한 사인회가 만들어졌다.

해연은 박인주가 내민 공책에 사인을 하고 날짜를 쓴 다음 어떤 코멘트를 덧붙일지 생각했다. 평소처럼 타이틀곡의 가사에서 따온 코멘트를 덧붙일까. 팬 사인회에서 하듯이 "우리 자주 봐요!"를 쓸까. 아니면 "인주 씨 찬양 최고!"라고 할까. "목소리가 예뻐요 :)"라고 할까. 아니면…….

"저기, 혹시……."

해연은 고개를 들고 박인주를 보며 말했다. 박인주가 기대감이 실린 눈빛으로 해연을 마주 보았다.

"네?"

박인주의 얼굴에 문득 모아가 겹쳐 보였다. 달걀을 던진 사람을 후려치던 순간의 모아가 생각났다. 어둠 속에서도 헤드라이트처럼 번뜩이던 두 눈. 금방이라도 터질 듯하던 얼굴. 서러움에 북받쳐서 일그러지던 입술. 지금 생각하면 그 순간 모아는 작고 작은 아이 같았다.

해연은 고개를 떨어트렸다.

"아니에요."

•••

교회를 나온 해연은 선글라스를 쓰고 택시를 불렀다. 택시를 기다리는 동안 네트워크에 접속해 팬 커뮤니티에 들어가보았다. 팬들은 모아의 사과문을 둘러싼 대중의 반응에 대해 이야기하고 있었다. 모아가 잘못을 인정하고 사과했는데도 사람들이 너무 몰인정하게 군다고. 모아는 충분히 반성하고 있는데 세상이 몰라준다고……. 아니, 사실 모아는 반성하지 않았다. 회의 때 모아는 회사 임원들과 멤버들 앞에서 자기는 때린 걸 후회하지 않는다고 큰소리를 쳤다. 저도 사람이에요. 모욕당하면 되돌려줄 수도 있는 거 아닌가요. 왜 내가 사과해야 하는데요. 오히려 사과받고 싶거든요. 내가 아이돌로 태어나고 싶어서 태어난 것도 아닌데 왜 이런 미움을 감당해야 하는데요. 내가 뭘 그렇게 잘못했는데요·······.

　무인 택시가 해연의 앞에 멈춰 섰다. 해연은 네트워크를 끄고 택시에 올라탔다. 어느새 싸락눈이 내리고 있었고 세상은 거짓말처럼 조용했다. 해연은 등받이에 몸을 기대고 눈을 감았다.

노 어덜트 헤븐

"하느님의 나라는 어린이들의 것이니라. 나를 받아들이듯이 어린이를 받아들여라. 분명히 말하건대, 너희가 생각을 바꾸어 어린이와 같이 되지 않으면 결코 하늘나라에 들어가지 못할 것이다."

예수는 그렇게 말했다. 늘 그랬듯이 예수는 완전히 진심이었다. 제자들이 혹여나 흘려들을세라 "분명히"라고 서두를 뗐고 "결코"라고까지 강조했다. 그리고 그 진심을 담은 가르침이 마태오와 루가라는 성인들에 의해 기록되었고 그 기록이 신약성경으로 집성되어 사람들에게 이천 년 넘도록 전해 내려왔다.

한마디로, 신은 할 만큼 했다. 그런데 어른들이 그걸 멋대로 과장이라고 받아들였다. 어른들은 에이 아무리 그래도 설마 어린애들만 천국에 들여보내진 않겠지, 하느님 믿으면

다 천국행이지 뭐, 그렇게 생각했다. 그들이 신의 말을 좀처럼 받아들이지 못하는 까닭은 내심 어른스러움이라는 가치를 중시하기 때문이었다. 크고, 강하고, 아는 것이 많고, 쌓은 것이 많고, 자기들끼리 만든 규칙에 걸맞게 행동할 수 있고, 노동하는 능력 혹은 노동하지 않아도 자족할 수 있는 능력을 최고라고 여겼다. 그 가치관은 너무나 강력해서 어지간해서는 벗어날 수 없었다. 그들이 생각하기에 어린이란 인간이 미덕과 능력을 갖추기까지 거치는 과도기의 다른 이름일 뿐 독자적인 개인이 아니었고, 과도기 특유의 미숙함을 그들은 참아줄 수 없었다. 연약함, 시끄러움, 민폐, 의존성, 어리석음, 방종, 그런 것들이 그들을 화나게 했다. 무엇보다도 아이들을 가까이에서 대하다 보면 어른들 자신도 딱히 어른스럽지 못하다는 사실을 상기하기 일쑤였는데 그 또한 불쾌한 경험이었다. 그래서 그들은 신의 말을 따라 마지못해 아이들을 키우면서 그들이 빨리 자기들과 같은 어른이 되기만을 바랐다. 그리고 그때가 오기까지 지상의 아이들은 어른들이 지정한 장소에서만 지내야 했다. 그 외의 장소에는 들어갈 수 없었다.

그러나 천국은 아이들의 나라였다.

아이들이 다 그렇듯 멜론은 자신이 어쩌다 천국에 왔는지 기억하지 못했다. 멜론이 아닌 원래 이름이 무엇이었는지도 몰랐다. 기억은 시름을 가져온다. 돌이킬 수 없는 과거에 대한 미련을, 후회를, 원망을 동반한다. 천국의 아이들은 아무엇도 기억하지 못했다. 그러므로 행복했다. 아니, 행복과 불행을 분간할 필요가 없었고 그런 분별이 가능하지도 않았다. 천국의 아이들은 그저 순수한 자기 자신으로 존재했고, 그것은 신이 내린 가장 큰 축복이었다.

멜론은 맑은 에메랄드빛을 띠었고 싱그럽고 달콤한 향기를 풍겼다. 부드러운 온몸 가득히 물기를 머금고서 반짝이는 물방울을 아낌없이 흘리고 다녔다. 멜론은 가장 따스한 햇살과 가장 시원한 그늘을 모두 가지고서 주변 아이들을 감싸주었다. 아이들은 자주 멜론을 먹으며 즐거워했고 그러면 그 아이들의 즐거움이 송골송골 맺혀 한데 모여 다시 멜론이 되었다. 아이들은 누구나 멜론을 좋아했고 그와 가까이 있고 싶어 했다. 멜론은 자신이 좋았다. 천국에서는 그 누구도 멜론에게 멜론이 아닌 이름을 붙이지 않았고, 여자라느니 남자라느니 나누지 않았고, 부모님에게 돈이 많고 적고나 사는 집이 넓고 좁고를 따지지 않았으며, 어른이 되면 거짓임을 알게 되는 가짜 지식을 가르치지도 않았고, 이해할 수 없는 규칙을 따르라고 요구하지도 않았고, 그런 것을 따르지 않는다고 해서 때리거나 혼내지도 않았다. 그 상태는 너무나 당연해서 멜론은 지상의 아이들이 그토록 불합리한 일들을 견딘다는 사실을 들을 때마다 놀랐다.

천국의 아이들은 좋아하는 일을 하며 하루를 보냈다. 기타를 치는 아이도 있고, 컴퓨터 게임을 하는 아이도 있고, 꽃을 가꾸는 아이도 있고, 친구들과 날아다니며 별빛을 켜거나 끄며 노는 아이도 있고, 동물의 말을 배워 책을 쓰는 아이도 있고, 천국 곳곳을 크레파스 낙서로 뒤덮는 아이도 있고, 과자 숲에서 수많은 종류의 과자를 따와서 그걸로 집을 짓고 친구들을 초대하는 아이도 있고, 천국의 가장 깊은 바다에 잠수해 산호들 사이에서 낮잠을 자는 아이도 있고, 개들과 술래잡기를 하는 아이도 있었다―모든 개는 천국에 왔는데, 왜냐하면 개들은 천사이기 때문이다.

멜론이 좋아하는 것은 옷이었다. 천국에는 온갖 신비로운 천이 있었고 멜론은 그 천들로 마음껏 옷을 만들 수 있었다. 입은 사람의 감정에 따라 다른 빛깔을 띠는 옷, 움직일 때마다 플루트 소리가 나는 옷, 촘촘하게 짜인 물방울로 이루어진 옷, 무지개에 천사 날개의 깃털을 엮어 만든 옷, 보랏빛 금속을 주름 잡아 지은 옷……. 멜론은 그런 옷들을 입고 다니기도 하고 친구들에게 입혀주기도 했다. 친구들을 모아 패션쇼를 벌이기도 했다. 천국에서는 아무도 어떤 옷이 남자 같다거나 여자 같다거나 야하다거나 기괴하다거나 나이에 안 맞다거나 몸이 뚱뚱해 보인다거나 너무 말라 보인다거나 키가 작아 보인다거나 유행이 지났다고 흠잡지 않았다. 멜론이 만든 옷은 언제나 자기 자신으로 존재하는 천국의 아이들이 다른 무엇이 되어보며 놀 수 있는 기회를 선사했고 그것은 즐거운 일이었다. 멜론은 아이들을 모아 패션쇼를 벌이고 신을 초

대하기도 했다. 신은 런웨이 한편에 앉아 쇼를 지켜보며 밝게 웃었다. 멜론이 버드나무 가지로 짠 베에 아이들이 밤하늘에 쏘아 올린 불꽃놀이의 불똥을 하나하나 달아 장식한 옷을 신에게 선물하자 신은 마음에 쏙 든다며 멜론을 칭찬했다. 멜론은 신을 사랑했다. 신의 무릎을 베고 자는 낮잠을, 무엇으로부터든 멜론을 지켜줄 커다란 손을, 신에게서 풍기는 여름과 겨울의 향기를, 소탈하고 다정한 웃음소리를 사랑했다. 신의 품에 안길 때면 멜론은 기억나지 않는 지상의 슬픔조차 모두 씻기는 기분이 들었다.

그런데 멜론이 천국에 흐르는 강물의 윤슬로 옷을 짓고 있던 어느 날, 신이 지상의 슬픔에 대해 멜론에게 전했다.

"멜론아, 네게 할 일이 생겼단다."

신이 언제나와 같은 부드러운 음성으로 말했다.

"뭔데요?"

"이번에 열릴 재판에 네가 증인으로 서야겠어."

멜론은 아, 하고 입을 열었다가 다시 다물었다.

천국에서 무조건 환영받는 아이들과 달리, 어른들은 들어오려면 재판을 받아야 했다. 악마들이 어른이라면 무조건 지옥에 데려가려 하기 때문이었다. 악마들은 신이 깨끗한 아이들의 영혼을 가져가니 어른의 영혼은 자기 몫이라며 공소를 제기했다. 피고인이 악마와의 소송에서 이기려면 자신의 아이 같음을 증명해야 했다. 신 앞에서 자신이 어떠어떠한 이유에서 아이 같은지 자기 삶을 근거로 호소하고, 그 주장을 뒷받침할 증인을 채택해야 했다. 주로 가족이나 친구를 골랐지만 만약 천국에 아는 사람이 없으면 지옥에서라도 불러왔다.

천국의 아이들에게는 모두 부모가 있었으므로, 부모의 재판에 증인으로 불려가는 경우가 종종 있었다. 아니나 다를까 신이 이렇게 말했다.

"양희정, 너희 엄마의 재판이란다."

멜론은 이 말을 예상했으면서도 당황했다. 엄마라는 사람이 있을 것이고 그렇기에 자신이 태어났다가 죽었으리라는 것은 알았지만 엄마의 존재에 대해 이제껏 깊이 생각해본 적이 없었다.

"엄마가 죽었군요."

"그래. 육십 세, 젊지는 않지만 그 시대에는 그리 늙었다고도 할 수 없는 나이에 죽었지."

"그분이 왜 저를 골랐을까요? 제가 엄마 삶을 지켜본 시간은 길지 않을 텐데요. 저는 열두 살에 죽었는걸요."

"글쎄다."

신이 빙그레 웃었다.

"선택은 네 몫이다. 너희 엄마의 증인이 되어주겠니? 너도 들어서 알겠지만 누군가의 증인이 되면 그 사람의 고뇌와 슬픔에 대해 속속들이 알게 될 뿐만 아니라, 그 사람과 엮인 네 삶의 기억까지 되살아나서 괴로워질 수 있어. 또 만약 엄마가 천국에 들어오지 못할 경우엔 너도 더 슬퍼질 수 있고."

멜론은 곰곰이 생각에 잠겼다. 그다지 내키지는 않았다. 지금의 생활이 충분히 만족스러웠고 부정적인 감정에 휩싸이고 싶지 않았다. 하지만 자신이 증인이 되어주기를 바라는 사람을 실망시키기가 꺼려졌다. 천국의 여느 아이들이 그렇듯이 멜론도 타인에 대한 연민과 의협심이 있었다. 자신을 필요로 하는 사람의 손을 뿌리치고 싶지 않았다.

어차피 심사 과정에서 떠오르는 기억과 감정은 일시적인 것이고 증인 역할이 끝나고 나면 다시 잊을 것이다. 멜론은 영원히 천국의 주민이었다. 어떤 일도 멜론의 영혼에 상처 하나 낼 수 없었다. 그렇다면 용기를 내지 않을 이유가 없으리라.

"하겠어요. 저도 도움이 되고 싶어요."

신이 멜론을 쓰다듬었다. 신의 손에 시원한 물기가 묻어났다.

"고맙다, 멜론아."

천국과 지옥의 중간층에 마련된 법원 대면실에서 엄마를 처음 마주했을 때 멜론은 자신의 결정이 올바른 것이었는지 의심스러워졌다.

"재훈아!"

의자에 앉아 있던 겨자색 페이즐리 무늬 옷차림의 여자가 멜론을 보자마자 일어서며 외쳤다. 여자, 희정의 주름진 얼굴에 자리 잡은 두 눈은 쌍꺼풀이 짙었고 짧은 머리카락은 밝은 회색이었다. 희정은 유난히 큰 눈에 눈물을 글썽이며 멜론을 바라보았는데 당장이라도 끌어안고 싶지만 알 수 없는 이유 때문에 주저하는 듯 보였다.

"안녕하세요, 엄마. 저는 재훈이 아니라 멜론이에요. 보세요, 완전히 멜론이잖아요."

희정이 영문을 모르겠다는 듯 눈을 껌뻑이자 눈물이 굴러떨어졌다.

"무슨 소리니, 넌 재훈인데. 내가 낳고 내가 이름 지어준 재훈이. 이렇게 다시 만날 줄……."

희정이 쓰게 웃으며 눈물을 닦고는 말을 이었다.

"만날 줄 알고는 있었지, 너라면 틀림없이 천국에 갔을 거라고 생각했으니까. 그래도 오래 기다렸단다. 아주, 아주 긴 시간이었어……."

겨우 사십칠 년이? 천국에서 사십칠 년은 찰나에 불과했다. 멜론은 시간의 흐름을 몰랐고 그런 것은 중요하지도 않다고 생각했다.

몇 마디 나누지도 않았는데 엄마의 말을 하나하나 반박하고 싶은 신경질적인 충동과 더불어 이미 그런 행동을 너무 많이 한 듯한 피로감이 들었다. 불편한 감정들이 너무 낯설어서 멜론은 도망치고 싶어졌다. 하지만 그럴 순 없었다. 이미 돌이킬 수 없는 변화가 시작되고 있었다.

작고 어둑했던 미용실. 공기 중에 떠돌던 화학 약품 냄새. 거울 앞에서 헤어스프레이로 머리를 세우고 스팽글 셔츠에 나팔바지를 입고 손님들 앞에서 자랑스럽게 노래를 부른 재훈을 엄마는 혼냈다. 사내애답지 못하다고, 고추 떨어진다고 했다. 목사가 될 아빠 체면을 망가뜨리지 말라고도 했다. 수없이 느꼈던 익숙한 수치심. 그때도 그전에도 후에도 재훈은 많이 울었다. 콧속에 가득히 차오르던 눈물 냄새. 창문으로 비쳐들던 햇살 속을 떠돌던 먼지. 엄마가 없는 집에서 재훈은 미용실에서 몰래 가져온 패션 잡지와 여성 잡지를 들춰보며 놀았다. 마음에 드는 사진을 오려서 일기장에 붙였다. 언젠가 돈이 생기면 이렇게 저렇게 입어야지 하고 상상하며 시간을 보냈다. 텔레비전에 나오는 연예인들의 옷차림을 뜯어보았고 그중 누군가는 재훈의 우상이, 누군가는 비판 대상이 되었다. 처음으로 친구들과 함께 지하철을 타고 인천을 용감히 벗어나—그래, 인천에 살았다—머나먼 동대문에 간 날 벅차올랐던 마음을, 온 세상이 반짝이던 풍경을, 피곤한 줄도 모르고 밀리오레를 온종일 누비고 다녔던 시간을 어떻게 잊었을까. 재훈은 그런 모험을 더 많이 하고 싶었다. 서울이 아닌 런던으로, 도쿄로, 바르셀로나로 가보고 싶었다. 좋아하는 애와 함께. 재훈이 처음 좋아한 애는 여자애가 아니라 남자애였다. 누구에게도 말하지 못했지만, 재훈 그리고 멜론조차 잊었지만, 외면할 수 없었던 분명한 사실이었다. 재훈은 그 사실을 들키면 더욱 큰 수치심을 맛보게 되리라는 것을 본능적으로 알았다. 그래서 숨겼다. 일기장에만 적었다. 그 일기장을 엄마가 훔쳐보고 있었음을 알게 된 것은 나중의 일이었다.

나중의 일…….

재훈은 불쑥 말했다.

"엄마, 나는 여기서 잘 지내고 있었어."

"그렇지, 그렇지. 그래 보여. 엄마는 정말 기뻐. 네가 행복해져서……."

"엄마가 나타나지 않았다면 계속 잘 지냈을 거야."

엄마가 상처받은 표정을 지었다. 재훈은 여기 오기 전까지만 해도 상상조차 하지 못한 말들을 쏟아냈다. 기억은 고통을 불러왔고, 고통은 미움을 불러왔다. 이런 상태에서는 연민도 의협심도 발휘할래야 할 수가 없었다. 멜론 안의 재훈이 억울하다고, 분하다고, 그런 걸 베풀고 싶지 않다고 소리 지르고 있었으니까. 멜론은 이제 더 이상 본연의 멜론이 아니었다.

"왜 하필 나를 골랐어? 나를 불러내면 내가 엄마, 보고 싶었어, 엄마 사랑해, 이럴 줄 알았어?"

"재훈아……."

"아니면 용서받고 싶었던 거야? 내가 엄마를 두둔해주고 변호해주면서, 엄마 행동에는 다 그럴 만한 이유가 있었다고, 내 입으로 그렇게 말해주기를 바랐던 거야? 나를 죽였으면서, 엄마가 나를 죽였으면서!"

엄마의 얼굴이 새하얗게 질렸다. 재훈은 내뱉은 말을 후회했지만 주체할 수 없었다.

둘 사이에 침묵이 흘렀다.

먼저 입을 연 쪽은 엄마였다.

"그런 게 아니야. 재훈아, 나는…… 엄마는…….."

재훈은 기다렸다. 무엇을 기다리는지 몰랐지만 기다렸다.

엄마가 힘겹게 말을 이었다.

"너에게 미안하다고 말하고 싶었어. 생전에는 사과할 기회가 없었잖니. 그게 얼마나……."

엄마가 다시 숨을 골랐다. 페이즐리 무늬 위로 눈물이 후두둑 쏟아졌다.

"내 평생 얼마나, 얼마나 아팠는지 몰라."

재훈은 안도감을 느끼면서도 한편으로는 가슴이 싸늘해졌다. 엄마의 말버릇. 엄마의 자기연민. 너무나 잘 알았다. 엄마랑 같이 살 때는 그런 엄마가 불쌍했고 자신 때문에 엄마가 더 힘들어하는 것 같아서 미안했지만 지금 죽어서 이렇게 마주하고 보니 자신에게는 잘못이 없었다. 그건 그냥 엄마의 성격이었다. 먼저 떠나보낸 자식을 앞에 두고 자신의 아픔을 강조하는 엄마의 성격.

하지만, 그럼에도.

"미안해, 재훈아. 엄마가 정말 미안해."

그 말을 생전에도 사후에도 기다렸다는 것을 재훈은 들

고서야 깨달았다.

물론 사과 한마디로 모든 감정이 해결되지는 않았다. 재훈은 역시 이 일을 맡지 말걸 그랬다는 생각과 이렇게라도 엄마를 보고 사과를 듣게 되어 다행이라는 모순적인 생각을 하며 대면실을 나왔다. 이제부터 엄마는 천사들의 도움을 받아 진술을 준비할 것이다.

재판에서 엄마는 뭐라고 말할까? 재훈의 죽음과 관련된 이야기도 할까? 하겠지. 그렇다면 어떤 식으로 말할까? 결국 엄마는 자신이 천국에 들어올 자격이 된다고 주장할 텐데, 재훈은 그 주장이 옳다고 증언해야 할까?

'나는 엄마가 천국에 들어오지 않기를 바라는 걸까?'

생각이 잘 정리되지 않았다. 급작스러운 기억의 홍수 속에서 갈피를 잡을 수 없었다. 엄마가 천국에 못 들어오고 악마에게 붙잡혀 간다면, 이 기쁨과 평화를 누리지 못하고 끝없이 계속되는 죽음을 겪게 된다면, 상상만 해도 슬펐다. 그런 걸 바라는 건 결코 아니었다. 하지만 엄마의 삶을 두둔하자니 마음속에서 거부감이 치밀었다. 재훈은 짧지만 결코 사소하지 않았던 한평생 동안 엄마의 하소연을 들으면서 살았다. 엄마의 감정에 고개를 끄덕이며 자신의 감정은 감추고 억눌렀다. 엄마가 하자는 대로 했다. 그리고 죽었다. 죽어서도 그렇게 해야 하나?

재훈은 좋아하는 강가에 가서 둔덕에 앉아 물에 발을 담갔다. 윤슬이 재훈의 눈을 어지럽혔다. 얼마 전까지만 해도 저 반짝임들로 옷을 짓고 있었는데, 바느질을 하면서 행복했는데, 그 행복이 별안간 아주 멀어진 듯 느껴졌다. 재훈은 자신이 만든 옷을 엄마가 보고 예쁘다고 해줬으면 하고 바라는 마음을 발견하고 그 마음을 강물에 집어 던지고 싶어졌다. 엄마에게 더 많이 사랑받고 싶었는데, 엄마에게 사랑한다고 말하고 싶었는데, 살아 있을 때 그러지 못한 게 너무 슬퍼서 눈물이 났다.

신은 모든 것을 안다. 그러므로 어른들이 어떤 삶을 살았는지도 이미 알고 있었다. 그런데도 굳이 재판이라는 과정을 거치는 까닭은 어른이 자신의 삶을 어떻게 받아들이는지가 중요하기 때문이었다. 똑같은 삶을 산 사람이라도 법정에서 말하는 방식에 따라 판결은 달라질 수 있었다.

재판은 악마의 공소 제기와 그에 맞선 천사의 변론으로 이루어졌다. 천사는 피고인의 삶이 어떤 점에서 아이 같은지 논변하고, 악마는 거기에 대한 반론을 폈다. 그 과정에서 피고인의 진술과 증인의 증언이 필요했다. '아이 같음'이라는 게 과연 무엇인지에 대한 논쟁도 펼쳐지곤 했다.

인간 세상의 재판에서는 판사나 배심원에게 좋은 인상을 주기 위해 유리한 의상을 선택하는 것도 중요하다지만, 천국의 재판에서 그런 것은 필요 없었다. 신은 말하는 이들의 본질을 꿰뚫어 보니까. 하지만 재훈은 좋은 옷을, 멋진 옷을 입기로 했다. 어쩌면 엄마를 마지막으로 만나는 자리일 수도 있었다.

감정에 따라 다른 빛깔을 띠는 옷? 이건 탈락이었다. 지금은 감정을 너무 적나라하게 드러내고 싶지 않았다. 움직일 때마다 플루트 소리가 나는 옷? 재판중에는 정숙해야 할 테니 당연히 탈락이었다. 물방울로 짠 옷? 이건 예쁘긴 했지만 뭔가 임팩트가 없었다. 엄마에게 더 화려한 걸 보여주고 싶었다. 무지개에 천사 날개의 깃털을 엮은 옷? 그래, 이걸로 하자. 무지갯빛 새가 되고, 날아오르는 무지개가 되는 거야.

재훈은 무지개 깃털 옷을 차려입고 법정으로 들어섰다.

법정 곳곳에 앉아 있거나 잡담을 나누거나 뛰어다니는 아이들 너머로 엄마의 얼굴이 가장 먼저 보였다. 이전에 봤을 때 흥분과 기쁨에 북받쳐 보였던 엄마는 지금 사뭇 다른 모습이었다. 눈빛은 초조해 보였고 입매는 긴장으로 굳어 있었다. 재훈과 눈이 마주치자 엄마는 웃어 보였는데 재훈은 그 웃음이 마음에 안 들었다. 정확히는 굳은 얼굴에서 웃는 얼굴로 그토록 순식간에 바뀌는 게 싫었다. 엄마는 재훈이 모은 잡지와 사진, 엽서 들을 버리고 공부나 하라고 화를 냈다가, 순식간에 세상에서 가장 불쌍한 자신의 처지를 하소연하며 눈물 짓다가, 또 순식간에 웃으면서 살갑게 재훈을 대하곤 했다.

생전에 재훈은 그 변덕을 두려워했다.

엄마 옆에는 근엄한 얼굴의 보르조이 천사 한 명이 앉아서 무언가가 빼곡히 적힌 두루마리를 읽고 있었다. 또 그 맞은편에는 푸른 얼굴에 검은 입술을 가진 악마가 차갑고도 탐욕스러운 눈으로 엄마를 보고 있었다. 악마를 본 순간 재훈은 소름이 돋으면서 저자에게 엄마를 보낼 수는 없다는 생각이 들었다.

이윽고 신이 들어왔다. 신은 언제나처럼 온화한 미소를 짓고 있었다. 신이 판사석에 자리를 잡고 "얘들아, 이제 자리에 앉고 조용히 하거라"라고 말하자 장난치고 떠들던 아이들이 삽시간에 고요해졌다. 두려움이 아니라 아름다움 때문이었다. 아이들은 아름다움에 감탄할 줄 알았고, 그래서 신을 보면 숨을 죽였다.

"공판을 시작하겠다. 지옥 측은 피고인 양희정의 영혼이 지옥에 가야 하는 이유를 말하라."

악마가 일어서서 낮고 섬찟한 목소리로 말하기 시작했다. 재훈은 신경을 곤두세웠다.

"피고인은 육십 세를 일기로 사망했습니다. 아이다움을 한참 벗어난 나이이지요. 평생 결혼하지 않고 혼자 살면서 억척스러워졌습니다. 선악과를 따먹었던 선조와 같이 오만해져, 제 능력과 판단력이 제일인 줄 알고 살았습니다. 전형적인 어른이라 할 수밖에 없지요. 더구나 혼외 관계로 자식을 낳아 길렀으니, 이는 결혼으로 남녀 간 축복받은 합당한 관계를 맺지 않고 육욕을 탐한 죄입니다. 자식이자 여기 증인으로 있는 임재훈을 하느님 곁으로 보낸 이후에는 방탕하게 시간을 흘려보내며 몸을 더럽혔고 더욱 교만해졌습니다. 예수는 분명히 '어린이와 같이 자신을 낮추어야' 천국에 들어갈 수 있다고 했습니다. 피고인은 스스로를 낮춘 일이 없으니 반드시 지옥에 가야 합니다."

재훈은 머리가 아찔했다.

엄마가 결혼하지 않았다고? 아빠와 부부 관계가 아니었다고? 재훈은 전혀 몰랐던 사실이었다. 게다가 엄마는 억척스럽고 자기중심적인 면이 있었지만 그런 면만 있는 것은 아니었다. 놀라울 만큼 재훈에게 헌신적이었다. 그 헌신이 비록 잘못된 방향이었을지라도. 악마의 말은 편향되어 있었다.

재훈은 끼어들어 반박하고 싶었지만 다행히 그럴 필요는 없었다. 천사의 변론이 이어졌기 때문이다.

"지옥 측은 하느님의 뜻을 왜곡하고 있습니다. 예수님이 그렇게 말씀하신 것은 천국에 들어가기 위해 '위대한 사람'이어야 할 필요가 없으며, 오히려 어린이처럼 '낮은 사람'이어야 한다는 뜻입니다. 지위가 낮고 취약하며 가진 것 없는 사람들이야말로 자격이 있다는 말입니다. 그런 의미에서 피고인은 지극히 아이 같다고 할 수 있습니다.

피고인 양희정은 고아로 보육원에서 자랐습니다. 남들

처럼 의지할 수 있는 부모 없이, 열악한 보육원 환경에서 선생들의 구박을 감당해야 했지요. 이불에 오줌을 쌌다고 얻어맞고 짓밟히고, 반찬 없는 소금밥을 먹거나 그나마도 못 먹고 굶기 일쑤였고, 겨울에 찬물로 손빨래를 하고 싸늘하게 얼어붙은 옷을 걸치고 다녔습니다. 폭행에 시달리던 남자아이들은 체구가 작고 예쁘장한 피고인을 성희롱하며 분풀이했습니다. 처음에는 가엾은 아이들에게 하느님의 은총을 베풀고자 했던 선교사에 의해 세워진 보육원이었으나 뜻은 변질되었고, 피고인은 결국 그곳을 탈출해 식모살이를 전전했습니다. 그토록 힘겹고 오갈 데 없는 유년을 보내며 피고인은 하느님이 길을 밝혀주시리라는 희망 하나에만 의지해 살았습니다. 그러던 중 피고인의 신실함을 눈여겨본 한 기독교인 집안에서 그를 식모로 들였습니다. 건설회사를 경영하는 사장과 그 아내, 그리고 세 아들로 이루어진 집안이었습니다. 피고인은 그중 둘째 아들, 임우성과 사랑에 빠졌습니다."

방청석에서 지켜보던 아이들 몇몇이 "불쌍해요"라고 외쳤다.

여기까지는 아는 내용이었다. 지긋지긋하게 들은 이야기이기도 했다. 엄마가 재훈을 낳아 키우기까지의 역경이 너무 험난해서, 재훈은 엄마의 불행에 압도되었다. 아빠는 비록 얼굴 보기 힘들어도 엄마는 어떻게든 재훈의 곁에서 먹여주고 입혀주고 재워주고 있으니, 비빌 언덕 하나 없이 세상의 풍파

와 폭력을 맞닥뜨려야 했던 엄마에 비하면 재훈은 감사해야 할 형편이었다. 공부도 운동도 무엇 하나 잘하는 것이 없다고 구박당하고 좋아하는 옷을 입을 수 없고 또래와 잘 어울리지 못해 외롭고 동성 친구를 좋아하는 비밀을 말 못 하는 괴로움 따위는 다 하잘것없는 것이었다.

재훈은 엄마를 흘긋 돌아보았다. 엄마는 처연한 얼굴을 떨구고 있었다.

악마는 따분한 표정을 지으며 펜으로 종이를 톡톡 쳤다.

그런데 뒤이은 천사의 이야기는 재훈이 처음 듣는 것이었다.

"하늘과 땅, 천국과 지옥, 생과 사의 모든 것을 주관하시는 주께서는 아실 것입니다. 피고인에게 자신을 보호해줄 사람이 얼마나 필요했을지. 아무리 하느님께서 지켜주시리라는 믿음이 있었어도 피고인은 어쩔 수 없이 연약한 어린아이 같아 하염없이 불안하고 두려웠습니다. 그런 그를 달콤한 말로 꾀어내 임신시킨 임우성에게 죄를 물어야 할 것입니다. 남편이자 아비로서 책임질 생각도 없었으면서요."

재훈은 입을 떡 벌린 채 엄마를 쳐다보았다. 엄마는 시선을 피하고 있었다.

"임우성의 모친은 천애 고아인 피고인과 아들을 결혼시킬 의사가 없었습니다. 그래서 피고인을 내쫓고 양육비만 쥐여줬지요. 피고인은 마침내 찾았다고 생각했던 반려에게도 버림받고 홀몸으로 자식을 키우며 살아야 했습니다. 그 자식의 증언을 요청합니다."

천사의 말에 신이 고개를 끄덕였다.

"허락한다."

재훈은 바짝 긴장했다.

"증인 임재훈에게 묻습니다. 증인은 아버지를 본 적이 있습니까?"

천사의 질문에 재훈은 기억을 돌이켰다.

"음……. 세 번……? 네 번이었나……? 그 정도였던 것 같아요."

"언제였는지 기억하나요?"

"아주 어렸을 때 언젠가 크리스마스 날, 초등학교 입학식 때, 그리고……."

재훈은 말꼬리를 흐렸다.

"잘 모르겠어요."

"왜 아버지가 곁에 없다고 생각했나요?"

"엄마는 아빠가 다른 나라로 선교하러 갔다고 했어요. 하느님 부름을 받아서 먼 데로 말씀 전하러 갔다고요. 그래서 아빠에게 부끄럽지 않은 아들이 되어야 한다고 했어요."

"실제 증인의 아버지인 임우성은 증인이 태어났을 당시 신학대생이었고 이후 부산에서 목회 활동을 했습니다. 다른 여자와 결혼해서 딸 둘과 아들 하나를 낳았고요. 이 사실을 알고 있었습니까?"

"……아뇨, 몰랐어요."

"어머니가 왜 증인에게 거짓말을 했다고 생각하나요?"

그건 제가 묻고 싶은 질문인데요.

재훈은 그렇게 생각하며 엄마를 돌아보았다. 엄마는 페이즐리 무늬 치마를 말아쥐며 재훈을 마주 보았다. 엄마의 눈이 재훈이 다 읽을 수 없는 감정으로 일렁거렸다.

"아마……."

"아마?"

"제가 아빠 없이 자란 아이라고 손가락질당할까 봐 그런 게 아닐까요. 또…… 제가 아빠에게 버림받았다고 하면…… 슬펐을 수도 있으니까요."

하지만 재훈은 아빠에게 버림받은 슬픔이 무엇인지 상상이 잘 안 되었다. 아니면 이미 그런 슬픔에 익숙해졌던 것인지도 몰랐다. 재훈이 아무리 아빠가 선교사라고 주장해도 아이들은 재훈에게 아빠가 없다고 놀렸다. 재훈은 아빠의 빈 자리를 실감할 때마다 속상했지만, 그렇다고 해서 아주 가끔씩 아빠를 보는 자리가 반갑지는 않았다. 아빠는 재훈에게 서름서름하게 대했고 평가하는 듯한 시선으로 훑어보았다. 재훈은 아빠를 무서워했고 늘 자신이 부적격하다는 느낌을 받았다.

"피고인에게 묻습니다. 증인의 말을 어떻게 생각합니까?"

엄마가 애처로운 눈길로 재훈을 일별하고는 대답했다.

"저 애 말이 맞습니다. 놀랍네요…… 부끄럽고요."

"아이를 위해서였군요."

"네."

"그러려면 다른 사람들에게도 늘 거짓말을 해야 했을 텐데요."

"그렇지요. 유치원 선생님, 학교 선생님, 이웃 아줌마들……. 모은 돈으로 미용실을 차리고 나서는 손님들에게도 거짓말을 해야 했어요. 하느님께 부끄럽지만…… 아이가 저처럼 사람들에게 멸시당하는 건 원치 않았으니까요."

"그게 잘 먹혔나요?"

엄마가 잠시 침묵하더니 고개를 저었다.

"결국 사람들은 입방아를 찧었어요. 애 아빠가 바람난 거 아니냐, 사생아를 낳은 거 아니냐……. 그래도 아이 아빠와 연락은 주고받고 있었고, 아주 가끔 입학식 같은 날에 오게 해서 그런 의문은 해소를 좀 했지요. 하지만…… 제가 고아가 아닌 척하려고 부모님과 언니와 친척 이야기를 지어냈는데, 그게 앞뒤가 안 맞았어요."

엄마는 고개를 푹 숙였다.

"저는 가족이 있어본 적이 없어서, 그래서, 어떤 게 정상적인 가족인지, 부모 밑에서 자라는 게 어떤 경험인지 몰라요. 제 거짓말들은 들통이 났고, 사람들은 뒤에서 흉을 봤지요……."

"사람들과 섞이기가 힘들었겠군요."

"네. 다른 엄마들은 자기 자식이 재훈이와 못 놀게 했고요. 손님들은 단골이 되었다가도 다른 미용실로 옮겨가서 제 험담을 퍼뜨리곤 했어요. 저를 만만하게 본 남자들이 성추행도 했고……. 어느 날 크게 믿고 의지했던 언니한테 사기까지 당하고 나서는, 사람들을 못 믿게 됐어요. 저 자신과 하느님만 믿었지요……."

"정말 힘들었겠군요. 잘 알겠습니다."

천사가 길쭉한 얼굴을 신에게로 돌렸다.

"자애로우신 하느님, 천애 고아라는 이유로 임우성과 그 집안으로부터 버림받고 혼자 자식을 키우며 살아야 했던 피고인은 억척스러워질 수밖에 없었지만, 강한 척했을 뿐 끝까지 취약한 아이나 마찬가지였습니다. 또한 고아이자 미혼모라는 신분으로 사회적으로 천대받았으니 낮은 사람이라 하지 않을 수 없습니다. 하느님, 피고인을 굽어살피셔서 지상의 부모에게 버려졌던 한 생명을 거두시고 천국의 무한한 안식을 누리게 해주십시오."

재훈은 법정 중앙의 재판관석을 올려다보았다. 신은 무감정한 눈빛으로 천사와 엄마를 보고 있었다. 다정하고 친근하게만 느껴졌던 신의 얼굴이 처음으로 섬뜩해 보였다.

신이 악마에게로 눈길을 돌렸다.

"지옥 측은 천국 측의 주장에 대해 이견이 있는가?"

악마는 씩 웃으며 고개를 조아렸다.

"있습니다, 하느님. 그 전에 먼저 피고인에게 질문을 하고자 합니다."

"허락한다."

악마는 여전히 웃음 띤 얼굴로 엄마에게 가까이 다가섰다. 엄마는 두려운 듯 떨고 있었다. 재훈은 엄마의 곁에 가서 손을 잡아주고 싶은 충동이 들었다.

"피고인은 임우성과 결혼하지 못했고, 그 집에서 하던 식모 일도 그만두고 쫓겨나야 했습니다. 그러면 무슨 돈으로 자식을 키웠습니까?"

엄마가 쉰 목소리로 말했다.

"……우성 씨와 그 모친이 양육비를 줬습니다."

"왜지요?"

"그야, 아무리 그래도 핏줄이니까……."

"만약 딸이었다면 그래도 돈을 줬을까요?"

엄마는 잠시 침묵했다. 그 침묵이 아주 길게 느껴졌다. 그러더니 결국 천천히 고개를 저었다.

"재훈이는…… 산부인과 검사에서 아들이라고 나왔어요. 그 사람들이 재훈이 뒤를 봐주기를 한 데에는 아무래도 그 영향이 컸겠지요."

재훈은 긴장해서 손을 그러쥐었다.

"그렇군요. 당시 한국에는 남아선호사상이 팽배해, 딸을 임신하면 집안에서 낙태를 종용하는 경우가 많았지요. 여아 낙태 문제가 어찌나 심각했던지 87년에는 태아 성 감별과 고지가 불법이 되기에 이르렀습니다. 피고인이 임재훈을 잉태했을 때는 그 법이 제정되기 직전이었고요. 피고인은 만약 의사가 임재훈을 아들이 아니라 딸이라고 했다면 키울 수 있었으리라고 생각하십니까?"

엄마가 한숨을 쉬었다.

"아뇨. 양육비 없이는 아무래도, 저는…… 제 한 몸 건사하기에도 버거웠으니까요. 반면 아들은 돈을 받을 수 있었고, 미래에 대한 기대도 걸 수 있었고……."

"기대라, 어떤 기대를 말하는 거죠?"

"글쎄요, 아이가 장차 어른이 되면 의지할 수 있을 것 같았고…… 또 우성 씨가 자기를 빼닮은 재훈이가 자라는 걸 보면 결국 피가 끌려서, 저를 받아줄 수도 있을 거라고 생각했어요. 그때만 해도 저는 우성 씨가 기독교인으로서 동정심 많은 사람이라고, 집안의 반대 때문에 저와 결혼하지 못하고 재훈이를 합법적인 자식으로 키우지 못하는 것을 미안해한다고 믿었으니까요. 그러니 시간이 흐르면…… 시어머니를 설득할 수만 있다면…… 가능할 거라고 생각했지요. 꿈에 그리던…… 꿈에 그렸던, 내 가족을 꾸릴 수 있을 거라고요."

"게다가 임씨 집안은 부유하기도 했지요. 그런 집안 며느리가 될 수만 있다면, 시쳇말로 '팔자 펼 수 있으리라'는 기대도 있었겠군요."

엄마가 주저하며 대답했다.

"그, 그렇기도 했습니다."

"그 모든 꿈은 재훈이 아들이어야 가능했던 것이고요."

"……네."

"좋아요, 이제 증인 신문을 요청합니다."

재훈은 있지도 않은 심장이 목구멍으로 튀어나올 것 같았다.

하느님이 야속하게도 고개를 끄덕였다.

"허락한다."

"증인 임재훈에게 묻습니다. 증인은 피고인이 지금 털어놓은 이야기를 알고 있었습니까?"

이건 악마의 간계다. 분명히 함정이 있다. 신중하게 대답해야 한다. 엄마에게 불리하지 않도록……. 그러나 거짓말은 할 수 없었다. 모든 것을 알고 있는 신 앞에서 어차피 거짓말은 안 통했다. 재훈은 온 신경을 곤두세웠다.

"몰랐어요."

"그러면 피고인이 증인에게 걸었던 기대도 몰랐겠군요?"

"네. 아니, 아뇨. 하지만 엄마의 기대가 크다는 건 알고 있었어요. 엄마는 제가…… 훌륭한 어른이 되기를 바랐어요. 엄마가 힘들게 살았던 만큼 저는 고생하지 않기를 바랐고요. 그리고 엄마에게는 저 하나뿐이었으니까, 엄마는 저를 위해 엄청나게 노력했으니까, 그만큼 제가 잘 되었으면 했고요."

악마가 작게 혀를 찼다.

"어린데도 어른처럼 말하는군요. 어려서부터 엄마 입장을 헤아리는 버릇이 들었기 때문이겠지요."

재훈은 마음이 복잡해졌다.

"저는 그냥 사실을 말했을 뿐이에요."

"여러모로 '정상적인 남자아이'로 자라야 했을 텐데, 그게 힘들지는 않았나요?"

그 질문에 말문이 막혔다.

힘들었다. 당연히 힘들었다. 재훈은 어려서부터 여느 남자아이들과 달랐다. 요도가 너무 밑에 있어서 서서 소변을 보기가 힘들었다. 아이들은 재훈이 계집애처럼 앉아서 오줌을 눈다고 놀렸다. 또 늘 분홍색을 좋아했고, 인형 옷 갈아입히는 것을 좋아했다. 몸이 작고 가늘었고 부끄러움이 많았고 툭하면 맞고 다녔다. 엄마는 재훈이 자꾸 앉아서 오줌을 눈다고 화를 내고—왜 그러는지는 묻지 않았고, 재훈도 창피해서 말하기 어려웠다—억지로 검도장에 보냈다. 엄마가 무서워서 버텨내며 5급까지 땄지만 호구를 쓰고 겨루기 순서를 기다리노라면 숨이 잘 쉬어지지 않았고 속이 울렁거려서 토할 것 같았다. 정말로 토해버린 날 아이들이 질겁하며 달아났던 것, 저마다 코를 싸쥐고 야유했던 것이 지금도 선명히 떠올랐다. 울면서 집에 돌아와 검도를 그만두겠다고 한 날 엄마는 야단을 쳤다. 네가 이러면 내가 욕먹어. 고아라서 하자 있는 애를 낳았다고, 애 제대로 키울 줄 모른다고 욕먹어!

물론 이런 식으로 말하면 엄마에게 불리할 것이다. 이 신성한 법정에서 엄마를 나쁜 엄마로 만드는 짓이 될 것이다. 결국 재훈은 생전에 수없이 했던 생각을 고스란히 입에 올렸다.

"힘들었어요. 하지만…… 엄마가 저 같은 애를 키우느라 더 힘들었을 거라고 생각해요."

악마가 검은 눈썹을 치켜올렸다.

"'저 같은 애'라는 게 무슨 뜻이죠?"

그 순간 재훈은 이해할 수 없을 만큼 강렬한 서러움이 왈칵 북받쳐 올랐다.

재훈은 입을 어물거리며 숨을 고르다 결국 눈물을 먼저 토해냈다.

주체할 수 없이 흐느끼던 재훈은 힘겹게 말을 쥐어 짜냈다.

"남, 남자도, 여자도, 아닌 애요."

방청석의 아이들이 웅성거렸다.

천국에는 성이 없었다. 생식도 없었다. 생전의 기억이 없는 아이들은 성별이라는 불가해한 지상의 개념으로 그들의 친구가 그토록 고통스러워하는 것을 이해하지 못했다. 그들에게 재훈은 순수히 멜론일 뿐이었다. 그럼에도 그들은 친구를 위로해주고 싶어했다.

아이들이 재훈에게 몰려와 안아주고 다독이는 동안 신은 말리지 않고 재판을 중지하고 기다려주었다. 악마는 참을성 없는 표정으로 상황을 지켜보았고, 천사는 엄마와 무언가에 대해 논의를 나누었다. 재훈은 친구들의 손을 맞잡고 마음을 진정시켰다.

재판이 재개되었다. 악마가 헛기침을 하고 입을 열었다.

"지상의 모든 것을 빚으신 하느님, 보십시오. 증인은 자신의 성별이 불명확하다는 사실로 극도의 고통에 시달리고 있습니다. 본래 그것은 고통스러울 일이 아닙니다. 하느님은 수컷과 암컷이라는 두 가지 분류로 결코 말끔히 나뉠 수 없는 수많은 생명체를 창조하셨듯 인간도 그리 만드셨습니다. 그것은 지극히 자연스러운 일입니다. 그럼에도 증인은 자신이 여성도 아니고 남성도 아니라는 것을 심각한 결함으로 받아들이고 있습니다. 누가 그렇게 만들었을까요? 어리석은 인간들의 사회가? 그도 물론 그렇지만, 일차적으로는 그 어미인 피고인에게 책임이 있다 해야 할 것입니다!"

악마가 엄마를 손가락질했다. 엄마는 어깨를 잔뜩 움츠리고 있었다.

"피고인은 증인이 일반적인 사내아이답지 않다고 괴롭혔습니다. 하느님이 부여한 자식의 자연스러운 성정을 억압하고, 자신의 평판과 실리에 유리한 방식으로 자식을 주물러 키우고자 했습니다. 순진하고 엄마를 사랑하는 아이였던 증인은 그 모든 일이 자기 잘못이 아니었음에도 자책하기에 이르렀으니, 어찌 마음이 아프지 않겠습니까? 천국 측은 피고인이 아이 같다는 이유로 비호하지만, 피고인은 분명히 어른이었고, 어른으로서의 책임이 있었습니다. 어른이 어른답지 못하면 그 아래에서 자라는 아이가 아이답지 못하게 됩니다. 이것이야말로 비극입니다."

그만, 그만하세요. 재훈은 그렇게 외치고 싶었지만 말이 나오지 않았다.

"그뿐만이 아니었습니다. 증인이 열두 살이 되었을 때에야 요도하열 문제를 제대로 인지하게 된 피고인은……."

그만.

"증인을 병원에 데려가 검사를 받게 하고 선천성 부신 증식증이라는 진단을 받아냈습니다. 즉 외부 생식기는 남성처럼 보이지만 몸속에는 난소와 난관과 자궁을 가졌다는 것을 알게 된 거죠."

그만.

"평생 자식을 아들로 키우려고 억지를 부렸던 피고인은, 그 사실을 알게 되자 이번에는 자식을 여자로 바꾸려 했고, 급기야 수술을……."

"그만!"

재훈은 자신이 소리친 줄 알고 퍼뜩 고개를 들었다. 그런데 아니었다. 엄마가 눈을 부릅뜨고 악마를 노려보며 외치고 있었다. 아까까지만 해도 악마를 두려워하며 멈칫거리던 엄마가 지금은 숫제 악마를 후려칠 듯 펄펄 날뛰고 있었다.

"그만해요! 애가 고통스러워하잖아요!"

그제야 재훈은 자신이 친구들 발치에 널브러져 덜덜 떨고 있었다는 것을 깨달았다.

그 뒤로는 뭐가 어떻게 되었는지 파악이 잘 되지 않았다. 정신을 차려보니 재훈은 햇살이 비치는 작고 아늑한 자기 방의 침대에 혼자 누워 있었다.

재훈이 자기 죽음의 기억을 소화하는 데에는 시간이 걸렸다.

태어났을 때부터 몸이 잘못되었다는 감각을 가지고 있었다. 억지로 남자가 되려고 노력하는 과정은 영원히 다다를 수 없는 이상향에 스스로를 끼워 맞추려는 부질없는 시도의 연속이었고 반복되는 좌절감을 안겼다. 그리고 엄마도 재훈의 실패를 잘 알았다. 선천성 부신 증식증이니 하는 명칭은 몰랐지만, 자신이 소위 '기형아'를 낳았다고는 차마 믿고 싶지 않아서 현실을 부정했지만, 재훈이 어딘가 다르다는 것은 알고 있었다. 그러나 엄마는 재훈이 남자이긴 남자인데 어딘가 좀 잘못된 남자일 뿐이고, 적절한 교육과 치료를 받다 보면 교정이 될 거라고 믿었다. 세상에 남자도 여자도 아닌 사람이 있을 수 있다고는 상상도 하지 못했다하지만 재훈은, 의식적으로는 몰랐지만 마음 깊은 곳에서는 알고 있었다. 자신이 영영 남자가 될 수 없고, 그렇다고 여자도 아니라는 사실을.

그래서 엄마가 너는 사실 임신을 할 수 있는 여자의 몸을 가졌고 고추로 보이는 것은 비정상적인 기관이니 수술을 해서 온전한 여자가 되어야 한다고 말했을 때, 재훈은 극도의 공포에 질렸다. 남자아이라고 하더니, 아들이라고 부르더니, 어엿한 아들이 되어야 한다고 누누이 강조하더니 이제는 갑자기 딸이 되라니? 딸이라는 게 대체 뭔데? 임신은 또 뭐고? 재훈은 임신하고 싶지 않았다. 자궁이라는 이름도 징그러웠다. 검도 할 때 쓰는 호구 같은 게 몸속에 있고 자신이 그 안에 갇혀버린 기분이었다. 그리고 재훈의 몸을 기형이라고 판결 내린 의사가 무시무시한 도구를 가지고 재훈의 배를 가르고 호구를 꺼내서 재훈이 들어 있는 통째로 그것을 산산조각 낼 것만 같았다.

하지만 엄마는 재훈의 공포와 혼란을 받아줄 여유가 없었다. 그럴 수 있다는 것을 이해는 했지만 그저 억누르는 것이 상책이라고 생각했다. 엄마는 재훈을 타일렀다. 더 일찍 수술을 시켜줬어야 했다고, 재훈이 태어났던 병원 의사가 돌팔이였고 엄마는 무지해서 그동안 방치했던 거라고, 사실 재훈은 딸이었다고, 재영이라는 예쁜 이름도 지어주겠다고, 일단 수술을 받고 개명도 하고 아무도 재훈을 모르는 다른 학교로 전학을 가고 나면 모든 괴로움이 끝날 거라고 달랬다.

　재훈은 처음엔 완강히 거부했지만 엄마의 끈질긴 회유에 넘어가고 말았다. 어쨌든 이런 이상한 몸으로 또래들의 놀림을 받으며 계속 살 수는 없다고 스스로 다잡았다. 지금 돌이켜 생각해보면 그렇게 스스로를 속여가면서까지 엄마의 뜻을 따르기로 했던 것은 더 이상 엄마를 힘들게 하고 싶지 않아서였던 것 같았다. 엄마를 사랑해서, 엄마의 마음에 드는 자식이 되고 싶어서.

　그래서 정신이 아득해질 만큼 울면서도 엄마의 손을 잡고 병원으로 한 발 한 발 걸어갔다. 어쩌면 재훈은 그때 이미 예감했던 것인지도 몰랐다. 자신이 그 병원 수술대에서 마취 사고로 목숨을 잃게 되리라는 것을.

　2차 공판이 열렸다. 법정에 다시 들어서자마자 재훈이 찾은 것은 물론 엄마였다. 엄마 역시 재훈이 나타나기만을 눈이 빠져라 기다린 눈치였다. 재훈은 자신을 걱정하는 엄마를 안심시키고 싶으면서도 한편으로는 외면하고 싶은 모순된 감정을 느꼈다. 이런 양가감정은 엄마를 이곳에서 처음 본 순간부터 내내 느껴왔던 것이지만 지금은 더욱 깊고 강렬했다.

　엄마와 처음 대면했을 때 재훈은 엄마가 자신을 죽였다고 비난했다.

　정말 그런가? 물론 아니었다. 재훈을 죽인 건 의사였고,

그건 실수였다.

하지만 엄마가 수술을 강요하지 않았다면 일어나지 않았을 일이기도 했다.

만약 그때 수술을 받지 않았다면 재훈은 어떻게 살았을까? 상상해보려 애썼지만 잘 그려지지 않았다.

재훈이 그런 생각들을 곱씹으며 머뭇거리는 동안 신이 재판 속행을 선언했다. 천사의 변론이 시작되었다.

"지난 공판에서 지옥 측은 피고인이 '평판과 실리에 유리한 방식으로' 자식을 통제하려 했으며, 그 과정에서 자식의 의사를 거스르는 공포스러운 수술을 강제했다고 비난했습니다. 그러나 이는 피고인의 동기를 축소, 왜곡한 설명입니다. 피고인이 증인을 키운 방식에는 분명 잘못된 지점이 있지만, 그건 무엇보다도 증인을 향한 사랑에서 비롯된 일이었습니다. 피고인은 자식이 정상적인 남자나 여자가 되지 못하면 불행해지리라고 생각했습니다. 더군다나 병원에서 수술을 권고했고요. 의학적 지식이 없는 일반인이, 수술을 시키지 않으면 자식이 평생 불구로 살게 되리라는 진단을 들었을 때 과연 어떤 선택을 할 수 있겠습니까? 한국 부모 중에서 수술을 시키지 않는다는 선택을 할 부모가 과연 얼마나 될까요? 피고인은 자식을 아끼고 사랑하고 염려하는 어머니로서 상식적인 행동을 했을 뿐이었습니다. 더군다나 증인의 죽음은 결국 병원 측의 과실 때문이었고, 사랑하는 자식을 잃은 피고인 역시 피해자입니다."

그 말도 맞았다.

하지만 재훈은 이제 알았다. 가장 큰 피해자는 자신이고, 자신이 이 모든 세상의 논리를 이해해줘야 할 의무가 없다는 것을.

"하느님, 또한 아이다움의 또 다른 요소는 성장 가능성이라고 생각합니다. 아이들은 계속 자랍니다. 몸만이 아니라 마음도 성장합니다. 아이들이 그럴 수 있는 것은 편견 없이 마음을 열고 용감하게 새로운 것을 배워나가는 능력 때문입니다. 어른들은 대개 그 능력을 잃고 스스로를 보존하는 데 치중합니다만, 피고인은 그렇지 않았습니다. 끔찍한 비극을 겪고 나서 피고인은 절망 속에 침잠하지 않고 성장했습니다."

그렇게 운을 떼며 천사는 재훈 사후 엄마의 삶에 대해 이야기했다.

재훈이 죽은 건 IMF 때였다. 엄마는 파리 날리는 미용실을 처분하고 빚을 갚기만도 버거웠고 의사를 고소하는 것은 엄두도 내지 못했다. 조촐한 장례를 치렀다. 임우성과 그 가족들에게 부음을 전했지만 그들은 장례식에 나타나지 않았다.

엄마는 신이 없는 게 분명하다고 생각했다. 신이 있었다면 재훈을 이런 식으로 빼앗아갔을 리 없다고. 그동안 숱한 고생을 겪으면서도 꺾이지 않았던 신앙이 재훈의 죽음으로 무너졌다. 엄마는 노래방 도우미 일을 하며 밤이고 낮이고 술에 절어 살았다.

그러던 어느 날 섬광처럼 깨달음이 찾아왔다.

재훈을 잃은 것은 자기 탓이라고. 이 모든 방황은 그 잘못을 감당하기 버거워 면피하려는 몸부림일 뿐이라고.

엄마는 선천성 부신 증식증에 대해 조사했다. 재훈과 같은 문제를 겪은 아이들의 사례를 수집했다. 그리고 세상에는 재훈과 비슷하면서도 다른 아이들이 수두룩하게 많다는 것을 알게 되었다. 난소와 고환을 모두 가진 아이도 있고, 외부 생식기는 여성처럼 생겼지만 정소를 가진 아이도 있고, 재훈처럼 난소를 가졌으면서 외부 생식기는 남성화되어 있는 아이도 있었다. XXY 염색체나 X0 염색체를 가진 아이도 있었다. 태어나면서는 전형적인 여자아이 같았는데 이차성징이 남성으로 발현되는 아이도 있었다. 이런 다양한 아이들 중 상당수가 출생과 동시에, 아이의 의사를 확인할 수 있기도 전에 교정 수술을 받거나, 주기적으로 이런저런 외과적 처치와 호르몬 치료를 받으며 아동기를 보냈다. 생명에도 신체 기능에도 아무런 이상이 없는 경우에도, 단지 남자아이답지 않거나 여자아이답지 않다는 이유만으로 그렇게 했다. 그리고 그 치료들로 인해 훗날 육체적, 심리적 문제를 겪으며 고통받았다. 부모와 의사가 지정해준 성이 자신이 생각하는 성과 달라서 혼란 속에 살기도 했다.

매년 전세계 인구 중 1.7퍼센트가 변이 성징을 가지고 태어나며, 이런 아이들을 인터섹스, 혹은 간성間性이라 부른 다는 것을 엄마는 알게 되었다.

"……피고인은 이런 아이들이 신의 실수로 태어난 것이 아니라고 생각하게 되었습니다. 하느님은 모든 아이에게 축복을 내려주셨는데 이 세상이 아이들을 받아들이지 못하는 것이라고요. 마침내 피고인은 인터섹스 아이들에 대한 강제적 수술과 치료에 반대하는 운동을 벌이기 시작했습니다. 그때가 사십팔 세였습니다. 이후로 육십 세에 뇌졸중으로 사망하기까지 인터섹스 인권 운동에 헌신하며 여생을 보냈습니다."

천사의 이야기를 들으며 재훈은 놀랐다. 엄마가 인권 운동 같은 데에 투신할 수 있는 사람이라고는 상상해본 적 없었다. 솔직히 잘 믿기지 않았다. 만약 이 자리가 천국과 지옥 사이의 법정이 아니었더라면 거짓말이라고 생각했을 것이다.

엄마는 겸손히 두 손을 모으고 천사의 말을 듣고 있었다.

"……이와 같이 피고인은 죽기 직전까지도 자신과 다른 사람들을 이해하려 노력하며 성장을 게을리하지 않았습니다. 하느님이 세상을 더 나은 곳으로 이끄시리라는 믿음을 놓지 않았습니다. 피고인 자신이 아이처럼 취약한 처지였음에도, 더 어려운 처지에 있는 아이들을 도우려 애썼고, 자신의 슬픔과 고통을 희망으로 바꾸어냈습니다. 이런 자질들은 모두 아이다운 것으로, 천국에 들어가기에 충분하다 할 수 있습니다. 하느님, 부디 피고인 양희정에게 자비를 베풀어 천국 문을 열어주십시오."

악마가 마지막 반론을 펼쳤다.

"피고인은 결국 아이가 아니라 어른이었습니다. 어른으로서 아이를 보듬고 존중하며 키워야 할 책임을 다하지 못했으니, 이는 아이다운 것이 아니라 다만 어른답지 못한 것입니다. 또한 피고인은 하느님을 믿는다고 하면서 결국 제 깜냥만 믿고 모든 일을 밀어붙였습니다. 자신의 비천한 출신을 숨기고자 주변 사람들에게 거짓말을 일삼았고 그 거짓말에 아이의 인생을 꿰어맞추려 했습니다. 아이가 아들이라 믿고 싶어서 아들로 키우다 스스로의 기만이 더 이상 감당이 되지 않자 딸로 바꾸려 했고, 그것이 아이를 위한 것인 양 포장했습니다. 훗날 인터섹스 인권 운동을 함께한 사람들에게는 아이가 성별 재지정 수술을 받다 사고로 사망했다고만 말했을 뿐, 자신의 실책은 모두 숨겼고 그저 의료계의 대책 없는 관행과 사회적 편견에 희생된 무고한 피해자인 척했습니다. 이처럼 온통 위선과 기만으로 뒤덮인 삶이 어찌 아이 같다 할 수 있겠습니까? 모든 것을 아시는 하느님, 당신은 피고인 양희정을 지옥으로 보내는 것이 합당하다는 것 또한 아십니다."

신이 두루마리에 무언가를 한참 적어 내려갔다. 그러다 펜을 내려놓고 엄마를 내려다보았다. 엄마는 이제 체념에 가까운 표정으로 어깨를 늘어뜨리고 있었다.

"피고인은 마지막으로 할 말이 있는가?"

엄마가 가슴을 펴며 말했다.

"있습니다. 제 아이, 임재훈에게 말하고 싶습니다."

"허락한다."

엄마는 재훈을 바라보며 따뜻하게 웃었다.

"재훈아…… 아니, 멜론아. 우선 네가 입은 무지갯빛 옷이 참 예쁘다고 말하고 싶었어."

멜론은 무릎에 드리워진 무지개 자락을 움켜쥐었다. 마음이 저려왔다.

"이제 나는 지옥에 갈 수도 있어. 어쩌면 천국에 갈 수도 있겠지. 어느 쪽이 됐든 너는 천국으로 돌아가서 모든 것을 잊게 될 거야. 나도, 저 어지럽고 잔인한 세상도, 네가 겪었던 부당한 일들도 모두. 하지만 나는…… 만약 지옥에 간다면, 그 모든 것을 영원토록 기억해야 해. 그리고 그 영원이라는 시간 동안 너를 사랑할 거야."

아니, 그럴 순 없었다. 엄마가 지옥에 가서는 안 됐다. 멜론은 애원하는 눈으로 신을 올려다보았다. 신은 엄마만 주시하고 있었다.

"그러니 엄마를 위해…… 해줄 수 있겠니?"

엄마가 마른침을 삼키고 다시 말했다.

"나를 용서해줄 수 있겠니?"

멜론은 고민하지 않았다.

성별을 뛰어넘은
사랑

✦

은아가 혼성 클럽에 간 것은 충동적인 행동이었다. 보통 클럽이야 가본 적 있지만 혼성 클럽에 발을 디딘다는 건 상상도 해본 적 없었다. 은아의 머릿속에서 그곳은 여자와 남자들이 문란하게 뒤섞여 스킨십을 일삼는 무시무시한 공간이었다. 기상천외한 노출 복장을 입고, 술과 마약을 하고, 근처 모텔에서 원나잇을 할 상대를 눈을 부릅뜨고 탐색하는, 그야말로 이성 연애에 미친 사람들이 모여드는 곳. 자신이 이성애자일 수도 있다고 꿈에라도 생각한 적 없는 은아는 그런 클럽이 서울 시내 어디에 있는지조차 몰랐다.

하지만 연주와 헤어지고 나니 뭔가 기행을 벌이고 싶어졌다. 예전의 자신이었다면 엄두도 못 냈을 경험을 해보고 싶어졌다. 지금까지 자신이 너무 얌전하게 생활하고 정해진 틀에 따라서만 연애하며 살아왔나 싶으면서 그 모든 과거가 후회스러웠기 때문이다. 물론 일탈을 벌인다고 해서 연주와의 연애가 실패하지 않았을 것은 아니겠지만 어쩐지 은아는 이 연애에서 상처받은 게 자기 탓인 것만 같았다. 약 일 년간 사귀면서 연주가 자신을 속상하고 서운하게 할 때마다 화내고 싶은 걸 참고 어떻게든 관계를 잘 이어가보려고 노력했는데도 그 모든 노력이 허사로 끝났으니까. 일찌감치 차버렸다면, 차라리 이기적으로 굴었다면 덜 상처받을 수 있었을 텐데. 연애는 공부가 아니라는 것도 모르고 모범생처럼 처신한 자기 자신이 바보 같았다. "은아 너는 천상 모범생이야. 태도부터 스타일까지 다 그래. 멀리서 봐도 얼굴에 모범생이라고 써 있어"라며 놀리던 연주의 말이 머릿속을 떠나지 않았다. 아니, 나도 모범생만은 아니야. 내 안에도 본능이란 게 있어. 과감하게 놀아볼 거야. 네가 알면 깜짝 놀랄 만큼 엇나가볼 거야. 그렇게 말하고 싶었다.

혼성 클럽이라는 아이디어를 먼저 떠올린 건 친구 다율이었다. 학교 앞 맥줏집에서 은아의 푸념을 들어주던 다율이 "야, 그럼 혼성 클럽 가볼래?"라고 말을 꺼낸 것이었다. 가끔 재미 삼아 혼성 클럽에 다니곤 한다는 다율은 이태원에 있다는 클럽 서너 군데를 입에 올렸다. 역시 이태원이구나. 외국인이 많고 개방적인 동네다웠다.

"그냥 가면 재미없으니까 내기하자."

다율이 남은 생맥주를 쭉 들이켜고 말했다.

"무슨 내기?"

"누가 먼저 남자에게 대시 받나."

그 순간 은아는 두려워졌다. 남자의 손이 자신의 엉덩이에 닿는 게 상상되었다. 팔에 소름이 오소소 돋았다.

"뭐 걸고?"

"진 사람이 여자 소개팅해주기."

"야, 내 주위에 여자가 고만고만한데……."

"시끄러워. 너 그거 성의가 없는 거야. 너희 과에서 잘 찾아봐, 쓸 만한 부치 있을걸. 공대 미녀 펨한테 관심 없는지 한번 물어보라고."

'쓸 만한 부치가 있으면 내가 이러고 있었겠냐.'

은아는 속으로 툴툴거렸다. 경영학과 부치들은 하나같이 커다란 시계를 차고 거들먹거리는 샌님들밖에 없었다. 그리고 한때나마 연주가 쓸 만한 부치라고 생각했던 자신의 안목을 믿을 수도 없거니와, 서너 달에 한 번씩 여자친구를 갈아치우는 다율도 믿을 수 없었다.

하지만 몸 사리고 싶지 않았다. 게다가 내기에서 당연히 자신이 이길 거라고 전제하는 다율의 말투가 얄미웠다. 물론 다율은 예쁘고 몸매가 좋았다. 여자들에게 인기가 많으니 남자들에게도 당연히 잘 먹히겠지. 혼성 클럽에도 여러 번 가봤으니 아무래도 능숙하게 남자를 꼬시는 법을 알 것이다. 그러면 다율은 자신에게 쏟아지는 관심을 한껏 즐길 테고, 옆에 있는 은아는 잊어버릴 것이다. 전에 같이 보통 클럽에 갔을 때도 그런 적이 있었다.

'내가 이길 수도 있지. 어디 한번 해보자고.'

은아는 반쯤은 객기로, 반쯤은 취기로 고개를 끄덕였다.

헤테로토피아라는 직관적이고 다소 촌스러운 이름의 클럽에 도착한 은아는 입장하기도 전에 놀라고 말았다. 입구 앞에서 지갑을 꺼내던 은아에게 직원이 손사래를 치길래 혹시 이성애자가 아닌 게 티가 나, 퇴짜를 맞는 건가 생각했는데, 직원이 입장료를 낼 필요 없으니 그냥 들어가라고 하는 것이었다. 그제야 눈에 들어온 팻말에는 '여성 무료'라고 쓰여 있었다. 뭐? 여자 돈은 안 받겠다는 건가? 남자는 돈을 내는데? 은아는 당장 돈이 굳어서 좋기야 했지만 이런 정책이 어떻게 가능한지 이해가 되지 않았다.

"몰랐어? 혼성 클럽들은 원래 대부분 이래."

지하로 이어지는 계단을 내려가면서 다율이 말했다.

"어째서? 남자 손님들이 불쾌해하지 않아?"

"아니. 성비가 안 맞아서 그렇다던데. 클럽에 여자가 너무 없으면 오히려 남자들이 싫어한다고, 여자 많이 들이려고 무료로 받는 거래."

이건 또 무슨 말이지. 그러면 이성애자들은 원래 여자보다 남자가 더 많은 건가. 대부분 클럽이 이런 입장 정책을 내

세울 정도로 인구 차이가 심하다면 남자들이 여자들보다 상대적으로 더 이성애에 빠지기 쉽다는 뜻인 걸까. 그건 뭔가 생물학적, 심리학적 원인이라도 있는 건가?

은아가 이런 의문들을 꺼낼 틈은 없었다. 귀를 쿵쿵 울리는 옛날 가요에 휩싸인 채 둘은 홀 안으로 들어섰다. 파란색과 보라색 조명이 밝혀진 어둑한 댄스플로어가 눈앞에 펼쳐지고, 한쪽 벽에 붙어 있는 바, 홀을 둘러싼 테이블들, 칸막이 부스들이 보였다. 은아는 자신과 다율이 들어가면 영화 〈인셉션〉에서처럼 장내의 모든 사람이 두 여자를 빤히 노려보지 않을까, 그들의 은신처에 호기심으로 침입한 두 동성애자에게 힐난의 시선이 쏟아지지 않을까 싶었는데 다행히 그렇지는 않았다. 테이블에 둘러앉아 술을 마시는 사람이나 플로어에서 춤을 추는 사람이나 은아와 다율에게는 관심이 없어 보였다. 하긴 둘 다 펨이니 이성애자 여성과 분간이 안 갈 수 있을 것이다. 만약 부치가 들어온다면 남자들이 싫어하겠지.

은아는 일단 안심하며 다율을 따라 바 쪽으로 갔다. 메뉴는 여느 클럽과 같았다. 적당히 도수 낮은 칵테일을 한 잔 시키며 사람들을 흘끔흘끔 살폈다. 막연히 상상한 것처럼 기괴한 마귀들 같지는 않았다. 이성애자도 같은 한국 땅에 사는 사람이구나, 밖에서 마주치면 이성애자인지 모르겠구나 싶은 멀쩡한 얼굴의 사람이 많았다. 집단 난교가 벌어지지도 않았고, 그저 어깨동무를 하고 앉아 낄낄거리며 대화를 나누거나 바싹 붙어서 춤을 추는 정도였다. 적어도 아직까지는 그랬다.

그런데 그것만으로도 신기한 풍경이기는 했다. 여자와 남자 사이의 거리가 저렇게 가까울 수 있다니. 저렇게 은근한 눈빛으로 서로를 바라보고, 시시덕거리며 귓속말을 하고, 누가 봐도 성적 텐션이 흐르는 춤을 추며 서로를 유혹하다니. 옛말에도 남녀칠세부동석이라 했는데. 남자와 여자는 각자의 정자와 난자를 제공해 아이를 만들어야 하는 관계다. 그러니 실수로 생명이 태어나지 않으려면 서로 거리를 두고 늘 조심, 또 조심해야 한다는 것이 어렸을 때부터 은아가 배운 성교육이었다. 더욱이 실수로 임신하기라도 하면 여자만 손해니 절대로 남자를 가까이하지 말라고 부모님은 누누이 강조했다. 인공 포궁에 비해 자연 포궁은 연약하고 불완전하며, 자연 임신은 질병이나 마찬가지라 여자의 몸을 망가뜨리기 십상이다. 이성애자들이 지탄과 경멸의 대상이 되는 이유 중 하나도 자연 출산에 대한 터부 때문이었다. 이성애자들은 불결한 방법으로 성교해 유산과 조산, 기형아 발생, 각종 임신중독증 및 합병증의 위험이 있는 방식으로 아이를 여기저기 낳아대고는 책임지지도 못한다. 모름지기 성숙하고 깨끗하고 품위 있는 문명인이라면 사랑은 동성끼리 하고 이성 간에는 내외해야지, 어딜 남녀끼리 몸을 섞느냐는 말이다.

은아는 이런 생각을 하는 자신이 고지식하다는 것을 알고 있었다. 서양 몇몇 나라에서는 이성애자들도 당당하게 결혼하고 아이를 낳아 산다는 것도, 그들의 권리도 결국은 인정받아야 한다는 것도. 하지만 가슴과 골반을 한껏 돌리며 춤을 추는 여자와 그 여자의 허리를 쓰다듬는 남자를 보며 본능적인 거부감이 치미는 걸 어쩔 수 없었다. 저 여자는 남자에게 강간이라도 당하면 어쩌려고 저러지? 모든 남자가 그러는 건 아니라지만, 통계적으로도 이성애자들 사이에서만 성폭행이 일어나는 건 아니라지만, 아무리 그래도 남자와 여자는 힘의 차이가 너무 노골적이지 않나…….

"우리도 춤추러 가야지?"

다율이 마가리타를 홀짝이며 한 말에 은아는 흠칫 눈을 돌렸다.

"어?"

"그럼 안 춰? 춤을 춰야 대시를 받든 말든 하지."

다율이 요란한 음악 소리를 이기려고 소리를 질렀다.

"음…… 나는 아직 술 좀 더 마시고."

은아는 에메랄드색 준벽을 두 손으로 쥐며 시선을 피했다. 그러자 다율이 은아의 어깨를 툭 쳤다.

"너무 겁내지 마. 여기도 뭐, 별거 없어."

"나는 적응할 시간이 필요하다고."

"어휴, 그래. 그러다 져도 난 모른다."

다율이 자기 잔을 테이블에 올려놓고 플로어로 올라갔다. 삼 분의 일쯤 남은 뿌연 레몬색 술이 잔에서 찰랑거렸다.

은아는 다율이 디제이에게서 멀지도 그렇다고 너무 가깝지도 않은 지점에서 멈춰 서서 리듬을 타는 모습을 지켜보았다. 주위에는 동성 친구들끼리 놀러 온 듯한 남자와 여자 들이 두셋씩 모여서 춤을 추고 있었다. 다율이 일부러 짝이 없는 남자들 가까운 데를 찾아갔구나 싶었다. 다율은 남자들을 의식하지 않는 듯 무심한 태도로 음악에 집중하는 척했다.

다율은 은아와 마찬가지로 학교 도서관에서 시험공부를 하다가 때려치우고 나온 참이었으므로 옷차림은 수수했다. 찢어진 청바지에 맨투맨 차림이었다. 그런데도 워낙 몸매가 좋고 춤을 잘 추니 꽤 매력적으로 보였다. 딱 붙는 드레스나 오프숄더 톱을 입고 눈두덩에 글리터를 바른 여자들 사이에서 다율은 앳되고 발랄해 보였다.

그런데 이상한 점이 또 있었다. 여자들은 화려한 색채에 노출 많은 옷을 입었는데 남자들은 대부분 단순한 티나 셔츠에 바지를 입고 있는 것이었다. 다율과 은아처럼 공부하다 말고 충동적으로 나온 것도 아닐 텐데 저렇게 안 꾸미고 와도 되는 건가? 게다가 남자들은 체형이 다양한 반면 여자들은 하나같이 날씬했다. 전반적으로 여자들이 남자들에 비해 '아까운' 외모였다. 여성 클럽에 오는 여자들은 부치와 펨 사이에 이렇게까지 외모 수준 차이가 심하지 않았다.

입장료 정책과 더불어 이 현상에도 무슨 의미가 있을 텐데. 은아는 고민에 빠졌다. 지금 같은 상황에 이런 고찰이나

하고 있다니 참 모범생 같다는 자괴감도 들었지만.

그때 누군가가 은아의 어깨를 두드렸다.

뒤를 돌아보니 어떤 남자가 다율이 두고 간 마가리타 잔을 들고 있었다.

"친구 거 아니에요?"

은아는 멀뚱히 남자를 쳐다보았다. 푸른 조명에 잠긴 남자는 삼십대 초중반으로 보였고, 정장 재킷에 티셔츠와 면바지를 입었으며 키가 훤칠했다. 멀끔한 얼굴에 깊은 쌍꺼풀이 진 눈으로 은아와 술잔을 번갈아 보고 있었다. 어디선가 본 듯한 인상인데 정확히 기억나진 않았다. 우디 향수 냄새가 풍겼다.

"맞는데요. 왜 그걸 그쪽이 들고 있죠?"

"질문은 내가 해야 할 것 같은데요. 왜 친구 잔을 테이블에 두고는 지켜보지도 않고 방치하는 거예요?"

"네?"

은아가 되묻자 남자가 의뭉스럽게 웃었다.

"이런 클럽 처음 와보죠?"

들켰다. 은아는 아니라고 받아치지 못했다. 워낙 거짓말을 못했다. 남자가 허리를 수그려 은아의 귀에 대고 말했다.

"이런 클럽에서는요, 여자들 잔 간수를 잘 해야 해요. 안 그러면 누가 술에다 약을 탈지 모르니까."

"네?"

은아는 반사적으로 남자의 손에서 잔을 낚아챘다. 안에 들어 있던 술이 반쯤 엎질러졌다. 남자는 은아와 굳이 실랑이를 벌이지 않고 잔을 내주었다.

"그걸 이제 가져가서 어쩌려고요? 내가 뭐라도 탔으면 어쩌려고?"

"버, 버릴 거예요."

"좋아요."

은아는 바닥에다 술을 쏟아버렸고, 남자는 어깨를 으쓱하고 돌아섰다. 그런데 그 뒷모습을 보니 호기심인지 오기인지 모를 감정이 발동했다. 혼성 클럽을 둘러싼 온갖 궁금증을 해소하고 싶었다. 그리고 저 남자의 말이 진짜든 거짓말이든, 친구에게 닥칠 수 있는 위험을 알려주고 그냥 돌아서는 걸 보면 나쁜 사람 같지는 않았다.

"잠깐만요."

남자가 다시 몸을 돌렸다.

"약을 왜 타는 건데요? 그게 무슨 약인데요?"

남자가 고개를 갸웃하더니 여상스럽게, 그러나 음악에 묻히지 않을 만큼 큰 소리로 대답했다.

"정말 몰라요? 강간 약물. 여자를 몸 못 가누게 만든 다음 모텔 같은 데로 끌고 가 덮치려고 그러는 거죠. 물뽕이라고도 하고."

"네?"

은아는 다시금 충격으로 머리가 찌릿해졌다. 혹시 사람들이 들었나 싶어 주위를 두리번거렸지만 이쪽에 관심을 두는 사람은 없었다. 은아는 그게 다행인지 아닌지 분간이 안 갔다. 이성애자 여자들이 불쌍하기도 하고 한편으로는 이성애자 남자들에게 화가 나기도 했다. 이성애라는 것이 총체적으로 부조리하게 느껴졌다.

"레즈비언들 사이에는 그런 게 없나 보죠?"

"없어요. 있어도 들어본 적 없고요. 아니, 왜 그런 식으로 여자를 덮치려는 거예요? 정상적으로 유혹할 수는 없어요? 왜 그러고 살아요? 그리고 여자들은 이렇게 위험한 데를 뭐하러 제 발로 찾아와요? 다들 미친 거 아녜요?"

한바탕 우르르 쏟아내는 은아를 빤히 마주 보던 남자는 팔짱을 끼고는 맞은편 의자에 앉았다. 남자의 잘생긴 얼굴이 약간 굳은 듯 보였다.

"지금 성소수자들한테 미쳤다고 한 거예요? 그거 혐오 발언인 거 알아요? 여기서 그런 말 해도 된다고 생각해요?"

은아는 얼굴이 화끈 달아올랐다.

"내 말은……."

"그래요, 미쳤을 수도 있겠죠. 굳이 성소수자 전용 클럽에 와서 여러 가지 위험을 감수하지 않고서도 학교에서, 일터에서, 교회에서, 소개팅으로 편안하게 만나고 섹스할 수 있는 동성애자들은 참 좋겠네요, 미치지 않을 수 있어서."

남자의 목소리는 여전히 너무 컸다. 은아는 말문이 막혔다. 둘 사이에 침묵이 흐르는 동안 음악이 바뀌었다. "섹시한 당신은 나의 남자. 잘생긴 당신은 나의 남자. 이 세상 마지막이 온대도 영원히 이 환상에 젖을래······." 이게 언제 적 가요람? 이성애를 다루는 노래를 듣고 싶은 마음은 이해하지만, 아무리 그래도 이렇게 촌스러운 옛날 노래들에 맞춰 춤추다 보면 기분 잡치지 않나?

마침내 은아는 입을 열었다.

"······미안해요."

남자가 굳었던 표정이 무색하게 돌연 빙긋 웃었다.

"이름이 뭐예요?"

"어······. 저요? 백은아요."

"은아 씨는 탐구심이 많은 것 같네요. 학생이에요? 사회학과? 인류학과?"

뭐야, 남의 이름을 물었으면 자기 이름도 말해야 하는 거 아니야? 하지만 그보다도 당당하게 헛다리를 짚는 남자의 태도에 짜증이 났다.

"경영학과예요."

남자가 눈썹을 치켜올렸다.

"의외네. 난 또 뭐 연구하러 왔나 했어. 그럼 여기는 그냥 놀러 온 건가 봐요? 호기심 때문에?"

은아는 계속 반말을 섞어가며 놀리는 듯한 남자의 말투

가 점점 더 짜증스러웠지만 아까 자신이 한 말실수가 있어서 섣불리 화를 낼 수도 없었다. 게다가 이번 헛다리도 바로잡아 주고 싶었다. 그렇게 뻔한 여자애로 지레짐작당하고 싶지 않았다. 은아는 쏘아붙였다.

"호기심 때문만은 아니고요……."

"그러면?"

"애인하고 헤어지고 제 성적 취향이 의심돼서 와봤어요."

은아는 생각지도 못한 말을 불쑥 내뱉고는 스스로 깜짝 놀랐다. 이게 무슨 소리야? 내가 지금 무슨 말을 하는 거야?

"오."

남자가 처음으로 놀란 표정을 지었다. 뭐라고 해야 할지 모르겠다는 듯 입을 어물거리기까지 했다. 은아는 일단 그 반응이 만족스러웠다.

'내가 혐오 발언을 했다고? 그러는 당신도 꽤나 편견에 사로잡혀서 상대방을 판단하고 있다는 거 알아? 동성애자라고 다 똑같은 게 아니라고. 내가 가르쳐주지.'

은아는 자신이 지극히 다수자다운 생각을 하고 있다는 것을 미처 몰랐다. 그저 눈앞의 남자에게 자기 경험의 고유성과 특수성에 대해 설명하고 싶은 욕구에만 불타올랐다.

"그 새끼가 말이죠……."

그렇게 은아는 오늘 처음 만난 이성애자 남자에게 자신의 전 여자친구에 대한 험담을 늘어놓았다.

십 분쯤 떠들었을까, 다율이 테이블로 돌아왔다. 옆에는 또래로 보이는 남자 두 명을 낀 채였다. 자기가 이겼다는 듯 득의양양한 웃음을 지으며 은아에게 직행하던 다율은 맞은편의 남자를 보더니 눈이 휘둥그레져서는 탄성을 올렸다.

"신지혁이다!"

은아는 어리둥절한 채 다율과 남자를 번갈아 보았다.

"아는 사이였어?"

"넌 배우 신지혁도 몰라? 앗, 반말해서 죄송합니다! 제 친구가 드라마를 잘 안 봐요, 트렌드에 둔감해서······. 저 사인 좀 해주실 수 있을까요?"

내기는 무승부로 끝났다. 그리고 은아는 신지혁과 사귀기 시작했다.

남자 연예인과 연애를 하다니. 어쩌다 이렇게 된 걸까? 남자와 사귄다는 것도 연예인과 사귄다는 것도 상상해본 적조차 없는데. 하지만 은아는 자신이 헤테로토피아 클럽에서 지혁에게 했던, "성적 취향이 의심됐다"라는 말에 일말의 진실이 있었다는 것을 뒤늦게 깨달았다. 결국 남자에게 끌릴 가능성이 있다는 사실을 무의식적으로 알고 있던 것이겠지. 다율은 부뚜막에 먼저 올라가는 얌전한 고양이가 누군가 했더니 바로 내 친구였구나 하면서 혀를 내둘렀다.

지혁은 은아가 자신이 누구인지도 모를 만큼 연예계에

무지하면서 당돌하고 솔직한 점이 마음에 들었다고 했다. 누가 봐도 혼성 클럽에 처음 온 듯 멍하니 입을 벌리고 사람들을 바라보고 있던 눈빛도, 처음부터 귀여워 보였다나. 은아는 그때 지혁이 나름대로 플러팅을 한 것이었음을 알고 어처구니가 없었지만 결국 거기에 넘어갔으니 할 말이 없었다. 은아는…… 자기 감정이 혼란스러웠지만, 지혁의 의뭉스러움에 약이 오르면서도 끌린다는 걸 부정할 수 없었다. 그 유유자적한 태도에 흠집을 내고 싶었다. 흔들리는 표정을 보고 싶었다. 가끔 은아의 말에 허를 찔려서 눈을 동그랗게 떴다가 하하 웃는 얼굴을 보면 그렇게 기분이 좋을 수 없었다. 그 웃음소리를 자꾸 자꾸 듣고 싶었다.

그리고 남자를 만나는 것의 매력이 무엇인지도 느꼈다. 여자를 만나는 것과는 전혀 다른 경험이었다. 하나부터 열까지 달랐다. 피부가 거칠고, 살은 탄탄하고, 몸의 선이 굵직굵직하고, 털은 뻣뻣하며, 손이 크고 억세고, 목소리가 낮고 울림이 깊었다. 볼 때마다 만질 때마다 흠칫흠칫 놀랐다. 마치 다른 종의 동물을 대하는 것 같았다. 예전에는 이성애자 남자들이란 그냥 부치를 따라 하는 존재 같다고 막연히 생각했는데, 직접 겪어보니 전혀 달랐다. 은아가 가지지 않은 것들을 가지고, 은아가 가진 것들을 결여한 존재란 흥미로웠다. 질리지 않는 탐구 대상이었다. 어떨 때는 좀처럼 말이 통하지 않는 것 같다가도, 결정적인 타이밍에 서로의 요철이 맞아들어가 완전해지는 기분마저 들었다. 이런 게 바로 성별을 뛰어넘은 사랑이구나. 은아는 처음 맛보는 신세계에 경탄했다. 어떻게 사람이 자신과 다른 성별과 사랑을 한다는 비틀린 욕망을 품을 수 있는가, 그건 뭔가 남다른 기질을 타고난 사람들에게나 가능한 일 아닌가 생각했는데, 자신처럼 평범한 여자도 이성애에 빠질 수 있는 걸 보면 꼭 그렇지만도 않구나 싶었다. 아니면 자신이 사실은 평범한 여자가 아니었거나.

그러고 보면 평범함이라는 게 대체 뭘까. 은아는 자신이 평범한 모범생이라고 생각하며 살아왔는데, 클럽에서 뻔하디뻔한 레즈비언 여자애로 보이는 게 싫어서 자기 내밀한 연애사를 늘어놓던 순간 평범한 존재이고 싶지 않은 자신의 욕망을 발견한 듯했다.

지혁과의 힘 차이에서 나오는 긴장도 짜릿했다. 여자보다 덩치도 크고 힘도 센 남자들을 무서워서 어떻게 만나나 싶었는데, 거기서 나오는 맛이 또 있었다. 롤러코스터를 탈 때처럼 약간의 공포감이 동반되는 스릴이라고 할까. 마음만 먹으면 은아를 함부로 대할 수 있을 테지만 그러지 않는다는 점, 하다못해 물건을 던진다거나 소리를 지른다거나 하는 일도 없다는 점에 믿음이 갔다. 이성애자 남자 중에는 강간 약물이나 동원하는 쓰레기 같은 새끼들도 있다지만 지혁은 그런 남자가 아니었다.

물리적인 힘뿐만이 아니었다. 따지자면 부치들도 남자만

큰 체격이 건장하거나 근육을 단련한 경우도 많다. 하지만 부치들도 여자인 이상 대부분 남자보다는 사회적 약자 아닌가. 반면 지혁은 성소수자라는 약점을 갖고 있기는 하지만 겉으로 보기에는 번듯한 직업과 한강이 보이는 아파트와 명문대 학력과 명예(은아는 잘 몰랐는데, 배우 신지혁은 한 멜로 드라마에서 남주를 짝사랑하며 윤회를 거듭해 헌신해온 의사 캐릭터로 히트를 친 이후 깨끗한 엘리트 이미지로 커피, 은행, 카드, 스마트TV, 콘택트렌즈 등의 광고를 섭렵했을 뿐만 아니라 재해가 있을 때마다 피해 지역에 거액을 투척해 기부 천사로도 알려진 모양이었다)까지 거머쥔 성공한 성인 남성이었다. 은아가 이제껏 만난, 서울에서 자취방 월세 고민과 취업 고민에 허덕이는 여대생들과는 차원이 달랐다. 지혁은 은아의 전 애인들이 한 번도 사준 적 없는 미슐랭 3스타 레스토랑 디너를 사주었고 만난 지 백 일이 되던 날에는 티파니 목걸이를 사주었다. 스스로 허영심이 없는 편이라고 생각했던 은아는 자기 인식을 수정했다. 반짝이는 다이아몬드가 박힌 목걸이를 건 은아는 평소보다 훨씬 예뻐 보였다. 특별해 보였다.

하지만 특별함에는 대가가 따랐다.

"게이들이 왜 헤테로 남자를 혐오하는지 알아?"

언젠가 지혁은 침대에서 팔베개를 하고 누워 있는 은아에게 말했다.

"예로부터 남자들은 여자를 경멸해. 여자는 약하고 감정적이고 불완전하고 우둔한 존재라는 거지. 하지만 옛날에는 여자를 통하지 않으면 자식을 낳을 수 없었으니까, 어쩔 수 없이 여자를 데리고 먹여 살리며 여자의 히스테리와 소유욕에 휘둘리면서 살아야 했단 말이야. 오늘날에는 기술 발달 덕분에 더 이상 그렇게 살지 않아도 되고, 남자들끼리 그리스 시대처럼 고상한 사랑을 나누며 살 수 있는데, 우리 같은 헤테로 남자들 때문에 그 고상한 유대가 깨진다는 거지."

"으, 재수 없어."

은아는 진심으로 비위가 상해서 소리를 질렀다.

"뭐 아주 솔직히 말하자면 자기들과 자주지 않으니 화가 난 것뿐이겠지만."

"그건 레즈비언들도 마찬가지야. 헤테로 친구 짝사랑하다가 상처받고 헤테로라면 질색하는 레즈비언들, 얼마나 많은지 몰라."

"누가 자기들이랑 자주기로 약속이라도 했나."

"그러니까."

은아는 지혁과 함께 동성애자들을 헐뜯곤 했다. 이성애야말로 계급 격차를 뛰어넘고자 하는 인간의 고결한 의지의 발로인 것 같다고, 은아는 제법 경영학도가 아닌 사회학도나 인류학도 같은 농담도 했다. 그러다 보니 내심 혼란스러웠다. 나는 뭐지? 바이섹슈얼, 그러니까 양성애자인가? 하지만 은아는 성소수자이고 싶지 않았다. 남자를 좋아하게 되었음을 인정할 수는 있었지만, 평범하지 않은 존재이고 싶다는 욕망도 인정할 수 있었지만, 자신이 제도적으로 차별받고 사회적으로 혐오받는 계층의 일원이라고 인정할 마음의 준비까지는 아직 되어 있지 않았다. 그런 생각을 지혁에게 솔직하게 드러낼 수는 없었기에 마음속으로만 삼킬 뿐이었다.

그게 문제였을까.

처음에는 괜찮다고 생각했다. 은아는 성소수자이고 싶지 않았고, 지혁은 성소수자인 자신을 대중에 드러내고 싶지 않았으므로 비밀 연애는 당연했다. 지혁 같은 유명인의 숨겨진 여자 애인으로 이름과 얼굴이 팔리는 사태는 누구보다도 은아가 원치 않았다. 기자들을 따돌리고 짙게 선팅된 밴을 타고 떠나는 거제 여행은 첩보 작전 같아 나름 짜릿하기도 했다. 지혁이 이성애자인 줄 꿈에도 모르고 드라마 속 로맨틱한 게이 이미지에 열광하는 바보 같은 일반인들의 댓글을 지혁과 같이 하나하나 읽으며 깔깔 웃는 것도 재미있었다.

그러나 섹스 후 침대에 누워 있는 은아를 내버려두고 인스타 라이브를 켜고서 남자 팬들의 댓글을 읽는 지혁의 목소리는 전혀 달랐다. 지혁은 은아에게는 한 번도 들려준 적 없는 다정한 어조로 팬들에게 사랑한다고 말하고, 나이 많은 남자 팬들에게 "형, 형" 하며 애교를 부리다시피 했다. 예능 프로그램에 출연해서는 자기 이상형이 "푸근하고 생각 깊고 떡대 있는 형"이라며, "결혼은 하고 싶은데 첫사랑의 상처 때문에 연애를 잘 못한다"며, "좋은 남자 있으면 소개해달라"면서 패널에게 너스레를 떨기도 했다. 화면 속 지혁은 와자하게 쏟아지는 웃음에 둘러싸여 해사하게 웃고 있었다. 은아는 집에서 혼자 방송을 보며 뼛속 깊이 외로워졌다. 지혁은 두 세계를 살았다. 그리고 그 세계는 영원히 만날 일이 없었다. 은아는 자신이 존재하지 않는 사람처럼, 지혁과 보낸 애틋한 시간이 물거품 같은 환상처럼 느껴졌다.

누군가에게 말하고 싶었다. 은아에게는 지혁과의 만남이 너무나 큰 사건이고 모든 게 처음 겪는 일이었으므로 당연히 친구들에게, 가족에게, 인터넷 지인들에게 이야기하고 싶었다. 그러나 다율을 제외한 누구에게도 이 경험을 털어놓을 수 없었고, 아무에게도 말할 수 없다는 것 때문에 은아의 외로움은 더 커졌다. 반면 지혁의 삶에서 은아처럼 숨겨진 여자들은 많았다. 그리고 지혁은 은아를 숨겨놓고 만나는 그대로 만족하는 듯 보였다. 그 점이 무엇보다도 싫었다.

어리광 부리고 싶지 않았다. "약하고 감정적이고 불완전하고 우둔한" 여자애처럼 굴고 싶지 않았다. 은아는 자신의 감정이 모순적이라는 것을 잘 알았다. 커밍아웃하고 싶지 않은 것은 자신도 마찬가지이면서 지혁과의 관계를 비밀로 유지해야 하는 것은 또 싫다니. 하지만 아무리 이성적으로 생각하려고 해도 자꾸 지혁에게 유치한 힐난을 던지게 되는 자신을 발견했다. 새 드라마 대사를 연습하는 지혁에게 이번 상대

배우는 이상형에 좀 가깝냐, 이번에야말로 결혼하지 그러냐고 빈정거리기도 했다. 곧 퀴어문화축제가 열린다던데 거기에는 후원을 안 하다니 '기부 천사'답지 않다고 비꼬기도 했다. 지혁은 처음엔 은아를 달래듯 적당히 무마하고 넘어갔지만 은아의 비아냥이 잦아지자 지혁도 점점 더 날선 반응을 보였다. 그러던 어느 날 둘 사이에 결국 큰 싸움이 터졌다.

은아는 말했다.

"오빠는 비겁해. 그거 알아? 자기 자신을 속이고, 오빠를 사랑해주는 사람들도 속이고, 평생을 거짓말하면서 살고 있잖아."

지혁은 피곤한 어른 같은 표정으로 관자놀이를 문지르며 은아를 응시했다.

"그러는 너는? 너는 안 비겁하다고 생각해?"

은아는 뜨끔했다. 하지만 이제는 클럽에서 처음 만난 날처럼 죄책감을 유도하는 지혁의 수법에 마냥 휘둘리지 않았다. 은아는 지혁보다 아홉 살이나 어리고 이성애 경험도 없고 자립도 못 한 자신에게 비겁을 운운하는 것이 그저 비난을 피하기 위한 방어 기제임을 알고 있었다.

실망스러웠다. 그리고 모든 게 지겨워졌다. 지혁이 지혁인 한 이 문제는 영영 해결되지 않으리라는 것을 은아는 알았다.

"우리 그만 만나."

은아가 그 말을 꺼내기까지는 오래 걸리지 않았다.

지혁과 헤어진 날은 겨울이었다. 빌어먹게 추웠다. 은아는 다율에게 연락해 학교 앞 이자카야에서 술을 마셨다. 그러지 않으면 지혁에게 다시 연락하고 싶은 충동을 참을 수 없을 것 같았다. 가쓰오부시 냄새가 나는 어둑한 이자카야 바 앞에서 패딩을 껴입고 옹송그린 채 따뜻한 정종 잔을 두 손으로 쥐고서 은아는 눈물을 흘렸고, 다율은 은아의 어깨를 토닥여 줬다.

"동성애고 이성애고 다 쓰레기 같아."

"그래, 그래."

다율은 진심이 조금도 담기지 않은 목소리로 맞장구를 쳤다. 막 잘생긴 부치와 새로운 연애를 시작해서 깨가 쏟아지는 참이었으니 은아의 비판이 와 닿지 않을 만도 했다. 어쨌거나 은아는 푸념을 계속했다.

"난 역시 천생 모범생인가 봐. 분수에도 안 맞는 일탈 따위 하지 말았어야 했어. 그냥 그날 클럽에서 춤이나 추고 올걸. 아니면 너처럼 남자 꼬시는 맛만 보고 발 뺄걸. 괜히 신지혁이랑 사귀어서는. 나는 왜 상처받을 짓만 하는 걸까?"

은아가 냅킨에다 코를 풀며 그렇게 말하자 다율은 옆자리에서 냅킨을 뭉텅이로 가져다 은아의 앞에 놔주었다. 그러고는 잠시 생각에 잠긴 듯하더니 입을 열었다.

"음…… 슬프니까 극단적으로 말하게 되는 건 알겠는데, 그런 말은 더 슬픈 거 같아."

"뭐?"

"그렇잖아. 한순간 충동으로 저지른 일탈 같은 걸로 치부하기에는 길고 진지한 연애였다고. 너는 잘해보려고 노력했고. 그걸 없던 일로 만들지는 말자."

다율은 자기중심적인 것처럼 보여도 가끔 이렇게 어른스러운 말을 해서 사람을 깜짝 놀라게 했다. 맞는 말이었다. 그리고 맞는 말이었기에 서러웠다. 은아는 다시 흑 하고 울음을 터뜨렸다.

그때 종업원이 은아의 눈치를 보며 냄비를 내왔다. 나가사키 짬뽕이 김을 모락모락 풍기며 은아와 다율의 앞에 맛깔스러운 자태를 드러냈다. 이 와중에도 허기가 몰려왔다. 온종일 빈속이었다. 다율이 말없이 짬뽕을 은아의 그릇에 나눠주었고, 은아는 먹기 시작했다. 뜨끈하고 얼큰한 국물과 면발이 속에 들어가자 좀 살 것 같았다.

둘은 한동안 침묵하며 짬뽕을 먹었다. 그러다 은아가 조용히 입을 열었다.

"다율아, 있잖아, 나는 그 인간처럼 비겁해지고 싶지 않아."

"그래, 그래."

"그러려면 우선 내가 바이인 걸 받아들여야겠지?"

다율이 그걸 이제야 받아들이고 말고 하냐는 듯한 표정으로 은아를 흘겨보았다. 핀잔을 주고 싶은 걸 참는 듯했지만 어차피 은아에게는 다 읽혔다. 다율은 다만 이렇게 말했다.

"네가 바이여도 내 친구야."

"고마워."

다율이 은아의 어깨를 안아주었다. 지혁과는 달리 작고 부드럽고 라벤더향 섬유유연제 냄새가 배어 있는 다율의 품은 편안했다. 연주의 품은 어땠던가. 벌써 기억이 흐릿했다. 몇 달만 아픔을 추스르며 지내다 보면 지혁의 기억도 흐릿해지겠지. 하지만 그럼에도 남는 것들은 있다. 분명한 것은 은아가 예전으로 돌아갈 수 없다는 것, 그러나 한편으로는 다율 말마따나 은아는 예전 그대로의 은아라는 것이었다.

그러니 너무 겁먹지 말고 앞으로 나아가 보자. 여기도 뭐, 별거 없다.

강간 약물은 있지만.

"그리고 나 한 가지 결심이 있어."

은아가 정종을 한 잔 다 비우고 말했다.

"뭔데?"

"다음 학기에 사회학이나 인류학 복수전공 할래."

"엥?"

다율이 풍선 바람 빠지는 듯한 소리를 냈다.

"지혁 오빠가 내가 그 방면으로 탐구심이 있댔어. 맞는 말인 것 같아. 이 연애에서 얻은 게 있다면 그거야. 아, 그리고 이것도."

은아가 목에 걸린 목걸이를 들어 보였다. 핑크골드 체인과 다이아몬드가 이자카야의 어두침침한 조명 속에서도 별처럼 빛났다. 아무에게도 말하지 못할 경험이었다 해도 다이아몬드는 분명히 손에 만져졌다.

넘을 수 없는
사차원의 벽

✦✧

 나윤은 손이 유난히 작았다. 피아니스트로서는 치명적인 핸디캡이었다. 만약 누가 여덟 살의 나윤에게 너는 일찍 초경을 할 것이고 성장판이 일찍 닫힐 것이고 그래서 열두 살 이후로는 키가 크지 않을 것이고 손도 더 크지 않을 것이라고 알려주었더라면 나윤은 피아노를 포기했을까. 그런 생각을 종종 했다. 그 대신 여덟 살의 나윤이 들었던 말은 "어쩜 그렇게 잘 치니" "신동이구나" "엄마 아빠가 어떻게든 뒷받침해줄게. 열심히 하렴"이었다.

 나윤의 부모는 아주 윤택하지는 않았지만 그렇다고 재능 있는 외동딸의 레슨비를 지원 못 할 정도의 형편은 아니었던 데다, 본인들이 누리지 못한 모든 기회를 아이에게만은 쥐여주고 싶어하는 전형적인 베이비부머 세대였다. 나윤은 자신이 부모님의 기대를 한 몸에 받기에 충분하다고 믿었다. 또래들이 바이엘에서 헤맬 때 체르니 50번을 해치울 만큼 습득력이 좋았고 다들 지루하다고 하는 하논 연습을 절대로 소홀히 하지 않을 만큼 끈기가 있었으며 음표와 조표가 복잡한 악보도 금방 이해하고 소화했고 크고 작은 초등부 콩쿠르에서 상을 타서 실력을 증명했다.

하지만 그건 초등부까지의 이야기였다. 예술중학교에 들어가 자신과 비슷한 수준의 피아노 전공생들을 만나 경쟁하는 것까지는 재미있었고 자극도 됐다. 하지만 매사추세츠의 기숙 학교에 들어가 잘 안 되는 영어로 기를 쓰고 수업을 들으며 한국, 중국, 일본, 러시아, 우크라이나, 아르메니아, 캐나다, 호주에서 온 아이들과 경쟁하면서부터는 이게 아닌가 싶어졌다. 나윤보다 키가 머리 두 개는 더 크고 손가락이 한 마디는 더 긴 남자아이들은 어떤 곡이든 나윤보다 쉽게, 근사하게 쳤다. 나윤은 억지로 요령을 부려가면서야 겨우 칠 수 있는 9도 이상 화음을 대수롭지 않게 치는 것은 물론이고, 강약 조절, 정확한 터치, 집중력과 체력까지 모두 나윤을 능가했다. 나윤이 아무리 곡을 잘 분석하고 독해하고 머릿속에서 아름다운 선율을 그릴 줄 알아도 신체적 차이 앞에서 그것은 무용지물이 되었다. 초등학교 때까지만 해도 부모님과 선생님과 친구들의 찬사에 둘러싸이는 것을 당연시하며 한국을 대표하는 피아니스트가 되리라고 믿었던 나윤은 그렇게 점점 더 뒤로, 뒤로 밀려났고, 뒤로 밀려나다 보니 의욕과 인내심을 잃었고, 의욕과 인내심을 잃다 보니 잘하던 것도 못하게 되었고, 큰 손에 어울리는 라흐마니노프나 브람스의 곡들 앞에서는 공포마저 느껴 얼어붙기 일쑤였으며, 급기야는 모두의 앞에서 선생님에게 혼나는 처지로 전락했다.

"나윤, 기본적인 암보도 안 되면 연주를 어떻게 하겠다는 거야? 하루에 몇 시간이나 연습하니?"

적어도 여섯 시간은 한다고 말할 수 없어서, 그러기에는 자존심이 상해서, 연습을 못 해와서 죄송하다고 대답해버렸다.

그러지 않으면 나윤을 두고 그 녀석이 떠드는 말이 사실이라고 인정하게 되어버릴 것 같았다.

"나윤, 걔는 안 돼. 기본적으로 동양인 여자애들은 안 돼. 손이 작고 약하고, 진정한 영혼도, 열정도, 전통도 없어. 순 빈 껍데기야. 동양인 여자애들이 왜 부득부득 미국까지 와서 시간 낭비하는지 모르겠어."

러시아계 미국인인 제프리가 언젠가 파티에서 친구들과 그렇게 말하는 걸 들은 적이 있었다. 나윤은 못 들은 척 지나갔지만 온몸의 피가 얼굴로 솟구치는 듯했고 그날 집에 가서 펑펑 울었다. 파티에서 맨날 약이나 하는 새끼가. 너한테는 마약이 '영혼'이고 '열정'인가 보지. '전통'은 그 몸에 흐르는 러시아산 보드카가 보장해주기라도 하나 보지. 개새끼. 하지만 그렇게 욕을 해도 수치심은 사라지지 않았다. 가장 수치스러운 것은 마음속 깊은 곳에서 자신조차 제프리의 말에 반박

할 수 없다는 사실이었다. 주입식 교육으로 배운 테크닉을 무작정 주워섬길 뿐 예술성은 없는, 조그맣고 연약한 손으로 응접실이나 레스토랑에서 손님들 비위 맞추는 작은 볼륨의 음악이나 연주하는 것이 제격인 동양인 여자아이. 그게 정말로 자신인 게 아닐까 두려웠다.

하지만 이런 생각은 독이었다. 연습이 부족한 것이 맞을지도 몰랐다. 피아노 앞에 앉아 있는 여섯 시간 동안 오롯이 연습에 집중하는 것이 아니었다. 딴생각을 하거나 한숨을 쉬며 머리를 쥐어뜯거나 연습할 필요가 없는 곡을 치며 시간을 흘려보낼 때도 많았다. 나윤은 더 열심히 해야 한다고 스스로 채찍질했다. 어쨌거나 자신의 노력 부족을 괜히 작은 손 탓으로 돌리는 것은 못난 심보인 것 같았다. 세상엔 손 작은 피아니스트들도 있다. 라로차도, 호프만도, 바렌보임도, 스크랴빈도 손이 작았다. 충분히 열심히 하면 이겨낼 수 있다. 스트레칭과 옥타브 훈련을 많이 하면 개선이 된다. 그리고 약점이 있는 만큼 다른 강점을 더 살리는 방향으로 연습할 수도 있다. 선생님들은 늘 그렇게 말했고 나윤도 그렇게 믿었다.

그 믿음이 무너진 것은 콩쿠르 때였다.

이 학교의 피아노 전공생이라면 누구나 보스턴에서 열리는 주니어 콩쿠르에 참가했다. 나윤도 예외는 아니었다. 세상에, 부모님에게, 제프리에게, 그리고 나윤 자신에게 스스로를 증명해보일 기회였다. 나윤은 자유곡들을 신중히 골랐고, 지정곡을 꼼꼼히 숙지했다. 예선 지정곡은 바흐의 푸가였고 이후 준준결승, 준결승, 결승에서는 주최 측이 정한 기준에 맞춰 스스로에게 유리한 곡을 선택할 수 있는 여지가 있었다. 나윤은 선생님과의 상담 끝에 최대한 자신 있고 좋아하는 곡들을 골랐다. 쇼팽, 드뷔시, 라벨의 곡들. 독일이나 러시아보다는 프랑스 쪽 작곡가들에게 끌렸고 더 잘할 수 있다고 자부했다. 특히 드뷔시를 좋아했다. 멋진 반항아, 자유로운 몽상가. 학교에서 교수들에게 대들고 괴상한 곡을 써대서 악명을 떨치고 파란만장한 연애사로 사교계에 분란을 일으킨 인물. 그가 쓴 곡들은 꿈꾸는 듯 천진하고 물결에 반짝이는 햇살처럼 환상적이었다. 평생 사회의 규격에 맞지 않았던 그는 너무 어린아이 같던 것이 아닐까. 나윤은 반항아와는 거리가 멀었지만 그래도 그 반짝임이, 기쁨에 찬 아이나 장난기 많은 요정이 뛰노는 것 같은 선율이 좋았다. 나윤은 자신이 드뷔시가 되었다고 생각하며 '기쁨의 섬'을 연습했다. 우아한 트레몰로와 아르페지오로 범벅된 곡으로 자신의 섬세한 감각을 유감없이 드러내 보이겠다고 작정하면서.

그런데 제프리도 똑같은 곡을 선택했으리라고는 상상하지 못했다.

제프리라면 당연히 러시아 작곡가 위주로 골랐으리라고 생각했다. 그 잘난 라흐마니노프나 차이코프스키나 무소륵스키이겠거니 했다. 그런데 정말 뜻밖에도, 제프리는 준준결승

자유곡으로 드뷔시를, 그것도 '기쁨의 섬'을 골랐다. 이해할 수 없었다. 왜 평소 자신의 노선에서 벗어나는 짓을 하지? 나윤은 그가 혹시 자신의 선곡을 미리 알고 일부러 엿 먹이려고 이런 건가 싶었다.

하지만 제프리가 연주하는 '기쁨의 섬'을 들었을 때, 그게 아니라는 것을 알 수 있었다.

연주를 들으면서 나윤은 자기도 모르게 숨을 죽였다. 심장이 뛰었다. 손끝이 저려오고 코끝이 매웠다.

드뷔시는 와토의 그림 〈키테라 섬으로의 출항〉에서 영감을 받아 이 곡을 썼다. 키테라 섬은 사랑을 관장하는 아프로디테 여신이 태어난 곳으로 알려진 섬으로, 연인들이 즐겨 찾는 여행지로 유명했다. 드뷔시는 당시 만나던 유부녀 엠마 바르닥과 함께 저지 섬으로 비밀 여행을 떠나 황홀한 나날을 보내면서 '기쁨의 섬'을 수정했다. 기쁨의 섬은 비밀스러운 사랑의 환희와 쾌락이 가득한 곳이었고 드뷔시는 바로 그런 공간을 음악 속에 구현했다. 그리고 제프리는 그 음악을 다시 공간 속에 펼쳤다.

간질간질하게 더듬는 듯한 소리들. 스스로 흥분하는 만큼 청중에게도 전해지는 흥분. 가늘게 떨리는 트릴의 피아니시모, 그러다 맥박처럼 높이 솟아오르는 크레셴도, 격정적이고 거친 포르테……. 그리고 숨이 멎는 듯, 오르가슴의 절정에서 뚝 떨어져 내리는 종결.

나윤은 생각했다. 나는 절대로 저렇게 칠 수 없어.

제프리는 아프로디테의 아들 에로스 같았다. 그가 보여준 섬은 에로틱한 낙원 자체였다. 반면 나윤은, 나윤의 '기쁨의 섬'은…… 어린아이의 것이었다.

나윤은 제프리의 마음을 이해했다. 같은 연주자이기 때문에 알 수 있었다. 제프리는 증명하고 싶었던 것이다. 자신이 무엇을 어디까지 해낼 수 있는지를. 콩쿠르에서 자신이 늘 하던 것을 하는 것을 넘어서 오히려 더 멀리 나가보고 싶은 용기와 대범함을 나윤은 이해했다. 그리고 자신이 졌다는 것을 알았다.

◆◆◆

콩쿠르가 끝난 후 학교로 돌아온 나윤은 한동안 방황했다. 과제도 잘 안 하고 수업도 듣는 둥 마는 둥 했다. 최악의 성적을 받은 날, 나윤은 친구들이 오라 하는 파티를 마다하고 혼자 시내를 쏘다니다 허름한 바에 들어가 마시지도 못하는 위스키를 혼자 마시고 토했다. 정말 쓰레기 같았다. 멀리 미국까지 와서 부모 돈 낭비하는 쓰레기. 벌게진 눈으로 맹렬한 겨울바람을 맞으며 골목을 걷다 보니 길을 잃기까지 했다. 하다못해 늘 다니던 길도 잃는구나. 이것이 자기 인생에 대한 은유인 것 같아서 나윤은 피식 웃었다. 혼자 실실 웃으면서

비틀거리는 동양인 여자애를 본 백인 남자 몇몇이 휘파람을 불며 뭐라고 수작을 걸었다. 나윤은 꺼지라고 고함치고 싶었지만 해코지라도 당할까 두려워서 입을 꾹 다물고 잰걸음으로 내처 발을 옮겼다.

그러다 어느 허름한 이민자촌에 이르렀다. 오래된 식당, 잡화점, 식료품점 등이 늘어선 길이었는데 대부분의 간판에 적힌 문자를 알아보기 어려웠고 지나다니는 사람들의 행색도, 그들이 하는 말도 낯설었다. 어지간하면 대강 어느 민족인지 어느 지방 출신인지 분간이 될 텐데 전혀 가늠할 수가 없었다. 나윤은 자신이 이렇게까지 무식한가 싶어 어이가 없는 한편 묘하게 마음이 편해졌다. 무서울 만도 한데 이상하게 무섭지는 않았다. 아무도 나윤에게 신경 쓰지 않았고, 이 안에서 나윤은 익명의 존재가 된 기분이었다.

그러던 나윤의 눈에 띈, 굵은 대문자 영어 알파벳으로 적힌 간판이 있었다.

차원의 마녀
상담은 무료입니다

점쟁이 이름치고는 거창했다. 차원의 마녀라니. 다른 차원에서 온 마녀라는 뜻일까? 별 신기한 것을 다 봤다 생각하고 지나가려다가 걸음을 멈췄다. 다시 간판 앞으로 돌아가 섰다.

지하층으로 이어지는 계단에 화살표 표시가 붙어 있었고 문에 박힌 간유리판 너머에서 따스한 불그스름한 빛이 흘러나왔다. 어쩐지 솔깃했다. 술기운 때문에 대담해진 것인지, 이대로 한국으로 돌아가 부모님 집에서 면구스러운 방학을 보낼 생각을 하니 절박해져서인지 모르겠지만 어쨌든, 상담은 무료라는데, 한번 말이나 해보는 것도 나쁘지 않을 듯했다.

나윤은 조심스럽게 문을 열었다. 딸랑이는 종소리를 듣고 안에서 한 여자가 나왔다. 막연히 할머니가 나올 줄 알았는데 할머니는커녕 무척 앳되어 보이는 여자였다. 나윤과 비슷한 나이이거나 그보다 조금 더 많을 것 같았다. 카라 달린 줄무늬 티셔츠에 운동복 바지 차림으로, '마녀'라고 했을 때 떠올릴 수 있는 옷차림하고는 거리가 멀었다. 전체적으로 출신을 가늠할 수 없는, 여러 인종이 섞인 듯한 얼굴이었는데, 그러다 보니 결과적으로 기억에 잘 남지 않는 흐릿한 인상이었다. 그나마 눈에 띄는 것은 오른뺨에 있는 커다란 점이었다.

마녀는 특별히 어느 지역 억양이라고 말할 수 없는 영어로 나윤에게 안으로 들어와 앉으라고 했다. 집 안에 갖추어진 낡고 수수한 가구들 가운데 검은 테이블보가 씌워진 탁자가 눈에 띄었다. 마녀가 그 탁자 앞의 빈 의자를 손짓했다.

"넘을 수 없는 벽 때문에 괴로워하고 있군요."

자리에 앉자마자 테이블 너머의 나윤을 쓱 훑어본 마녀가 말했다. 그 말에 나윤은 무너졌다.

누구에게도 한 적 없는 말들을 줄줄 쏟아냈다. 엷은 미소를 띤 마녀의 얼굴이, 다시 볼 일 없을 사람이라는 사실이 나윤의 경계심을 허물어뜨렸다. 정신을 차리고 보니 나윤은 어린 시절 다녔던 동네 피아노 학원 선생님 험담과 중학교 때 처음 사귀었던 남자친구에 대한 원망과 미국에 건너오면서 가졌던 포부와 콩쿠르 나가서 먹은 맛없던 칠리 이야기까지 다 하고도 모자라, 손이 13도 건반을 짚을 만큼 우악스럽게 컸던 라흐마니노프를 비롯해 큰 손으로 피아노를 만들고, 피아노 곡을 쓰고, 피아노를 연주해온, 언젠가는 동양 반도에서 자란 조그마한 여자애도 피아노를 칠 날이 올 거라고는 조금도 생각하지 않았던 모든 위대한 남자들에 대한 분노까지—그 어느 때보다도 유창한 영어로—쏟아낸 뒤였다.

그 모든 이야기를 묵묵히 듣고 난 마녀가 처음 꺼낸 말은 이것이었다.

"제가 당신의 손을 크게 만들어드릴 순 없어요."

나윤은 헛웃음을 지었다.

"그야 그렇겠죠."

"당신의 성별을 바꿀 수도, 인종을 바꿀 수도 없어요."

어쩌라는 거지? 그걸 모르고 한 이야기가 아니지 않은가. 눈썹을 추어올린 나윤 앞에서 마녀는 여전히 은은한 미소를 짓고 있었다.

"하지만 당신을 사차원의 존재로 만들어줄 수는 있죠."

이건 또 무슨 소리지?

나윤이 멍하니 바라보자 마녀는 노래하는 듯한 목소리로 설명해주었다.

우리 세상은 삼차원으로 이루어져 있다. 누구나 삼차원 공간 안에서 삼차원 법칙에 따라 움직인다. 피아노도 삼차원 입체이고, 연주자도 삼차원 입체이며, 가로와 세로와 높이라는 세 가지의 축 안에서 손을 움직여 연주한다. 그런데 만약 나윤이 자신을 둘러싼 공간을 사차원으로 바꿀 수 있다면?

사차원에서는 삼차원에서 불가능한 일들이 가능하다. 그중 하나는 몸의 좌우를 반전할 수 있다는 것이다. 마녀는 나윤의 몸 전체가 아닌 두 손을 둘러싼 차원만 바꾸는, 그래서 두 손만 반전시키는 특별한 능력을 줄 수 있다고 했다. 그러면 나윤의 오른손이 왼손이 될 수 있다. 왼손이 오른손이 될 수 있다. 엄지가 새끼손가락 쪽으로, 새끼손가락이 엄지 쪽으로 뒤바뀔 수 있다.

초등학교 이후로 완전히 놓아버린 수학 이야기가 나오자 나윤은 술기운으로 흐릿한 머리가 더욱 흐려지는 듯했다.

"그러면…… 결국 똑같잖아요. 뭐가 달라지는데요?"

마녀가 자신의 오른손을 테이블에 올리고 쫙 펼쳤다.

"자, 이게 제가 최대한 펼친 손이에요. 이렇게 하면 엄지는 왼쪽으로, 새끼는 오른쪽으로 벌릴 수 있죠."

"네."

"하지만 이렇게 하면 검지, 중지, 약지도 새끼를 따라 오른쪽으로 치우치게 돼요."

"그야……."

"그러면 엄지와 가까운 위치에 있는 건반은 동시에 짚을 수 없어요. 그렇지 않나요?"

뒤통수를 맞은 듯했다.

그렇다. 최대한 억지로 손을 벌리면 10도까지 짚을 수는 있다. 즉 도에서 미까지 짚을 수 있다. 하지만 작은 손을 억지로 벌린 것이다 보니 중간의 여러 손가락을 이용해 다양한 화음을 누를 수가 없다. 그게 문제였다. 하지만 필요에 따라 손의 좌우를 반전할 수 있다면? 누를 수 없던 음들을 누를 수 있을 것이다.

그뿐만이 아니다. 새끼손가락으로 누르느라 힘이 떨어지는 음을 엄지로 바꿔 칠 수 있다. 순간순간 더 유리한 배치로 손가락을 바꿔서 화음을 누를 수 있다. 그 밖에도 지금으로서는 상상할 수 없는 수많은 변화가 있을 수 있다. 사차원으로 피아노를 치는 일은 마치 네 개의 손으로 피아노를 치는 것 같을 것이다. 온갖 상황에 대처할 수 있는 선택지가 늘어날 것이고, 훨씬 유연하게 손가락을 놀릴 수 있을 것이고, 삼차원의 연주자로서는 불가능한 다이나믹하고 화려한 주법을 구사할 수 있을 것이다.

"그런 게 정말로 가능하다고요?"

"네, 가능해요."

마녀는 감자튀김 대신 양파튀김도 가능하다고 말하는 패스트푸드점 직원처럼 태평하게 말했다. 나윤은 입을 어물거리다 천천히 고개를 저었다.

"못 믿겠는데요."

"그러실 수 있죠."

그리고 그 순간 더 믿을 수 없는 일이 일어났다. 눈앞에서 마녀의 오른뺨에 있던 커다란 점이 왼뺨으로 옮겨간 것이었다.

"어?"

"이런 식이에요."

마녀가 그렇게 말한 순간 점이 제 위치로 돌아왔다.

나윤의 심장이 거칠게 뛰기 시작했다. 두려움 때문인지, 설렘 때문인지 알 수 없었다. 나윤이 어렸을 때 꿨던, 이제는 빛이 바랜 꿈들이 눈앞에 총천연색으로 되살아났다. 국제 콩쿠르 석권, 으리으리한 카네기홀에서의 리사이틀, 수많은 관객의 기립 박수, 나윤의 옆얼굴이 커다랗게 박힌 음반, 기자들의 질문 세례, 유명한 지휘자와의 협연, 포옹과 악수…….

나윤은 고개를 세차게 내저었다.

아니, 정신을 차리자. 술을 너무 많이 먹은 것이다. 비록 토해서 술기운이 어느 정도 깨긴 했지만……. 아니면 눈앞의 여자가 뭔가 사기를 치고 있는 것이다. 만약 저 말대로 된다하더라도 그게 순조로울 리 없다……. 나윤은 동화 속 마녀들의 행각을 떠올렸다. 인어공주에게 다리를 주는 대신 목소리를 빼앗은 마녀. 오로라에게 선물이랍시고 영원히 잠드는 저주를 내린 마녀.

마녀는 나윤의 생각을 읽기라도 한 듯 담담히 말했다.

"제가 당신에게 바라는 건 비싸다면 비싸고, 싸다면 싼 거예요."

"뭔데요?"

"당신이 삼차원으로만 살 때 가지는 모든 가능성."

"가능성……?"

무슨 말인지 이해가 되지 않았다. 가능성이라니, 자신에게 무슨 가능성이 있는지 나윤은 몰랐다. 지금의 나윤에게 미래는 불투명하기만 했다. 물론 미래는 누구에게나 닥쳐오니 나윤도 장차 무언가가 되기야 되겠지만, 그 막막한 가능성을 맞바꿔서 확실하게 빛나는 가능성을 살 수 있다면 그렇게 하는 게 이득이 아닐까.

나윤이 생각하는 동안 마녀는 참을성 있게 기다렸다.

꺼림칙하긴 했다. 나윤이 타고난 조심성이 경계경보를 울리고 있었다. 하지만 지금 여기서 거래를 마다하고 돌아나간다? 두려움 때문에? 그랬다가는 평생 후회할 것 같았다. 지금 이 순간 놓친 '가능성'을 두고두고 곱씹으며 미련에 젖어 살겠지. 선을 벗어나지 않고 벗어날 수도 없는 얌전한 동양인 모범생 여자애답게.

나윤은 퍼뜩 고개를 들었다.

"하겠어요."

마녀가 나윤을 지그시 바라보았다. 그러다 검은 테이블보에 팔꿈치를 얹고 몸을 내밀더니 목소리를 낮추고 말했다.

"이 선택은 돌이킬 수 없어요. 정말 하겠어요?"

나윤은 마른침을 삼키고 재차 말했다.

"네. 할래요."

❖❖❖

나윤은 한국으로 가는 비행기 좌석에 앉아서 손을 이리저리 반전시켜 보면서 가만히 들여다보았다. 혀로 체리 꼭지를 묶거나 손가락 마디를 뒤로 꺾는 것 같은 사소하고도 괴상한 묘기처럼 느껴졌다. 아니 그런 묘기는 남들 앞에서 과시할 수 있기라도 했다. 이건 그럴 수도 없었다. 차원의 마녀는 나윤의 행동이 남들에게는 눈에 보이지 않고 이해도 되지 않으리라고 말했다. 사람들은 삼차원의 시야로 보고 삼차원의 사고방식으로 생각하기 때문에, 나윤이 사차원을 다루는 것을 눈앞에 두고도 알아보지 못한다는 것이었다.

이상한 기분이었다. 몸의 일부가 투명해진 기분. 남들에게 설명할 수 없는 비밀이 생긴 기분. 나쁘지 않았다. 이제껏 비밀이랄 것이 없는 삶을 살아왔는데 처음으로 인생에 깊이가 생긴 기분이었다.

한국에서 겨울을 보내는 동안 나윤은 전처럼 하루에 여섯 시간씩 연습했다. 하지만 여섯 시간이 전과 같은 여섯 시간이 아니었다. 나윤은 연습하는 내내 온전히 집중했다. 아무도 어떻게 쓰는지 가르쳐줄 수 없는, 오로지 나윤 혼자서만 터득해야 하는 새로운 도구를 탐색하고 시험하다 보면 시간이 훌쩍 갔다. 연습하지 않을 때조차도 나윤은 자기 손을 보며 골똘히 생각에 잠기거나 허공에 대고 손가락을 이리저리 놀리곤 했다. 부모님은 나윤이 콩쿠르에서 참패하더니 분발하는 모양이라고 생각하며, 나윤의 연습에 방해가 되거나 생각의 흐름을 깨뜨리지 않기 위해 조용히 배려해주었다. 평소 같았으면 부모님의 그런 묵묵한 지지가 고마운 한편 부담스럽고 숨이 막혔을 테지만 이제는 그냥 그런가 보다 했다. 부모님에 대한 부채감을 생각할 시간이 없었다. 음악에 대한 생각만으로 머리가 터질 것 같았다.

겨울이 금방 지나갔다. 나윤은 시간이 어떻게 흘러가는지 의식하지 못한 채 미국으로 돌아갔고 학기를 시작했다. 동양인 친구들이 고향에서 크리스마스를 어떻게 보냈는지 이야기했다. 제프리는 여전히 거들먹거리며 모스크바의 겨울을 이야기했다. 나윤은 그들 모두를 데면데면하게 대했다. 언제 나처럼 피아노 레슨을 듣고 화성학과 음악사 수업을 듣고 합주를 하고 세미나를 했다. 그 어떤 친구도, 그 어떤 선생님도, 그 어떤 토론과 세미나도 나윤에게 필요한 것을 정확히 알려주지 않았다. 완전히 혼자가 된 기분이었다.

사람들과 멀어지면서 오히려 악보 속 존재들과 가까워졌다. 나윤은 원래 즐겨 치던 쇼팽, 드뷔시, 라벨뿐만 아니라 서먹서먹했던 작곡가들의 곡도 다시 보았다. 특히 라흐마니노프에 대해 오래 생각했다. 라흐마니노프는 분명 손이 컸다. 나윤은 그런 라흐마니노프가 모든 크고 위대하고 명망 있는 남성 음악가들과 그들이 만들어온 장중하고 영웅적이고 힘찬 음악들을 대표한다고 여겼다. 그런데 그건 잘못된 생각이었던 것 같았다. 라흐마니노프의 손 크기는 비정상적이었다. 사람들은 그것이 마르판증후군이라는 유전 질환 때문이었으리라고 추측했다. 기형적으로 크고 유연한 손과 198센티미터에 달하는 거구의 몸. 라흐마니노프가 그런 곡을 쓴 것은 그의 시야에는 세상이 그렇게 보이기 때문이었고, 그것은 일반적인 남성의 시야와 달랐다. 지극히 독특하고 고유한 그의 세계였다. 그는 자신이 만든 3번 협주곡을 절친한 친구였던 호프만에게 헌정했지만 호프만은 자신의 손 크기로는 그 곡을 칠 수 없다고 거절했다. 라흐마니노프는 지음에게도 온전히 이해받지 못했다. 그뿐만 아니라 세간의 비웃음과 혹평을 샀고, 그 여파로 지독한 우울증에 빠져 아무 곡도 쓰지 못하고 세월을 흘려보내기도 했다.

나윤은 라흐마니노프의 곡들을 연습하기 시작했다. 손의 크기 자체가 커진 것은 아니었으므로 여전히 절대적 한계는 있었다. 하지만 강세, 초점, 접근 방식, 그 모든 게 달라졌다. 숨 가쁘게 달려 나가는 빠른 선율, 화려한 화음을 전개하는 과정에서 손가락을 사차원 공간에서 자유자재로 구사하면서 몰랐던 재미를 깨달았다. 이게 이런 곡이었구나, 이런 아름다움이 있었구나 하는 순간의 연속이었다. 하지만 그만큼 혼란스럽기도 했다. 이걸 '이런 곡'으로 해석해도 되는 건지, '이런 아름다움'을 발견하는 게 맞는 건지 확신할 수 없었다. 치는 방식이 달라지니 당연히 표현도 달라졌는데, 이것이 과연 작곡가의 의도에 부합한다고 할 수 있는지도 의문이었고, 삼차원만 알고 있는 사람들 귀에 어떻게 들릴지도 알 수 없었다.

음악이란 무엇일까? 근본적인 의문이 나윤의 머리를 사로잡았다. 나윤은 사차원의 존재가 됨으로써 피아노를 더 잘 치게 될 줄로만 알았는데, 이건 단순히 그런 문제만은 아닌 것 같았다. 피아노를 대하는 자세, 피아노의 의미, 피아노에 대한 열정, 그 모든 것이 재구성되었다.

친구들이 나윤을 두고 수군거렸다. 너 무슨 일 있어? 요즘 좀 이상해. 선생님들은 나윤의 연주를 듣고 묘한 표정을 지었다. 어떤 선생님은 그렇게 하면 안 된다며 고개를 저었고, 어떤 선생님은 실력이 확 늘었다고 칭찬했다. 나윤은 그들이 제각각 다른 반응을 보이는 것이 혼란스러웠다. 이 혼란

속에서 스스로 주관을 세우고 끈기 있게 나아가려면 어떻게 해야 하는 건지 갈피가 잡히지 않았다.

그렇게 순식간에 봄이 지나가고 여름이, 가을이 돌아왔다. 텍사스에서 사 년에 한 번씩 열리는 C 콩쿠르의 지원 접수가 시작되었다. 지난해 참가했던 주니어 콩쿠르와는 달리 나이를 불문하고 전세계 피아니스트를 대상으로 하는 명망 높은 대회였다. 나윤은 참가를 결정했다. 전처럼 쇼팽과 드뷔시의 곡을 골랐다. 하지만 결승전에서 선보일 곡은 라흐마니노프의 협주곡 2번이었다. 같은 한국인 친구인 경현이 오케스트라 파트 피아노를 맡아 연습을 도와주었다. 경현은 나윤의 연주를 듣더니 아연한 얼굴로 물었다.

"한국에서 무슨 일 있었어? 갑자기 다른 사람이 된 것 같아."

"그래?"

나윤은 미소 지으며 그렇게만 되물었다.

"잘하기는 하는 것 같은데, 괜찮겠어? 소문이……."

"괜찮아. 소문일 뿐이잖아. 진짜인지 아닌지도 모르고."

소문에 따르면, 제프리의 숙부인가 백부인 지휘자가 이번 콩쿠르의 심사위원장과 동시에 결승전 지휘를 맡는다고 했다. 제프리 스스로 그런 말을 흘린 적이 있다고, 제프리의 우승은 따놓은 당상이라는 얘기였다.

"그리고 설령 그게 사실이래도 포기하고 싶지 않아. 그 지휘자가 제대로 된 음악가라면 공정하게 평가하겠지. 만약 그렇지 못하다면, 그것도 운이고."

경현이 눈을 껌뻑거렸다.

"너 정말 변했다."

나윤은 건성으로 대꾸하며 피아노 뚜껑을 닫았다.

"글쎄. 저번 콩쿠르가 많은 교훈이 된 것 같아."

"그러면 다행이지. 너 멘탈 나간 게 보여서 걱정 많이 했는데. 그래도 금방 털었나 보다."

물론 그때의 방황과는 다르지만 나윤의 '멘탈'은 지금도 방황중이었다. 어떻게 생각하면 오히려 더 복잡한 문제를 떠안은 것 같기도 했다. 결국 손은 여전히 작고, 어떻게 다뤄야 할지 알 수 없는 능력만 새로 얻은 셈이니까. 다시금 라흐마니노프를 생각했다. 라흐마니노프가 세간의 몰인정과 혹평으로 비롯된 우울증을 극복한 데에는 정신과 의사인 니콜라이 달 박사가 큰 도움이 되었다. 나윤이 결승곡으로 고른 협주곡 2번은 그가 우울증에서 벗어나고 처음으로 쓴 것으로, 달 박사에게 헌정한 것이었다. 이 곡에는 재기를 향한 야심과 그간 억눌렸던 창조력이 가득 넘쳤다.

그 힘에 압도당하지 않을 수 있을까? 그 의도를 제대로 해석하고 음을 통제할 수 있을까?

나윤은 다시 피아노 뚜껑을 열었다. 지금 나윤을 고민하

게 하는 건 그런 것들이었다. 심사위원이 누구인가 하는 문제
가 아니라.

 길고 긴 서류 접수, 사전 오디션을 거쳐 본격적인 콩쿠르
가 시작되었다. 참가자들은 오리엔테이션을 받았다. 제프리
가 나윤을 보고 쟤는 뭘 또 기어이 여기까지 왔나 하는 눈빛
을 던졌다. 나윤은 입술을 깨물며 그 시선을 맞받았다.
 나윤은 침착하게 예선곡을 연주했다. 가뿐히 통과. 준준
결승에서는 쇼팽의 에튀드를 쳤다. 늘 치던 곡이었지만 사차
원으로 주법을 바꿨다 보니 실수를 하지 않을까 마음을 졸였
는데, 다행히 클린했다. 잘 통제했다. 통제…… 하지만 통제
가 문제가 아닌 것 같았다. 어쨌든 통과는 했지만 나윤은 무
언가 중요한 것을 빠뜨리고 있다는 불안감을 느꼈다. 무엇이
문제일까?
 준결승에서 지난번에 고배를 마신 '기쁨의 섬'을 연주했
다. 과거의 아픔을 설욕하려는 의지에서 선곡한 것이었지만
의외로 자기 자신하고 싸우지는 않았다. 그때와는 입장이 완
전히 달라졌고 예전에 쳤던 방식은 상기할 필요도 없었다. 다
만 드뷔시와 싸우는 것 같았다. 나윤은 드뷔시와 황홀한 사랑
에 빠졌다가 환상에서 깨어나 이제 그와 시시콜콜한 것들로
말싸움을 하는 연인이 된 듯했다. 신경이 한없이 날카로워졌
고, 시간은 걷잡을 수 없이 빠르게 흘러갔고, 시간 속에 소리

를 어떻게 쪼개 넣느냐로 드뷔시와 실랑이를 벌이다 보니 어느새 연주가 끝났다. 그리고 헛헛한 격정의 여운과 진 빠진 기분만이 남았다.

결과는 통과였다.

기뻤지만, 왜 통과했는지 이해가 되지 않았다. 자신이 무엇을 연주했는지 모르겠다는 느낌이었다. 또다시 불안했다. 결승전을 앞둔 긴장감이 겹쳐져서 더더욱 그랬다. 심사위원들은 뭘 보고 나윤을 뽑아 올리고 있는 것일까? 제대로 보고 듣고 있기는 한 것일까? 자신이 편법을 쓰고 있다는 기분이 들었다. 사차원을 다루는 능력은 나쁜 것일까? 정정당당하지 못한 것일까? 심사위원과 혈연관계라는 이점을 이용하고 있다는 제프리보다 더?

제프리도 결선에 진출한다는 소식을 들었다. 신경 쓰고 싶지 않았지만, 그가 라흐마니노프 협주곡 3번을 연주한다는 데에는 부담을 느끼지 않을 수 없었다. 3번은 악명 높은 난곡이었다. 웬만한 연주자에게는 극도로 불리한, 유별난 자신감이 있지 않고서야 선택할 수 없는 곡이었다. 그 자신감은 부러웠다. 나윤은 그만한 자기 확신은 없었다. 어떻게 확신을 가질 수 있겠는가? 나윤이 하는 모든 것이 처음인데?

그렇게 준비가 덜 된 기분으로 나윤은 결승 무대에 올랐다.

어둑한 통로를 천천히 걸어 나와 환한 조명을 맞닥뜨리자 오케스트라 단원들과 지휘자가, 그다음으로 관객이 보였다. 지휘자는 나윤도 아는 사람이었다. 제프리의 친척이 맞았다. 그는 근엄한 얼굴로 나윤을 내려다보고 있었다. 나윤은 그 앞에서 위축되지 않으려 애쓰며 몸을 꼿꼿이 세웠다. 샤재질로 된 드레스에서 나는 바스락 소리가 신경에 거슬렸고 허리가 조였다. 왜 여자들은 무대에서 불편한 드레스를 입어야 하는 건지 알 수 없었다. 나윤은 옷도, 지휘자의 카리스마도, 관객들의 시선도 생각하지 않고 오로지 오케스트라와 함께 맞춰나가는 음악에만 집중하자고 스스로 다잡았다.

 장내가 고요해졌다. 지휘자가 지휘봉을 휘두르기 시작했다.

 처음엔 아주 조용하게. 낮고 어두운 2분음표 화음의 반복. 서서히, 서서히 강하게 고조하기. 그리고 아르페지오. 합류하는 관현악의 1주제, 그리고 점점 파도처럼 일렁이며 이어지는 흐름······. 나윤은 그 흐름과 맞서 싸우며 중심을 잡아나가려 안간힘을 썼다. 헤아릴 수 없이 많이 들여다본 음표들이 눈앞에서 펼쳐졌다. 나윤은 그 음들 하나하나를 숨 가쁘게 해치우듯 건반 위를 질주했다. 진행은 되었다. 실수는 없었다. 그러나 이대로 3악장까지 버틴다는 건 말이 안 되는 짓처럼 느껴졌다. 이런 식으로는 안 된다. 안 된다······. 비올라와 선율을 주거니 받거니 하면서 머리가 터질 것 같았다. 모든 악기에, 모든 관객에게, 지휘자에게 진정한 자기 자신을 숨기면서 억지로 무언가를 내보이고 있는 것 같았다.

그렇게 클라이맥스로 치달았다. 수많은 악기가 가세하며 격정적인 폭풍이 일어났다. 더 이상 거부할 수 없었다. 도저히 더는 버틸 수 없었다. 나윤은 사력을 다해 가로막고 있던 문에서 몸을 떼어냈다. 그러자 문이 쾅 열리고 해일이 쏟아져 들어왔다. 이제 끝장이었다. 끝장이다…….

그런데 놀랍게도 끝이 아니었다.

정확히는 1악장은 끝나고 2악장이 시작되었다. 클라리넷이 꽃처럼 피어나며 서정적인 선율을 연주했다. 그리고 플루트에 넝쿨처럼 휘감기는 피아노를 손끝으로 느끼며 나윤은 생각했다.

통제할 수 없구나.

애초에 통제할 수 없는 것이었다. 작곡가의 의도를 완전히 재현할 수는 없고 그래서도 안 되는 것이었다.

이것은 라흐마니노프를 깊이 '오해'하고 동시에 나윤 자신을 이해하는 일이었다. 역사를 뛰어넘어 누군가와 연결되기 위해서는 오롯이 혼자가 되어야 했다. 왜냐하면 그 누구도 나윤처럼 라흐마니노프를 친 적도, 칠 수도 없기 때문이었다. 당연한 일이었다. 모든 사람의 지문이 다르듯 모든 피아니스트는 저마다 다른 연주를 했다. 그 당연한 사실을 이제야 비로소 깨달았다.

그때부터 나윤은 더는 파도에 저항하지 않았다. 파도에 몸을 맡겼다. 사차원이 나윤을 데리고 가는 곳으로 따라갔다.

그곳에는 아름다움이 있었다.

눈 깜짝할 사이에 이십 여분이 흘러갔다. 나윤은 자신이 더 이상 세상에 존재하지 않는 것 같으면서도 그 어느 때보다 자신의 몸을 예리하게 감각하는 기이한 기분에 사로잡혔다. 마침내 모든 것이 끝난 순간, 짧은 정적 속에서 지휘자가 천천히 지휘봉을 내렸다. 그리고 나윤을 보며 빙그레 미소 지었다.

◆◆◆

C 콩쿠르에서 우승한 사람에게는 빛나는 명예와 큰 상금이 주어졌다. 나윤이 꿈에 그리던 순간이었는데 이상하게도 실감이 나지 않았다. 그보다는 더 내밀한 기쁨에 젖어 있었다. 짧다면 짧고 길다면 긴 평생 자신을 억누르던 무언가를 비로소 돌파했다는 기쁨. 음악이 무엇인지 알게 되었다는 기쁨. 혼자만의 기쁨으로 충만한 나윤은 제프리의 분노에 찬 표정을 봐도 통쾌하지 않았다. 경현을 비롯한 친구들의 진심 어린 축하는 고마웠지만 그들이 무엇을 축하하는지 모르고 있다는 생각이 들었다. 자기 일처럼 기뻐하는 부모님도 마찬가지였다. 다만 부모님에게 진 빚을 갚을 수 있게 되어 다행스러웠다. 지금까지의 빚이나마 청산해야 앞으로 가벼운 마음으로 쭉 음악을 할 수 있을 테니까. 오래오래.

그런데 그때 나윤은 오래 음악을 한다는 것의 의미가 무엇인지 미처 몰랐다.

•••

 여러 나라의 언론이 나윤을 조명했다. 특히 한국이 그랬다. 기자들은 나윤을 한국이 낳은 신동쯤으로 수식하며 추어올렸고, 각종 예능 프로그램 섭외가 들어왔다. 멍청한 질문이 쏟아졌다. 연애는 해봤냐든가, 콩쿠르 나가기 전에 청심환은 먹었냐든가, 같은 학교 라이벌과 함께 결승에 진출했다던데 콩쿠르 이후로 어떤 관계를 유지하고 있느냐든가. 나윤은 그들에게 매몰찬 답변을 했다. 아예 답변을 거부하기도 했다. 그들은 자극적이고 재미있는 이야깃거리를 찾고 있었고, 나윤은 거기에 장단을 맞춰줄 시간이 없었다.

 나윤은 유명한 음대에 진학했다. 대학에 다니면서는 더 유용하게 시간을 쓸 수 있을 줄 알았다. 그런데 의외로 그렇지 않았다. 미국의 음대라고 해서 한국보다 훨씬 열려 있거나 유연한 것이 아니었다. 교수들은 경직되어 있었고 학생들은 수준이 낮았다. 한 교수는 나윤이 C 콩쿠르에서 우승했다고 해서 잘난 척하지 말라며, 다시 배워야 할 점이 한두 가지가 아니라고 질책했다. 나윤은 그 자리에서 박차고 일어나 강의실을 나가버렸다. 나윤은 이곳의 교수들 모두 삼차원의 존재일 뿐이고, 더 높은 차원에 있는 자신을 그들이 가르칠 수는 없다는 결론에 이르렀다. 오만하다는 건 알았지만 어쩔 수 없었다. 그것이 사실이었으니까.

나윤은 부모님의 반대를 무릅쓰고 대학을 그만뒀다. 부모님의 의사를 정면으로 거스른 것은 난생처음이었다. 하지만 쓸데없는 일에 시간을 허비하고 싶지 않았다. 그러지 않아도 나윤은 이미 세계 무대에 데뷔했고 몇몇 기관과 단체의 러브콜을 받았다. 배움이라면 협연과 실무를 통해 얻고 싶었다.

그런데 업계에서의 경험도 뜻밖이었다.

인상 깊은 점이 없지는 않았다. 나윤은 여러 훌륭한 지휘자와 연주자 들을 만났다. 낮은 차원이라는 제약 속에서도 그들은 각자의 개성과 방법론을 갖추고 뛰어난 표현을 보여주었다. 하지만 그들이 가는 길과 나윤이 가는 길은 어차피 너무 달랐다. 그들의 방식을 따라 할 수도 없었고 그래서도 안 되었다. 그뿐 아니라 업계가 돌아가는 구조에서 납득 안 되는 점이 너무 많았다. 결국 실력과 예술성이 가장 중요한 것이어야 할 텐데도, 부차적인 논리가 더 크게 작용하는 순간이 있었다. 예를 들면 인격적 평판이 그랬다. 나윤은 자신이 거만하고, 독단적이고, 지나치게 예민하다는 평가를 듣고 있다는 것을, 자신을 싫어하는 기자와 교수와 옛 동기 들이 그런 식으로 말하고 다녔다는 것을 알게 되었다. 나윤과 같이 일하기 싫어하는 사람들 때문에 공연 섭외에서 배제되기도 했고, C 콩쿠르 우승자인데도 불구하고 스튜디오 음반 계약이 계속 성사되지 않았던 것도 자신의 안 좋은 이미지 때문이라는 것을 뒤늦게 깨달았다. 겨우 계약을 하기는 했지만 피아노 상태가 마음에 들지 않아서 몇 번이고 녹음이 미뤄졌다. 사차원 연주를 최상의 컨디션으로 녹음하기 위해서는 그에 걸맞은 조율이 필요했는데, 사람들은 자신의 요구를 이해하지 못했다. 레이블 관계자들은 나윤이 '동양인 여성 연주자답지 않다'라며 혀를 내둘렀다.

동양인 여성 연주자다운 것이 대체 무엇일까? 그렇다고 고국인 한국에서 나윤을 환영하는 것도 아니었다. 냄비 근성의 나라답게, 나윤의 대외적 활동이 진전되지 않자 관심은 금방 수그러들었다. 게다가 유럽에서 열린 다른 콩쿠르에서 나윤만큼 젊은 남성 피아니스트가 우승하자 스포트라이트는 그쪽으로 옮겨갔다. 그 피아니스트에게는 순식간에 수많은 여성 팬이 생겨나 인터넷에서 센세이션을 일으키고 공연이 몇 초 만에 매진되는 반면 나윤의 공연은 모객이 잘 되지 않았다. 어떤 기자는 나윤의 스타일이 '한국인 정서에는 맞지 않는다'라고 평했다.

그렇게 몇 년이 흘러갔다. 아슬아슬하게 커리어를 이어나가면서 나윤은 세 명의 남자를 사귀었다. 모두 곱상한 얼굴과 밝고 유쾌한 성격을 가진, 음악과는 관련이 없는 남자들이었다. 나윤은 그들이 자신을 이해해주기를 기대하지는 않았고 다만 지친 마음에 휴식이 되어주기를, 피아노를 계속할 수 있는 뒷받침이 되어주기를 바랐다. 그들과의 섹스를 통해 쾌감과 활력을 얻고 싶었고 음악 외의 삶에 대한 대화로 자극과 영감을 얻고 싶었다. 하지만 나윤의 연애는 그런 식으로 풀리지 않았다. 처음에는 나윤을 사랑한다고 말하던 남자들이 하나같이 나윤을 배신했다. 첫 번째 남자는 나윤의 '잘난 척'에 기가 질린다며, 너 같은 여자는 연애하지 말고 평생 음악이나 하라는 말을 남기고 떠났다. 두 번째 남자는 나윤이 불확실하고 스트레스 받는 피아노를 그만두고 자신과 결혼해 아이를 낳고 '정착'하기를 바랐기 때문에 나윤이 이별을 고했다. 세 번째 남자는 섹스할 때 나윤 몰래 콘돔을 빼고 사정했고, 덜컥 임신해버린 나윤은 분노하며 그를 찼다.

그딴 남자와 결혼할 생각은 추호도 없었으므로 헤어지긴 했지만 아이는 고민되었다. 아이를 키우면서 연주자로서 활동하는 것은 쉽지 않겠지만 나윤은 불안감을 느끼고 있었다. 자신이 삼차원의 세계에서, 보통 사람들의 삶에서 너무 멀어지고 있는 것이 아닐까 하는 불안이었다. 음악은 결국 인간이 만든 예술이고, 인간의 삶에서 비롯되는 한편 인간의 삶에 봉사할 의무가 있었다. 나윤은 인간성이라는 것을 자신이 이해하지 못하고 있는 것이 아닌가 두려웠다. 게다가 사람들에게 끊임없이 소외되고 배신당하는 경험에 지쳤다. 누구 한 명쯤은 자신이 조건 없이 사랑할 수 있는, 그리고 그런 사랑을 되돌려줄 수 있는 존재를 갖고 싶었다. 그래서 아이를 낳았다.

딸이었다. 딸에게 선예라는 이름을 붙였다. 선예를 키우면서 나윤이 목표로 한 것은 평범하게 키우는 것이었다. 특별하고 훌륭한 사람이 되어야 한다는 강박 없이, 그저 주변 사람들과 어우러지며 자라기를. 그러나 그 목표를 이루기는 쉽지 않았다. 바쁜 데다 개성 강한 어머니 밑에서 자라며 선예는 이리저리 튀었다. 유치원 때부터 선생님 말을 듣지 않고 말썽을 피웠고, 초등학교 들어가면서부터는 친구들과 합심해 다른 아이를 따돌리고 괴롭혀서 나윤은 몇 번이고 학교에 불려갔다. 어려웠다. 피아노보다 아이 키우는 것이 훨씬 어려웠다. 나윤은 선예에게 무엇이 나쁘고 무엇이 옳은 것인지, 선이 세상에 왜 필요하며 그것을 왜 우리가 갖추고 살아가야 하는지 가르치고 싶었지만 세상은 선하게 돌아가지 않았다. 더구나 나윤의 직업은 세상을 더 좋은 곳으로 만드는 데에 아무런 기여도 하지 못하는 것 같았다. 전쟁, 기아, 인권 유린, 환경 파괴, 기후 위기와 음악이 대체 무슨 상관이란 말인가? 이 끔찍한 세상에서 음악을 한다는 건 무슨 의미가 있나? 주위에는 폭력이 가득한데 음악은 그 폭력을 중단시키지 않고 도리어 견딜 만하게끔, 더 나아가 폭력이 지속되게끔 해주는 도구인 것만 같았다.

사십대에 접어든 나윤은 음악을 그만두고 싶어졌다. 그러나 배운 것이 음악밖에 없었기에 피아노 전공생들을 가르치는 일 외에는 아무것도 할 수 없었다.

어느 여름, 한 여학생이 나윤에게 찾아와 레슨을 청했다. 방음실 문을 살짝 열기만 하면 요란한 매미 울음소리가 귀청을 때리던 오후였다. 여학생은 나윤 옆에 앉아서 쇼팽의 환상 폴로네즈를 쳐보인 다음 결연한 표정으로 자기도 나윤처럼 손이 작아도 좋은 피아니스트가 되고 싶다고 말했다. '좋은 피아니스트'가 어떤 건지 깊이 생각해본 적도 없거니와, 나윤이 얼마나 '좋은 피아니스트'인지 진정으로 알지도 못할 아이였다. 어쨌든 나윤은 대중에게 잊힌 피아니스트였다.

그 아이의 작은 손을 내려다보며 나윤은 젊은 시절, 미래는 비록 불확실했지만 세상의 모든 것이 명확한 논리로 분별될 수 있으며 자신에게는 분명한 목표가 있다고 믿었던 시절에 만났던 차원의 마녀를 생각했다. 그는 지금쯤 무엇을 하고 있을까. 마녀여도 나윤처럼 나이를 먹었을까. 나윤에게서, 그 외의 여러 고객에게서 얻은 가능성을 가지고.

넘을 수 없는 벽이란 무엇이었을까, 나윤은 불현듯 그런 생각을 했다.

인형 눈알 붙이기

나는 정부 공인 백마녀다. 마녀 학교에서 교육받고, 면허를 따고, 사업자등록증을 내고 정식으로 장사하는 마녀. 나는 학교에서 배운 대로 선하고 적법한 마법만 행한다. 사람들에게 기쁨과 행복과 건강을 선사하는 것이 내 역할이다.

요즘 나 같은 떳떳한 백마녀는 흔치 않다. 면허 없이, 또는 면허가 있으면서도 사악한 저주를 행하는 불법 흑마녀들이 판을 치는 세상이다. 그편이 돈이 잘 벌리기 때문이다. 축복은 마녀의 실력이나 경력에 따라 어느 정도 편차는 있어도 표준 가격이라는 게 있지만, 음지에서 행해지는 저주는 부르는 게 값이다. 저주를 거는 마녀는 부메랑으로 본인마저 화를 입게 될 위험이 따르기에 그 부담만큼의 값을 더 받으려 하고, 의뢰인들도 돈을 많이 내는 만큼 더 효과가 있을 거라고 믿기 때문에, 저줏값은 천정부지로 치솟게 마련이다.

나는 그런 짓은 하지 않는다. 그렇게 하면 돈을 많이 벌 수 있다는 것은 알지만, 그래서 내 주변에도 가벼운 저주 의뢰쯤은 슬쩍슬쩍 받는 친구들도 있지만, 나는 그런 의뢰는 철저히 쳐낸다. 친구들은 나더러 고지식하다고 핀잔하지만, 내가 남들보다 특별히 양심적이어서 그렇다기보다는 그냥 겁이 많아서 그런 것 같다. 저주에 손을 담갔다가 조금이라도 내 명을 줄이고 싶지 않다. 경찰에 적발돼서 폭탄 벌금을 물고 싶지도 않다. 나는 펀드도 주식도 무서워서 안 하고 적금만 넣는 사람이다. 가늘고 길게 살고 싶다.

그래서 하는 일이 인형 눈알 붙이는 거냐고 누가 비웃는대도 할 말은 없다.

그날도 나는 인형에 눈알을 붙이고 있었다. 하얀색 강아지 모양의 봉제 인형 하나하나의 얼굴에다 플라스틱 눈알을 손수 붙이는 것이 내 일이었다. 이 강아지는 '태화'라는 남자 아이돌을 모에화한 것이라고 했다. 눈이 커다랗고 눈꼬리가 처져 있고 순둥순둥한 성격이어서 팬들이 강아지라 부른다고, 강아지와 태화를 합성해 '태화지'라는 별명으로도 부른다고. 솔직히 나는 처음에 태화가 정말로 강아지 같다고도, 이 인형이 태화와 닮았다고도 생각하지 않았지만 사랑이란 원래 그런 것이다. 상대를 찬미하다 못해 온갖 사랑스러운 대상으로 빗대고 싶은 마음. 게다가 나도 이 작업을 하는 과정에서 태화를 조금은 사랑하게 되었고, 강아지 인형에 태화를 점차 겹쳐 보게 되었다. 그럴 수밖에 없었다. 인형에 진짜 태화의 영혼을 살짝 덧입히는 것이 나의 의무였으니까. 누군가의 영혼을 오래 들여다보고 그것을 축복하다 보면 자연히 그 사람에게 애정을 느끼게 된다.

이런 축복이 가능한 까닭은 눈알을 붙이는 데 특별한 접착제를 쓰기 때문이다. 아이돌 신체 일부가 함유된 접착제.

요즘 아이돌들은 VIP 팬클럽 특전이나 팬 사인회 특전으로 자신의 신체 일부를 배포하곤 한다. 머리카락이나 눈물이 가장 흔하고, 가끔은 손톱이나 타액도 있다. 대외적인 명분은 팬들에게 자신의 일부분을 소중히 간직할 수 있도록 선물로 나눠준다는 것이지만, 이 특별한 선물을 둘러싸고 엄청난 규모의 시장이 형성되어 있다. 팬들은 아이돌의 신체 부위를 구하기 위해서 초고가의 회비를 내고 VIP 팬클럽에 가입하거나 음반을 수백 장씩 구매해 팬 사인회에 응모하거나 SNS에서 거금을 주고 다른 팬으로부터 아이돌의 신체 부위를 양도받는다. 그런 다음 이 신체 부위를 마녀에게 맡겨서 아이돌에게 축복이나 저주를 건다. 이런 축복과 저주는 팬들 사이에서 일종의 싸움이자 놀이와도 같다. 팬들은 최애가 음반 초동 판매 1위를 하거나 음악방송 1위를 하거나 연말 시상식을 휩쓸도록 축복을 걸어달라고 마녀에게 의뢰한다. 또 한편에서는 최애의 연애가 망하게 해달라거나 최애의 라이벌 아이돌의 인기가 급락하게 해달라는 저주를 건다. 팬들은 자신들의 이러한 소망이 엎치락뒤치락하며 아이돌의 명운을 좌우한다고 믿으며, 아이돌 기획사는 팬들의 이런 심리를 이용해 돈을 벌고 있는 것이다.

가끔 아이돌들이 딱하다. 나라면 절대로 내 머리카락이나 손톱을 함부로 모르는 사람들에게 내주지 않을 텐데. 대형 기획사의 돈벌이를 위해 자신의 운명까지 시장에 내놓아야 한다니, 아이돌이란 참 이상한 직업인 것 같다.

어쨌든 나도 거기에 달라붙어 돈을 벌고 있으니 남을 불쌍하니 뭐니 할 입장은 못 된다. 내가 할 일은 의뢰받은 아이돌의 무운과 성공을 최대한 진심으로 빌어주는 것뿐이다. 돈에는 진심이 실리는 법이니까. 최애를 위해 마녀에게 돈을 주기까지 하는 의뢰인들은 최애를 진심으로 사랑하는 것이다.

그래서 나는 진심으로 태화지, 그러니까 태화-강아지 인형에 눈알을 붙였다. 태화의 머리카락을 녹여 넣고 몇 가지 특별한 재료를 섞은—정확히 무슨 재료인지는 영업 비밀이다—접착제를 써서. 태화의 인기가 높아지기를, 태화의 춤과 노래 실력이 일취월장하기를, 태화의 노화가 더뎌지기를 기원하면서.

곧 태화지 인형을 받아볼 팬들은 인형이 진짜 태화와 유난히 닮았다고 느낄 것이다. 인형을 가지고 다니면 언제 어디서든 태화와 함께하는 듯한 느낌을 받을 것이다. 팬들은 인형이 태화에게 행운을 주는 부적이라고 여기며 소중히 간직할 것이고, 그 소중함 자체가 팬들에게 기쁨을 줄 것이다.

의뢰인에게 기쁨과 행복을 주는 것, 이 역시 백마녀의 본분이었다.

그렇게 한참을 집중해서 작업한 뒤, 태화지 인형 이백 개의 눈알 접착을 의뢰한 팬 대표자에게 작업이 완료되었으니 인형을 배송시키겠다는 메일을 보내려고 이메일 계정을 열었을 때였다. 수신함에 새 메일이 한 통 와 있는 것을 발견했다. 제목은 "마녀님께 의뢰드립니다"라고 되어 있었다. 또 새로운 아이돌 축복 일감인가보다 하고 무심히 메일을 열었다.

◆◆◆

직접 만나서 이야기하고 싶다며 내 아틀리에로 찾아온 의뢰인 '슈슬'은 삼십대 중후반으로 보이는 여성이었다. 칙칙한 안색에 안경을 썼고 숱 적은 직모를 뒤로 묶고 후드티를 입고 있었다. 슈슬은 내게 눈을 제대로 맞추지 못했고 말을 더듬었다. 그러나 최애에 대해 이야기할 때 슈슬의 눈동자는 광채를 띠었다.

"제, 제 최애는 유성이에요. 유성은, 벼, 별똥별이라는 뜻이죠. 영어로 슈팅스타. 줄여서 슈스. 슈스는 슈퍼스타의 약자이기도 하죠. 그래서 팬들이 좋아해요. 그리고 제 보, 본명에 마침, '슬'이라는 글자가 들어가서요. 그래서, 닉네임을 슈슬이라고 지었어요. 발음하기가 좀, 어렵죠?"

슈슬이 미안하다는 듯 코를 찡그렸다.

"아니에요. 예쁜 이름이네요."

"고, 고마워요."

슈슬이 실실 웃으며 말을 이었다.

"저, 마녀님을 찾아온 건, 유, 유유성이의 인형을 만들어 달라고, 부타탁드리려고요."

나는 고개를 갸웃했다.

"하지만 유성 님은……. 신체 부위를 구할 수 없지 않나요? 그게 없으면 축복 인형을 만들 수가 없는데요."

유성은 데뷔한 지 이 년 차인 솔로 남자 아이돌이었다. 요즘 아이돌은 주로 그룹으로 데뷔했다가 어느 정도 자리가 잡히면 솔로 활동을 하는 게 일반적인데, 유성은 처음부터 솔로로 데뷔했다는 점에서 독특했다. 그러나 무엇보다 독특한 점은 따로 있었다. 유성의 신비주의 콘셉트였다.

여느 아이돌과 다르게 유성은 자신의 본명, 생일, 출신 학교를 비밀로 부쳤다. 물론 그런다고 해서 그런 정보가 소문으로 나돌지 않는 것은 아니었지만 적어도 공식적으로 그는 신상을 알 수 없는 사람이었다. 또한 유성은 예능 프로그램이나 토크쇼 같은 데 나와서 자신의 진솔한 모습을 보여주지 않았고, 라이브 방송이나 팬 사인회나 팬 미팅으로 팬들과 소통하지도 않았다. 팬들에게 자연스럽고 친밀하게 다가가 활발히 소통하는 게 미덕인 요즘 아이돌 업계의 시류를 정면으로 거스르는 행보였다.

대신 유성은 음반, 뮤직비디오, 퍼포먼스 비디오, 공연, 화보 등으로 승부했다. 소속사에서는 그런 콘텐츠를 다른 아이돌들보다 다양하게, 많이 제작해 배포했고, 때로는 고도로 통제된 환경에서 이루어지는 인터뷰를 내보내기도 했다. 결국 팬들이 볼 수 있는 것은 무슨 생각을 하는지 알기 어려운 신비롭고 예쁘장한 소년의 얼굴과 몸과 목소리의 파노라마였다. 자연히 팬들은 그가 대단히 선량하거나 해맑거나 우울하거나 섬세하거나 우아하거나 강직하거나 귀엽거나 카리스마 있거나 상처가 많거나 상처가 없거나 사연이 많거나 사연이 없는 사람일 거라고 저마다의 방식대로 상상하며 좋아하게 되었다.

유성은 대중적으로 큰 성공을 거두었다고 할 수는 없는 아이돌이었다. 그러나 그를 좋아하는 팬들은 꽤나 컬트적이었다. 타인을 향한 맹목적인 동경과 환상을 키워갈 수 있을 정도의 팬들이니 그럴 수밖에 없었다. 그만큼 깊은 사념을 활용한다면 제법 강력한 마법을 부릴 수도 있을 것이다. 그러나 유성은 자신의 머리카락이나 눈물을 나눠주는 것은 고사하고 생년월일조차 알려주지 않는 인물이기에, 유성을 상대로는 축복이나 저주를 걸기에도 한계가 있었다.

"마, 맞아요. 유성은 신체 부위를 배포하지 않지요…….

그래서 팬들이, 추, 추, 축복을 걸기 어려워해요."

슈슬의 어조가 원래도 조심스러웠지만 더욱 조심스러워졌다. 나는 그의 기운을 북돋우려고 맞장구를 쳤다.

"그러니까요. 요즘은 다들 기본적으로 해주는 서비스인데, 그 기획사 고집이 대단하네요. 팬들도 불만이겠어요."

"불만이라뇨, 그렇지 않아요."

슈슬이 퍼뜩 고개를 들더니 갑자기 청산유수로 말을 쏟아냈다.

"저는 아이돌이 침이나 눈물이나 머리카락이나 손톱 같은 걸 사람들에게 나눠주는 거 너무 외설적이고 기괴한 문화라고 생각해요. 이 문화 때문에 요즘 아이돌들이 다 싸구려가 된 거예요. 결국 몸을 파는 거나 다름없잖아요. 하지만 유성은 그러지 않아요. 유성은 품위와 체신을 지키는 사람이고, 오직 자신의 작품으로 우리를 만나려고 할 뿐 그 외에 잡스러운 신상 정보로 우리를 현혹하려 하지 않아요. 그래서 우리도 유성을 존중할 수 있는 거예요, 굳이 알 필요가 없는 것들을 알지 않아도 되어서요. 저는 유성의 소속사가 계속 이런 방침을 유지했으면 좋겠는데요."

나는 할 말을 잃었다가 겨우 정신을 차리고 "네, 그렇군요"라고 대답했다.

우리 사이에 침묵이 흘렀다.

나는 헛기침을 하고 말을 이었다.

"그러면…… 어쨌든 신체 부위가 없으면 축복 인형은 만들 수 없어요. 마력이 깃들지 않은 단순한 인형이라면, 저보다 잘 만드는 분들이 있을 테니까 그분들을 찾아가보시는 것이……."

"잠깐만요. 그, 그런데 저는 있어요, 신체 부위."

"네?"

슈슬이 숄더백을 열더니 주섬주섬 파우치를 꺼냈다. 그리고 파우치 지퍼를 열고 아주 조심스럽게 조그마한 무언가를 손으로 움켜냈다. 슈슬은 손에 쥔 물건을 나를 향해 내밀어 보였다. 그것은…….

붉은 액체가 담긴 유리병이었다.

나는 불길한 예감에 사로잡혔다.

"이건, 설마……."

슈슬이 목소리를 낮춰 속닥거렸다.

"유성의 피예요."

나는 입을 떡 벌렸다.

"네? 정말요?"

슈슬이 고개를 끄덕였다.

"확실해요."

"이걸 어떻게……?"

"그, 그, 그, 그그건 말할 수 없어요. 하, 하지만 진짜 유성의 피, 피예요. 어렵게, 정말로 어렵게 구했어요."

슈슬이 죄스러운 듯 말했다.

나는 머리가 아찔해졌다. 피는 귀한 재료였다. 머리카락이나 손톱 따위보다 훨씬 강력한 마력이 깃든 재료. 이걸 이용하면 강력한 마법을 부릴 수 있었다. 평소에 내가 하는 축복이라 해봤자 대상에게 작용하는 운을 더 좋게 해주는 정도에 불과하지만, 피는 차원이 다르다. 실력 있는 마녀가 충분한 양과 질의 피를 제대로 활용하면 죽어가는 사람을 살릴 수도 있고 산 사람을 죽일 수도 있었다. 내가 그만큼의 실력이 있는 마녀인지는 차치하고서 말이다.

사람의 피. 이물질이 섞이지 않은 순수한 혈액. 눈대중으로 100밀리리터 이상은 되어 보였다. 150밀리리터? 200밀리리터? 목구멍으로 침이 넘어갔다. 유성의 피든 누구의 피든 간에, 이렇게 귀한 재료를 마주한 마녀라면 욕심이 나서 눈이 돌아가게 마련이었다.

"이거…… 불법적으로 구한 거 아닌가요."

"그, 그건 아실 피, 피, 피필요 없어요. 모, 모르는 편이 마녀님에게도 조, 좋아요. 혹시 문제가 생기더라도 제, 제가 다 책임질 테니까요. 마녀님은 그냥, 의뢰받은 일만 하, 하면 되는 거예요."

"하지만……."

"말씀해주세요. 이, 이 재료라면…… 어느 정도의 이, 인형을 만들 수 있을까요?"

나는 망설이다가 되물었다.

"슈슬 님이 원하는 게 무엇이냐에 따라 다르죠."

슈슬이 마른침을 삼키더니 매끄럽게 대답을 쏟아냈다.

"저는 유성이 월드스타가 되길 원해요. 세계 시장을 제패할 만큼 인기가 많아졌으면 좋겠어요. 그래서 유성이 행복해졌으면 해요."

나는 고민에 잠겼다. 학교 다닐 때 배우고 한 번도 직접 써본 적은 없는, 혈액을 활용한 영약 합성 도식이 머릿속에 불쑥 떠올랐다. 적절한 재료 배합의 비율, 적절한 마법진의 종류, 적절한 주문도 떠올랐다.

'왜 못 하겠어? 나 정도면 당연히 할 수 있지.'

나는 반쯤 충동적으로 대답했다.

"충분히 가능해요."

"정말요?"

슈슬이 반색했다.

"하지만 문제가 있어요."

"도, 돈은 얼마든지 드릴 수 있어요."

"그게 아니라……."

슈슬의 표정이 금세 어두워졌다.

"뭐죠?"

"아시겠지만 축복 인형에는 축복 대상의 영혼이 일부 깃들게 돼요. 그래서 인형은 축복 대상을 더더욱 닮게 되고, 인형의 소유자는 그 대상과 심적으로 더 가까워지죠. 그런데 혈액의 경우에는 차원이 달라요. 피를 이용해서 만든 인형에는 영혼이 너무 많이 실려서, 축복 대상의 생각과 감정까지도 내비치게 돼요. 그러니까…… 슈슬 님은 유성 님에 대해 알고 싶지 않았던 것까지 알게 될 수도 있다는 거예요."

나는 말을 끊고 슈슬의 얼굴을 살폈다. 안경알 너머 슈슬의 눈이 곤혹스러운 빛을 띠고 있었다.

"그래도 괜찮으신가요? 슈슬 님은 유성 님이 신비로워서 좋아하시는 것 같은데, 너무 많은 것을 들여다보게 되면……."

슈슬은 고민에 잠겼다. 내가 앞에 있는데도 개의치 않는 듯, 혹은 개의할 정신적 여력이 없는 듯, 머리를 쥐어뜯으며 신음하기까지 했다. 오타쿠 의뢰인들 중 사회성이 부족한 경우가 종종 있었지만 이렇게까지 심한 사람은 처음 보았다.

나는 슈슬이 포기하기를 바랐다. 이 위험한 의뢰를 단념하고 돌아가주었으면 했다. 하지만 또 한편으로는 슈슬이 강행해주기를 바라는 마음도 있었다. 돈도 돈이지만, 그보다도 마녀로서 이렇게 수준 높은 마법을 구사해볼 기회를 놓치고 싶지 않아서였다. 진짜 대단한 인형을 만들 수 있으리라. 봉제 인형에 눈알 한 쌍 붙인 그런 수준이 아니라, 인간의 순도 높은 영혼이 깃들어 살아 숨 쉬는 듯 생생하고 아름답고 무시무시한 인형을…….

무슨 생각을 하는 거야, 어떻게 얻었는지도 모르고 더구나 유성의 피라고 100퍼센트 장담할 수도 없는 혈액을 어떻게 다루겠다는 거야, 이런 경각심도 들었다. 하지만 슈슬이 고민하는 것을 기다리는 동안 나는 어린 시절을 떠올렸다. 마녀가 되기를 꿈꾸었던 시절, 나는 내가 한국에서 가장 강력한 대마녀가 되리라고 믿었다. 가난한 사람에게 자비를 베풀고, 부패한 정치인을 권좌에서 끌어내리고, 사악한 사람에게 끔찍한 벌을 내리고, 나라에 닥칠 재난을 예고하고, 전쟁을 막아내고, 파도를 잠재우고 비를 내리게 하는 그런 최상급 마법을 구사하는 마녀가 되리라고. 하지만 나는 그렇게 대단한 재능을 가진 사람이 못 되었고, 내 주제와 현실과 타협한 끝에 결국은 이렇게 아이돌 인형에 눈알 붙이는 일이나 하게 된 것이다.

사람의 피를 다루는 것은 최상급까지는 아니어도 상급 마법에 속했다. 해보고 싶었다. 유명한 연예인의 운명이 내 손으로 좌지우지되는 것을 보고 싶었다. 그 전능감이 어떤 것인지 한 번쯤은 경험해보고 싶었다. 게다가 이것은 결국 저주가 아니고 축복이 아닌가. 불법은 아니지 않나. 뭔가 문제가 생긴다 해도 곤란에 빠지는 건 슈슬이지 내가 아니다…….

내가 그렇게 합리화를 다 끝냈을 즈음, 슈슬도 결단을 내린 듯 머리에서 손을 내리고 고개를 들었다. 그리고 결연한 눈으로 나를 마주 보았다.

"괜찮아요. 그 정도 희생쯤은 치르겠어요. 그건 결국 제가 유성의 속을 멋대로 엿본 것이지, 유성이 제게 보여주려고 해서 보여준 건 아니니까……. 탈덕하더라도 기쁜 마음으로 할 수 있을 것 같아요."

나는 천천히 고개를 끄덕였다.

"그렇군요. 좋아요. 이해했어요."

이해하긴 개뿔. 오타쿠의 마음이란 알다가도 모르겠다는 생각만 들었다.

◆◆◆

오늘날 만들어지는 아이돌 축복 인형은 대부분 공산품으로서, 제작 과정이 분업화되어 있다. 우선은 디자인 능력이 있는 팬이 총대가 되어, 자기가 만들고 싶은 인형 도안을 그리고 그걸로 어떤 축복을 걸지 정한 다음, 이러이러한 축복 인형을 제작할 예정인데 구매할 사람이 있느냐고 SNS에서 수요 조사를 한다. 그러면 관심 있는 팬들이 구매 의사를 밝힌다. 총대는 인형 생산과 축복에 드는 비용의 견적을 내서 인형 개당 금액을 산정해 예약을 받는다. 그리고 예약자들이 입금한 금액을 모아서 그걸로 공장에 인형 생산을 맡기고, 인형이 출하되면 마녀에게 보낸다. 마녀는 거의 완성된 인형에 아이돌의 신체 부위를 이용해 마무리 작업을 한다. 머리카락을 엮은 실로 스티치를 넣는다거나, 손톱 조각을 넣은 방울을 달아준다거나 하는 수법도 있지만, 나처럼 신체 부위를 녹여 넣은 접착제를 발라 눈알을 붙이는 게 일반적이다. 나는 축복을 건 인형들을 총대에게 다시 보내고, 그러면 총대는 예약자들에게 인형을 배송한다. 이렇게 하면 팬들은 저렴한 가격으로 귀여운 인형을 가질 수 있고 축복도 걸 수 있다. 가지고 다니면서 사진도 찍고, 그걸 SNS에 올리면서 자신이 최애에게 축복을 걸었다는 걸 과시할 수 있다.

그러나 어떤 사람들은 돈이 들더라도 더 특별한 인형을 갖고 싶어한다. 다른 사람들이 개입되지 않고 오롯이 자신이 원하는 축복만 담은, 세상에서 하나뿐인 주문 제작 인형을.

나는 오랫동안 플라스틱 눈알만 붙이느라 퇴화하다시피 한 인형 제작술을 기억에서 끄집어냈다. 언젠가 본격적이고 전통적인 축복 인형을 만들 일이 있으면 쓰려고 구비해뒀던, 창고에서 먼지만 쌓여가던 재료들을 꺼냈다.

우선 유성의 사진과 동영상을 유심히 보고 얼굴과 몸의 특징을 대략적으로 스케치했다. 그런 다음 모눈종이에 인형의 몸통, 사지, 머리의 앞면과 옆면을 그렸다. 그 위에 유산지를 겹쳐 윤곽선을 따라 그린 다음, 부위별로 유산지를 오려낸 조각을 아이소핑크라는 스티로폼 같은 재질의 단열재에 붙였다. 그리고 유산지 윤곽에 맞춰 아이소핑크를 칼로 깎고 또 깎아 인형의 뼈대를 만들었다. 반듯한 육면체였던 아이소핑크 덩어리가 점차 둥글어지고 오목해지고 볼록해지면서 마침내 사람의 몸을 닮게 될 때까지.

　너무 오랜만에 하는 작업이라 시행착오가 많았다. 뼈대의 대칭이 안 맞거나 부러져서 여러 차례 다시 만들어야 했다. 하지만 하다 보니 학생 때 익힌 손재주가 조금씩 되살아났다. 뼈대를 다 만든 후 나는 유성의 피에 몇 가지 재료를 넣어 영약을 만들었다. 그리고 그 영약을 점토에 끼얹어 스며들게 하고, 점토를 미리 만들어둔 뼈대에 붙였다. 불그스름한 점토로 만들어진 신체 토막들이 마를 때까지 기다려, 뼈대를 제거했다. 점토에 살과 근육 윤곽을 덧붙이고, 이목구비 하나하나를 빚고 조각하고, 조그마한 손발을 조형했다……. 점차 신명이 났다. 일종의 무아지경 상태에 들어가고 있었다. 각 부위를 연결할 관절을 만들고 줄을 넣어서 가조립을 해보고, 다시 해체한 다음 사포질을 해 표면을 매끄럽게 다듬었다. 메이크업을 하고, 유리 안구를 넣고, 가발을 씌우고…… 마침내 완성.

　뿌듯함으로 가슴이 북받쳤다. 완성된 인형은 놀라울 만큼 유성을 닮았으면서도 유성보다 조금 더 아름다웠다. 만듦새 자체도 매끈했지만 유성의 피가 들어가 있었으므로 은은한 생명력이 인형을 감돌고 있었다. 자연보다 더 완벽한 것을 창조한 순간. 무에서 빚어낸 유. 이런 작품을 만들어보는 게 얼마 만이던가? 마녀로서 가슴 뛰는 순간이었다.

　이제 남은 과정이 더 중요했다. 우선 마법진을 그려 인형을 그 위에 놓고 주문을 외워 유성의 영혼을 불어넣어야 한다. 그런 다음 의뢰인 슈슬의 이름과 생년월일과 기원을 담은 부적을 인형 위에 붙이고 축복을 비는 주문을 외워야 했다.

나는 깨끗이 목욕한 후 제의실에 인형을 가지고 들어갔다. 옛날에 공부했던 책을 꺼내서 필요한 마법진을 찾아낸 다음, 마법진용 대형 콤파스와 분필로 바닥에 선을 그었다. 반듯한 원을 그리고, 방위를 정확히 맞춰 오망성을 그리고, 룬 문자를 적어넣고……. 한가운데에 인형을 앉혀놓았다. 마법진에서 희미한 빛이 가물거리기 시작했다. 나는 들뜨는 마음을 애써 차분히 가라앉히려 심호흡을 여러 차례 한 다음, 발음을 틀리지 않으려 주의하며 조심스럽게 주문을 외웠다.

마법진에서 빛이 뿜어져 나와 인형을 에워쌌다.

몇 초 뒤 빛이 사그라들었다. 제의실은 아무 일도 일어나지 않았던 것처럼 조용하고 어두침침해졌다. 인형은 검은 유리 눈을 반짝이며 나를 바라보고 있었다. 나는 영혼 소환 마법이 잘 먹혔는지 확인하기 위해 인형에게 다가갔다.

인형의 눈을 마주 보며 정수리에 손을 얹었다.

그리고 암흑이 나를 집어삼켰다.

✦✦✦

인형에 깃든 유성의 영혼을 확인한 후 나는 종일 정화의 주문을 외우며 보냈다. 그러고 나서야 찌꺼기들을 완전히 없앨 수 있었고, 그러고도 마음의 찝찝함은 남아서 목욕을 세 차례나 해야만 했다.

어떻게 그토록 타락한 영혼이 있을 수 있나?

십 년을 꼬박 마녀로 일하는 동안 별의별 영혼은 다 보았다고 생각했다. 그중에는 남들을 등쳐먹을 궁리만 하는 사기범도 있었고, 자살사고에 사로잡힌 우울장애 환자도 있었고, 귀신이 들려서 지옥의 말을 늘어놓는 사람도 있었고, 망상과 환청으로 가득해 혼란스럽기 그지없는 조현병 환자도 있었고, 부모에게 학대당한 아이도 있었다. 하지만 그 모든 영혼은 맑고 평범한 편이었다. 유성의 영혼에 비하면.

우선 유성의 영혼은 혼탁했다. 갖은 종류의 마약에 중독되어 명료함이라곤 없었고 곳곳이 찢어지고 쪼그라들고 망가져 있었다.

또 유성의 영혼은 어두컴컴했다. 여자들에게 약을 먹이고, 강간하고, 그 과정을 촬영할 생각으로 잔뜩 물들어서 빛이 비쳐들 틈이 없었다.

놀라울 만큼 농후하고 깊은 타락이었다. 유성은 생년월일을 밝히지 않았지만 팬들이 추정하는 그의 나이는 스물여섯이었다. 어떻게 그 정도 나이에 이만큼의 죄악을 쌓을 수 있었는지 이해가 되지 않았다.

이런 영혼의 앞길을 축복하는 것이 가당키나 한지는 차

치하고서라도, 당장 그 영혼에 손을 담가야 하는 내 영혼에 악영향이 미칠까 봐서, 겁 많은 나답게도 그것이 무엇보다 염려스러워서 축복 거는 작업을 중단하고 유성의 영혼이 깃든 인형을 앞에 두고서 망설이고만 있었다.

고려할 점이 한두 가지가 아니었다. 축복은 기본적으로 인과를 이용하는 마법이다. 대상이 쌓은 선행에 따르는 보답을 증폭하거나 확장하고, 악행에 따르는 응보는 축소하거나 굴절시켜서, 좋은 운이 더 많이 생기도록 돕는 것이다. 그런데 유성 같은 악인의 악행은 너무나 많은 반면 선행은 너무나 적어서 그런 식으로 조작하기가 쉽지 않았다. 고도의 집중을 유지하며 많은 마력을 소모해야 가능할 텐데, 상상만 해도 엄두가 나질 않았다.

게다가 내가 근본이 겁쟁이라고는 해도 어쨌든 백마녀로서의 소신을 붙들고 살아온 체면이라는 게 있는데, 지금 이 일이 과연 백마녀로서 할 일인지 가늠이 되지 않았다. 축복이라고 해서 다 백마녀다운 일인가? 이런 악인이 세계적으로 성공할 수 있도록 길을 열어주는 것이? 축복에는 진심이 담겨야 하는데, 이런 생리적인 역겨움을 눌러 참으면서 유성을 축복해줄 수 있을 것인가?

게다가 의뢰인인 슈슬이 유성의 영혼을 보게 되면 충격에 빠질 게 틀림없었다. 슈슬은 유성을 향한 환상을 소중히 품고서 그 환상을 향한 사랑으로 살아온 사람이니, 그가 빠질 경악과 절망과 슬픔은 가늠하기도 어려웠다. 이제껏 인형 눈 알 붙이는 일을 하면서 내가 만난 고객들은 비록 소소하더라도 확실한 행복을 얻어갔는데. 그건 내게도 소소하지만 확실한 보람을 주었는데.

거창한 마법은 거창한 골칫거리를 동반하게 마련이라는 것을 잊고 있었다.

내 마녀 친구들이라면 그냥 돈 받은 대로 하라고 말할 것이다. 그런 경악과 절망과 슬픔마저 의뢰인이 감당할 몫이지, 마녀가 신경 쓸 일은 아니라고. 원래 마법이란 그런 거라고. 예측 못 한 후폭풍이나 부작용이 일어날 수 있다는 건 모든 마녀가 사전에 경고하는 바이고 의뢰인들은 그걸 감수할 의무가 있다고. 물론 원칙대로라면 그 말들이 옳았다. 하지만…….

한참을 고민하던 나는 결정을 내렸다.

❖❖❖

"우아아아아아! 대박!!!!!"

슈슬이 인형 앞에서 두 손을 모아 쥐며 탄성을 올렸다.

"완벽해요! 완, 벽, 해!"

내가 가만히 서 있는 동안 슈슬은 제의실을 팔짝팔짝 뛰어다니며 어린아이처럼 소리를 질렀다. 인형의 미세한 속눈썹, 참새처럼 까맣고 투명한 유리알 눈동자, 조그마한 손가락을 하나하나 살펴보았다. 섬세한 손목과 고개와 무릎 관절을 구부렸다 펴보고 금갈색 머리카락을 쓰다듬어보았다. 그러더니 감격한 듯 눈시울을 글썽거렸다.

"유, 유성이가 작게 변해서 바로 내, 내 앞에 있는 것 같아요. 완전히 또, 똑같아⋯⋯. 마, 말도 할 수 있을 것 같아요. 마녀님, 정말 고마, 맙습니다⋯⋯. 마녀님은 처, 천재예요."

나는 포커페이스를 유지하려 애쓰며 친절한 미소를 지었다.

"본격적인 인형을 만들어보는 건 오랜만이었는데 다행이네요. 메일로 설명드렸듯이 유성 님의 피는 이 인형을 이루는 점토 전체에 스며 있어요. 유성 님 영혼의 조각을 불러놓았고, 축성도 잘 마쳤습니다. 자, 그분의 영혼을 한번 느껴보시겠어요?"

슈슬이 고개를 주억거렸다.

"네, 네, 네."

"그러면 유성 님의 이름을 마음속으로 부르면서 인형의 눈을 십 초 동안 들여다보세요."

나는 최대한 엄숙하게 말했다. 슈슬이 시키는 대로 눈을 들여다보았다.

"이제 눈을 감으세요."

슈슬이 시키는 대로 눈을 감았다.

"인형을 통해 유성 님을 감각한다고 생각해보세요."

슈슬이 숨을 죽였다.

정적이 흘렀다.

한참 뜸을 들인 뒤 나는 입을 열었다.

"어떠세요?"

슈슬의 감은 눈에서 눈물이 떨어져 내렸다.

"느껴져요."

"그런가요?"

나는 긴장한 티를 내지 않으려 안간힘을 썼다.

"네, 느껴져요. 아주 잘."

"어떤……?"

"맑은 아쿠아마린 빛을 띤, 청량하고 순수한…… 천사 같은 영혼이."

나는 안도의 한숨과 동시에 신음이 나오려는 걸 억누르고 말했다.

"이제 눈을 뜨세요."

슈슬이 코를 훌쩍거리며 눈을 뜨고는 젖은 뺨을 문질러 닦았다.

"축복은 완성되었습니다. 앞으로 언제 어디서나 슈슬 님은 유성 님의 영혼 조각을 간직할 수 있게 될 것입니다. 이 인형을 통해 늘 진심으로 기원하세요. 축복은 의뢰인의 진심으로 완성됩니다. 슈슬 님이 인형을 아끼며 마음을 다해 기원한다면, 유성 님은 반드시 세계 최고의 아이돌이 될 겁니다."

❖❖❖

속임수가 먹혀서 천만다행이었다.

슈슬이 스스로가 만든 환상에 푹 빠질 수 있는 사람이기에 가능한 일이었다. 유성의 피를 넣지 않은, 생김새만 유성을 닮은 가짜 인형을 만들어주는 속임수 말이다. 실제로는 유성의 영혼이 깃들지 않은 인형이라도, 슈슬이라면 인형을 바라보면서 스스로 유성의 영혼을 상상해내고 그 상상과 사랑에 빠질 터였다. 물론 온갖 마법 도구를 늘어놓은 제의실의 신비로운 분위기와, 내가 연출한 엄숙한 목소리와 지시 사항들 역시 일종의 최면과도 같은 효과를 냈을 것이다.

축복은 어차피 의뢰인이 얼마나 마음을 다해 기원하느냐에 달린 일이라고 말해두었으니, 만약 이루어지지 않는다 해도 내가 의심을 살 일은 없을 터였다.

이렇게 고객을 속이는 것이 과연 백마녀가 할 일인가 고민했지만, 나로서는 최선이었다. 어차피 백마녀의 궁극적인 목적은 사람들에게 행복을 주는 것이니 이 방향이 영 틀린 것도 아니라고 자기 합리화를 했다.

유성의 피가 들어 있는 진짜 인형은 아틀리에에 그대로 남아 있었다. 이미 영혼의 조각이 깃든 인형이므로 함부로 버릴 수도 없었다. 자칫 잘못했다간 유성이나 슈슬이나 나 자신에게 후환이 닥칠 수도 있었다.

나는 인형을 벽장 깊숙한 곳에 고이 박아두었다. 그리고 잊어버렸다.

◆◆◆

계절이 한 번 바뀐 어느 날이었다. 아틀리에에서 밤늦게까지 작업하다가 야식으로 피자를 시켜 먹으면서 인터넷 포털에 들어갔는데 뉴스란에 커다랗게 뜬 헤드라인이 눈에 띄었다.

아이돌 유성, 마약 투약 및 성폭행 혐의로 입건

이렇게 빨리?

나는 헤드라인을 클릭하고 기사를 쭉 훑어보았다. 거의 다 이미 아는 내용이었다.

심장이 빠르게 뛰었다. 마치 유성의 공범이라도 된 것 같은 불안감이 스멀스멀 올라왔다. 등줄기를 타고 흐르는 식은땀을 느끼며 SNS에 들어가보았다.

예상대로 SNS는 발칵 뒤집어져 있었다. 유성이 그럴 줄은 몰랐다는 경악, 반대로 그럴 줄 알았다는 비아냥, 지금까지의 신비주의가 범죄를 감추기 위한 거였느냐는 반문, 끔찍하고 역겹다는 비난, 피해자들이 불쌍하다는 연민, 페미니스트들의 분노……. 그리고 물론, 유성의 결백을 믿는 팬들의 변호도 있었다.

하지만 설득력은 없었다. 그럴 수밖에. 원래 이런 일이 생기면 팬들의 변호는 사랑에 미쳐서 객관성을 잃은 여자들의 헛소리 정도로 치부되게 마련이었다. 하물며 선량한 사생활도, 과거 행적도 밝혀져 있지 않은 유성은 말할 것도 없었다. 유성의 팬들은 "우리 애 그런 사람 아니에요"라고 주장할 확실한 근거를 찾지 못해 애를 먹었다.

슈슬에게는 나름의 근거가 있었지만.

저 유성의 축복 인형 갖고 있는데, 제가 인형으로 본 유성의 영혼은 깨끗하기만 했어요. 갓 태어난 아이처럼, 아무도 밟은 적 없는 눈처럼 순수하고 선량한 영혼의 소유자라고요. 유성은 세상에 전쟁과 기아가 영원히 존재한다는 데에 괴로워하고, 약자들이 당하는 부정의를 이해하지 못하고, 누군가를 사랑할 때는 한없이 다정하고 헌신적이며, 연약하고 소외된 사람들에게 깊은 연민을 가지고 있으면서 스스로 연약하고 소외된 사람이에요. 유성은 누명을 쓴 거예요, 확실해요.

나는 슈슬이 유성을 꼭 닮은 구체관절인형의 사진과 함

께 계정에 올린 구구절절한 글을 한참을 읽고 또 읽었다. 지난 몇 달간의 시간 동안 슈슬이 인형을 바라보고, 쓰다듬고, 돌보고, 가꾸면서 쌓아 올린 정교한 환상들. 구두가 아닌 텍스트로 말하는 슈슬의 언변은 유창하다 못해 문학적이었다.

사람들은 여기 미친 빠순이 좀 보라는 식으로 조롱하며 킥킥거렸다. 슈슬의 말을 진지하게 듣는 사람은 아무도 없었다. 같은 팬들마저 외면했다. 유성이 공식적으로 신체 부위를 배포한 적이 없으므로 축복 인형을 만들 방법이 없다고 생각하기 때문이었다. 그럼에도 슈슬은 광활한 SNS 공간에다 비슷한 말을 몇 번이고 거듭해서 외쳤다. 유성은 착하고 여린 사람이에요. 터무니없는 음해를 당해서 몹시 괴로워하고 있어요. 우리는 그를 구해주어야 해요. 이건 현 정권이 실책을 덮으려고 내보낸 가짜 뉴스예요. 힘없는 한 사람을 향한 부당한 공격을 모두 멈추세요. 유성이 부패한 경찰과 잔인한 대중과 하이에나 같은 언론의 손아귀에 갈기갈기 찢기게 놔둘 수는 없어요. 이걸 방관하면 우리 모두 죄인 되는 거예요……. 이쯤 되자 팬들은 슈슬을 외면하는 걸 넘어서 그만하라고 말리기 시작했다. 야, 그만 좀 해. 너 때문에 유성이가 더 곤란해지겠어. 슈슬의 반복되는 헛소리가 지겨워진, 팬 아닌 사람들은 야유도 그만두고 슈슬에게서 신경을 껐다. 슈슬은 지독하게 절박해 보였다. 그리고 지독하게 외로워 보였다.

사흘 동안 유성의 경찰서 출석 사진과, 관련되었다는 다른 연예인이 언급된 기사와, 연예인 마약과 성폭행을 둘러싼 어두운 실태에 대한 칼럼을, 그리고 그 모든 과정 동안 SNS에서 줄기차게 유성을 변호하는 슈슬을 지켜보던 나는 결국 이대로는 안 되겠다고 생각하고 메일을 썼다.

슈슬 님께
안녕하세요, 유성 님의 축복 인형을 만들어드렸던 마녀입니다.
최근 언론을 통해 유성 님에 관한 불미스러운 소식이 알려진 바, 고심 끝에 메일을 드립니다.
사실 제가 슈슬 님께 드린 인형에는 유성 님 피가 들어 있지 않습니다. 인형을 제작하던 중 유성 님의 영혼을 먼저 엿본 저는 그 영혼이 무척 혼탁하다는 것을 알았습니다. 이에 슈슬 님이 실망하실까 봐 염려되어, 피를 넣지 않은 인형을 따로 만들어드렸습니다.
슈슬 님이 그 인형을 통해 보았다고 생각하시는 유성 님의 영혼은 다 슈슬 님의 상상입니다.
이런 말씀을 드리게 되어서 유감입니다. 하지만 사태가 흘러가는 것을 보다 보니 양심의 가책을 느꼈고, 이제라도 슈슬 님이 진실을 알 권리가 있다는 생각에 이렇게 메일을 드리게 되었습니다.
슈슬 님이 원하신다면 환불 처리를 해드리겠습니다. 죄송합니다.

몇 번을 망설인 끝에 발신 버튼을 눌렀다.
기다렸다. 하루가, 이틀이, 사흘이 흘렀다. 답은 오지 않왔다.

대신 슈슬의 SNS 계정이 삭제되었다.

◆◆◆

두 해가 갔다. 그동안 많은 일이 있었다.

유성은 무혐의 판정을 받았다. 일각에서는 유성이 유력한 대선 후보인 모 국회의원의 친척이어서 봐주기식 판결이 내려진 거라는 주장이 나왔고, 실제로 친척 관계라는 사실이 밝혀지기도 했지만 그걸로 바뀌는 건 아무것도 없었다. 공식적으로 유성은 죄가 없는 사람이었고, 단순히 유흥과 성생활을 너무 많이 즐긴 사람일 뿐이었다. 남은 팬들은 믿고 기다린 보람이 있었다며 기뻐했다. 그 팬들이 유성의 복귀를 두 팔 벌려 환영해주었다. 비록 국내에서는 많은 팬이 탈덕해서 이탈한 상황이긴 했지만 유성에게는 해외 팬이 남아 있었다. 특히 남미와 동남아시아의 굳건한 팬층이 유성이 재기할 수 있는 기반이 되어주었다.

자숙을 마친 유성은 싱글을 들고 돌아왔다. 예전의 어둡고 몽환적인 알앤비 스타일을 완전히 벗어난, 편안한 로우파이 이지리스닝 곡이었다. 바뀐 것은 음악 장르만이 아니었다. 유성은 유성이라는 이름을 버리고 차진오라는 본명을 내걸었다. 신비로운 이미지는 완전히 벗었다. 그는 복귀하기 전부터

라이브 방송으로 팬들에게 친근감을 어필하더니 컴백 카운트다운 쇼에서 소탈한 모습을 보여주었고, 아직 공중파 예능 프로그램에는 나오지 못했지만 각종 유튜브 방송에 출연해 먹방을 보여주는가 하면 술을 마시며 개그를 펼치기도 했다. 유성, 아니 차진오는 그동안의 신비주의 콘셉트에 갇혀서 많이 답답했다며, 그것 때문에 자신이 더 술을 마시고 여자를 만났던 것 같다고 말했다. 그러면서 유흥에 닳고 닳은, '알 거 다 아는 형님' 이미지로 시청자들의 웃음을 자아냈다. 팬들과의 거리도 더 가까워졌다. 차진오는 팬 사인회에 온 팬들에게 머리카락을 선물하는 것은 물론, 마약이 검출되지 않은 깨끗한 머리카락이라고 너스레도 떨었다.

그 모든 과정을 지켜보며 나는 인형 눈알을 붙였다.

요즘은 주로 여자 아이돌의 인형을 작업하고 있었다. 한번 이런 일에 말려들고 나니까 남자 아이돌의 축복 인형을 만든다는 게 꺼림칙했기 때문이다. 뒤에서 무슨 짓을 저지르고 다닐지 알 수 없는데 축복해주기도 저어되었고, 언젠가 팬들이 받을 배신감과 상처에 대한 책임을 지고 싶지도 않았다.

하지만 여자 아이돌의 축복 인형이라고 해서 만드는 데 아무 죄책감이 안 드는 것은 아니었다. 나는 그런 의뢰를 받아본 적 없지만, 어떤 남자 팬들이 여자 아이돌의 침이나 머리카락이나 눈물로 만든 인형을 가지고 자위 행위를 한다는 것은 누구나 아는 사실이었다. 그들은 여자 아이돌들의 신체 부위를 성적 상품으로 여기는 것이었다. 소속사들은 그 점을 뻔히 알면서도 돈이 되니까 묵인하고 있었다.

가끔 아이돌들이 딱했다. 어쨌든 나도 거기에 달라붙어 돈을 벌고 있으니 남을 불쌍하니 뭐니 할 입장은 못 되었고, 그건 예전부터 잘 알고 있었다. 다만 예전에는 내가 비록 대단한 일을 하는 사람은 아니어도 어디까지나 도덕적으로 떳떳한 백마녀라고 믿었는데, 이제는 그런 확신이 흐려졌다. 회의감이 들었다. 도덕적으로 떳떳하다는 것은 대체 무엇일까? 그런 게 가능이나 할까? 차진오의 죄를 모두 진작 알았으면서도, 사태가 여기까지 흘러올 동안 아무 영향도 미치지 못한 나는 대체 무엇인가? 차진오의 피해자 여성들의 영혼이 나를 손가락질하는 것만 같았다.

그런 고민을 하던 어느 날, 메일함에 낯익은 닉네임이 적힌 이메일 한 통이 들어왔다. 내용은 간단했다.

> 안녕하세요, 슈슬입니다. 기억하실지 모르겠네요.
> 새로운 의뢰를 드리려고 메일을 씁니다. 자세한 건 만나 뵙고 이야기드리겠습니다.

❖❖❖

슈슬은 지난번에 보았을 때와 다름이 없었다. 칙칙한 안색, 안경, 숱 적은 포니테일, 심지어 회색 후드티까지. 그의 아이돌인 유성이 차진오가 되는 동안 슈슬은 그대로였다. 적어도 그를 대면한 순간에는 그렇게 생각했다.

그런데 슈슬이 입을 열었을 때, 더 이상 더듬거리지 않는 매끄러운 발음으로 꺼낸 말은 충격적이었다.

"차진오를 죽여주세요."

나는 놀라서 눈을 휘둥그레 뜨고 슈슬을 쳐다보았다.

"네?"

"들으셨잖아요. 차진오를 죽여달라고."

슈슬은 안경알 너머 지극히 차분한 시선으로 나를 마주하며, 카페에서 음료를 주문하는 것처럼 평온하게 말했다.

나는 마른침을 삼켰다.

"혹시 이번에도…… 피를 가져오신 건가요?"

슈슬이 고개를 저었다.

"마녀님에게 이미 있잖아요, 지난 의뢰 때 만든 진짜 인형."

"네?"

"숨기려고 해도 소용없어요. 일단 영혼이 깃든 인형을 만든 이상 폐기하기도, 누굴 주기도 어렵다는 거 다 알고 왔으니까. 마녀님 그 인형 아직 가지고 있죠, 그렇죠?"

슈슬이 낮은 목소리로 협박하듯 물었다. 그 날카로운 서슬 앞에서 주눅이 들 지경이었다. 카리스마로 고객을 사로잡아야 할 마녀는 나인데도.

나는 애써 위엄을 갖추면서 말했다.

"그렇기는 합니다. 하지만 그 인형을 이용해 차진오를 죽이는 것은 저주입니다. 저는 저주 일은 하지 않아요. 그건 불법이에요."

"고객에게 가짜 물건을 파는 건 불법이 아니고요?"

"……그때 환불해드린다고 했는데 답변 안 하셨잖아요."

"환불은 원치 않아요. 그 돈으로 차진오에게 저주를 내려주세요. 저줏값이 더 비싸다면 돈은 더 얹어드리겠어요. 만약 마녀님이 이 의뢰를 들어주지 않으면……."

슈슬이 눈을 가늘게 뜨고서 말을 이었다.

"마녀님이 제게 보낸 이메일을 SNS에 폭로할 거예요. 그러면 어떻게 될까요? 당신은 차진오의 죄를 진작 꿰뚫어 본 마녀, 그러면서도 아무 조치도 취하지 않은 마녀가 되겠죠. 상당히 피곤해지겠죠?"

나는 멍하니 입을 벌렸다가 다물었다. 벙찐 내 표정에서 위엄은 무너져버렸겠지만 더는 그걸 유지할 겨를이 없었다.

차진오의 스캔들이 터졌을 당시 슈슬이 축복 인형을 근거로 차진오의 결백을 주장했을 때와는 달랐다. 그때는 슈슬의 말에 설득력이 없었지만, 내 인장이 박힌 이메일 캡처, 내 계좌로의 입금 내역, 나와의 메시지 대화 내역이 공개되는 것은 차원이 달랐다. 나는 공인 마녀이고 내 말에는 설득력이 있다. 사람들은 나 때문에 차진오의 죄를 다시 볼 것이다. 나 같은 마녀가 차진오의 죄를 보았다면 그 죄는 사실임이 틀림없다고들 할 것이다. 차진오가 재수사를 받아야 한다고 들고일어날 것이다. 언론이 내게 인터뷰를 요청해올 것이다. 피해자들이 상고할 것이다. 나를 증인으로 요청할지도 모른다. 너무 시끄러워지면 나는 장사를 접어야 할 것이다. 한편 차진오의 친척이라는 권력자는 나를 입막음하려 할지도 모르고, 또……

나는 신음을 흘렸다.

가늘고 길게 살고 싶은데.

그때 왜 이메일을 보냈을까. 통화로 했으면 좋았을 것을.

후회가 막심했지만 이미 엎질러진 물이었다.

"그렇게까지…… 그 정도로…… 차진오를 미워하시는군요. 그럴 만도 하지요, 그 배신감을 이해는 합니다. 실제 피해자들이 있으니까요. 정말 끔찍한 범죄였죠……"

내가 한숨을 쉬며 말하자 슈슬이 눈을 부릅뜨더니 우르르 말했다.

"아뇨, 그게 문제가 아니에요. 제가 용납할 수 없는 건 유성이 차진오가 되었다는 점이에요. 품위를 벗고, 존엄도 벗고, '알 거 다 아는 형님'이라느니 뭐니 하는 천박한 이미지로 변신해 사람들에게 싸구려 웃음과 머리카락을 파는 인간이 되어버렸다는 게 문제라고요. 그건 제 캐해와 180도 어긋나요. 제가 사랑한 건 신비주의 아이돌 유성이었어요. 그런데 차진오가 나의 사랑스러운 유성을 죽였어. 죽여버렸다고! 나는 그 작자를 용서할 수 없어요, 절대로!"

나는 천천히 고개를 끄덕였다.

"그렇군요. 좋아요. 이해했어요."

이해하긴 개뿔이었다.

❖❖❖

나는 다시 어린 시절을 떠올렸다. 한국에서 가장 강력한 대마녀가 되는 꿈을 꾸었던 것. 가난한 사람에게 자비를 베풀고, 부패한 정치인을 권좌에서 끌어내리고, 사악한 사람에게 끔찍한 벌을 내리고, 나라에 닥칠 재난을 예고하고, 전쟁을 막아내고, 파도를 잠재우고 비를 내리게 하는 그런 최상급 마법을 구사하는 마녀의 꿈.

그러니까 지금 나는 의뢰인의 협박에 못 이겨서 불법 마법을 시전하려고 하는 부도덕한 마녀가 아니다. 가늘고 길게 살고 싶어하는 겁쟁이 마녀가 아니다. 더 이상은.

그보다, 나는 사회의 법망을 면피한 어느 죄인에게 내 마력으로 손수 징벌을 내리는 마녀가 되는 것이다. 백보다 더 위대한 백, 선보다 더 고결한 선을 행하는 마녀. 바야흐로 어린 시절의 꿈을 실현하는 것이다.

그렇게 생각하기로 했다. 일단은.

자정을 오 분 남겨둔 제의실은 666개의 촛불로 환히 밝혀져 있었다. 미리 준비해둔 마법진이 촛불 빛을 받아 하얗게 빛났다. 그 한가운데에 내가 심혈을 기울여 만든 인형이 앉아 있었다. 인형은 지극히 신비스러운 미소를 띠고 나를 보고 있었다.

나는 인형에게로 다가갔다.

야간
　　산책

J에게

안녕. 잘 지내고 있니?

내가 갑자기 편지를 보내서 놀랐을지도 모르겠다. 우리가 서로 소식이 끊긴 지가 벌써 이십 년이 넘었지? 마지막으로 봤던 게 딱 고등학교 졸업식 때였으니까. 그 이후로 너를 본 적이 없어서, 네 안부를 묻고 싶어도 뭘 어떻게 물어야 할지 모르겠어. 다른 친구들과 오랜만에 만나거나 연락할 때는, 남편은 잘 지내니? 애는 잘 크니? 그렇게 묻는 게 보통이지. 하지만 너는 결혼을 안 했을 수도 있잖아.

사실 너는 결혼과 어울리지 않지. 우리 나이만 생각하면, 그래, 너 역시 결혼을 하고, 신혼의 달콤함도 다 지나고 시들해지고, 하던 일은 꿈이나 목표라기보다 하나의 지리멸렬한 일상이 된 지 오래고, 아이를 좋은 학교나 학원에 보내려고 뛰어다니면서 살이 차곡차곡 쪄가거나 도리어 강박적으로 마른 몸을 유지하고 있거나, 뭐 그럴지도 몰라. 어쩌면 나처럼 한 차례 이혼을 겪고 불면의 밤을 견디기 위해 공원을 느릿느릿 산책하는 여자가 되어 있을지도 모르지. 하지만 그런 식으로 사는 네 모습은 나로서는 상상이 안 되는걸. 너는 좀 독특했어. 다른 애들이 입시 준비에 전전긍긍할 때 너는 프랑스 자수에 심취했고, 다른 애들이 남자친구 이야기를 떠들 때 너는 무슨 인터넷으로 만난 대학생 언니에게 보내는 편지를 쓰고 있었고, 다른 애들이 아이돌을 따라다닐 때 너는 거리에 나가서 사회주의 선동 전단을 뿌리고 있었어. J야, 이 주소로 편지를 보내더라도 네가 이걸 받아볼 수 있을지 확신할 수가 없네. 너는 어쩌면 이름도 들어보지 못한 도시에서 살고 있거나, 어느 권력자의 정부가 되어 있거나, 밀교의 교주가 되어 있다거나, 쿠바나 티베트 같은 곳의 스파이가 되어 있다거나……. 말해놓고도 황당하지만, 아무튼 너는 그런 황당함이 어울리는 아이였어.

그래, 그 황당함 때문이야. 내가 너에게 이 이야기를 하기로 결심한 건. 비록 너의 그 황당하고 예측불허한 면 때문에 너에게 이 편지가 가닿지 못할 위험이 있더라도, 아무튼 이 이야기를 할 만한 사람은, 들어줄 만한 사람은 너밖에 없다고 생각했어. 믿든 믿지 않든 상관없지만, 적어도 너라면 내가 정신이 이상해졌다거나 중년의 위기 같은 걸 겪고 있다고 단정하지는 않을 것 같았던 거야.

J야.
어디부터 이야기하면 좋을까? 그 일이 일어난 건 일주일 전쯤이었을 거야. 하지만 그 일을 제대로 설명하기 위해서는 그보다 한참 더 거슬러 올라가서, 옛날이야기를 먼저 해야 할 것 같아. 그러자면 편지가 많이 길어질 거야. 오래전 일이라 기억이 정확하지 않아서 과장되거나 불완전한 구석도 많을 테고. 그렇더라도 끈기를 조금만 발휘해줬으면 좋겠다.

중학교 3학년 때였어. 지금 생각하면 나는 그때 좀 바보 같았어. 행동이 굉장히 굼뜨고, 아무나 순진하게 믿고, 누가 눈만 좀 부릅떠도 서러워서 울음을 터뜨렸다는 점에서 말이야. 요새 언니들이랑 얘기할 때도 간혹 내 그런 점에 대한 화제가 나오곤 해. 옷이나 학용품이나 간식거리 하나 제대로 챙길 줄도 몰라서, 언니들이 영악하게 다 챙겨 가려다가도 불쌍해서 하나쯤 나한테 주곤 했다는 거야. 언니들이 리모컨을 꽉 붙잡고 좋아하는 드라마를 보고 있으면 나는 채널 한 번만 돌려달라고 말할 요령도 없어서 그냥 방으로 들어가버리더라는 거야. 아버지가 술 취해서 들어와서 주정 부리는 날이면 언니들은 무시하고 도망가거나 무난하게 대꾸하고 넘어가는데,

나 혼자 그걸 다 들으면서 청승맞게 울고 있었다는 거지.

그래, 아버지 주정이 유난히 기억에 남네. 그게 참 일관된 스타일이랄 게 없고 매일매일 달랐거든. 어느 날은 귀찮게 우리 딸 우리 딸 하면서 괜히 엉덩이나 볼을 가볍게 때리면서 애정을 보여주시는데, 그게 그 나이 때 여자애들에게는 무척 거북하고 징그러운 일이잖니. 또 어느 날은 이년아 저년아 하면서 우리한테 마구 욕을 하거나 떠나고 없는 어머니 욕을 하면서 손에 잡히는 물건을 아무거나 집어 던지기도 했어. 가장 곤란할 때는 술 냄새가 풀풀 풍기는 게 아니라면 취했는지 아닌지 알 수 없을 정도로 멀쩡한 얼굴로 또박또박 말씀하실 때였는데, 그 내용이라는 게 잘 들어보면 하나같이 논리가 이상하거나 너무 야한 이야기였던 거야. 아버지 주정은 해괴했어. 나는 어릴 때부터 그런 걸 봐왔으니까, 남자들이란 다 그렇게 주정하는 줄로만 알았지. 나이 들고 결혼을 해보니까 그게 아니란 걸 알겠더라. 아버지는 최소한 손찌검을 하지는 않으셨거든.

아무튼 나는 아버지가 참 싫었지만 주정하실 때 그 앞을 떠날 수는 없었어. 언니들 말처럼 단순히 아버지가 무서워서 그 앞에서 옴짝달싹도 못 했던 건 아니었어. 그냥, 그걸 무시하면 안 될 것 같은 기분이 들었던 거야. 그나마 내가 들어주니까 아버지 주정이 좀 사그라들지, 나까지 언니들처럼 도망쳐버리면 더 난폭해지실 것 같기도 했어. 내가 안 들으면 누가 들어주겠냐는 생각도 있었고. 조금이라도 이해해보고 싶었어. 아버지가 멀쩡하실 때는 하지 않는 이야기들이 나오니까. 그걸 듣다 보면 아버지를 덜 싫어할 수 있을 것 같아서. 그리고 내가 너무 어렸을 때 집을 떠나버린 어머니가 어떤 사람이었는지 궁금하기도 했고.

그러니까 그날도 아버지가 주정을 하시던 날이었어.

학원 수업이 끝나고 집에 왔을 때였어. 아버지가 베란다 화분에 있던 난을 하나하나 뽑고 계셨어. 무나 배추를 수확하는 농부처럼 정성스러운 손길로. 나는 가방을 내려놓고 베란다로 갔어.

"아버지, 이거 뽑으시면 안 돼요."

"안 되긴 왜 안 돼? 하나도 쓸모없는 것들인데."

아버지는 명석한 발음과 또렷한 눈빛으로 말씀하셨지. 나는 움츠러든 채로 조심스럽게 말했어.

"아버지가 애지중지하시는 거잖아요. 이러다가 술 깨시면 후회하실 거예요."

아버지가 후회에 빠지는 것은 원하지 않았어. 나중에 비난을 뒤집어쓰는 사람은 결국 나일 테니까.

"무슨, 내가 이따위 풀때기를 애지중지를 해? 그건 늬 엄마가 하던 짓이지."

아버지는 허허 웃으셨어.

"이건 다, 여기 있는 것은 전부 다, 늬 어미가 아끼던 거야. 그런데 전부 팽개치고 나갔으니 이제는 안 아낀다는 뜻 아니냐? 이걸 왜 내가 다 감당을 해야 하냐, 이 말이야."

나는 그 자리에 묵묵히 서 있었어. 아버지는 내가 보이지도 않는 듯 고개를 돌려서 다시 손을 움직였어. 검은 비닐 봉투에 음식물 쓰레기처럼 담기는 난초들을 지켜보던 나는 조용히 입을 열었어.

"아니에요. 아버지가 사 모으시던 화분들인데요. 언니들이 다 기억해요. 아버지가 툭 하면 가져오는 화분을 어머니가 애물단지라고 무척 싫어했다던데요."

평소 같으면 하지 않았을 말이었어. 술 취한 사람한테 바른말로 대꾸하는 것만큼 어리석은 짓도 없잖아. 그런데 이때는, 이때만큼은, 아버지의 횡설수설을 적당히 받아넘기고 싶지가 않았어.

아버지가 눈을 부릅뜨고 나를 돌아보았어. 얼굴이 잔뜩 일그러져 있었어.

"그 망할 년이, 피도 눈물도 없는 배은망덕한 년이, 뭐, 무슨 말을 했다고?"

나는 겁에 질려서 뒷걸음을 쳤어. 그러자 아버지가 화분 하나를 내 쪽으로 던졌어. 도자기가 내 머리 옆으로 휙 날아가 거실 바닥에 떨어져 박살 나는 소리가 들렸어. 나는 온몸에서 피가 빠져나가는 듯한 한기에 사로잡혀 뻣뻣하게 굳어버렸어.

"다시 말해봐! 야, 야!"

고함치는 아버지를 뒤로하고 나는 몸을 돌려 빠르게 뛰어나갔어. 베란다를 나와서, 집에서 나와서, 계단을 따라 주택 건물 밖으로 나갔지. 밤이었어. 옹기종기 붙어 서 있는 주택과 전신주가 그리는 선을 우두커니 올려다보았어. 낡은 가죽같이 희부연 하늘이 새까만 전선 몇 가닥에 칭칭 묶여 있었지. 잠시 숨을 고르다가 무작정 걸음을 옮겼어. 빠른 걸음은 점차 뜀박질이 됐어. 아무 데나 가고 싶었어. 일단 집만 아니면 어디든 괜찮다고 생각했어. 아무 버스에나 탔던 것 같아. 버스는 퇴근하고 귀가하는 사람들로 가득했어. 어디든 빨리 내리자는 생각을 머리에 한없이 되새기면서 한강을 뚫어져라 노려보고 있었어. 그리고 이번 정거장이 무슨 무슨 공원 앞이라는 안내 방송이 들렸지. 그런 시간에 공원에 내리는 사람이 있을 리가 없잖아. 그래서 마치 문에 호되게 찍힌 뒤 시간이 오래 지나서 까맣게 피가 고여 있는 손톱처럼, 버저는 꺼진 채로 검게 물들어 있었어. 나는 버저를 눌러 빨간 불을 켜둔 다음, 버스가 멈추자마자 도망치듯이 뛰어내렸어.

공원 앞은 조용했어. 아까까지 붐비던 버스가 거짓말처럼 느껴질 정도로. 작은 입구와 그 너머로 이어지는 구름다리가 보였어. 입구 곁으로 우거진 나무가 이어졌고, 잎사귀들이 가만가만 바람에 흔들리고 있었어. 주위에는 한강을 끼고 나 있는 드넓은 고속도로 외에 아무것도 없었지. 건물도, 사람도, 학교도, 집도, 언니들도, 아버지도, 아무것도. 아득히 멀리 여의도인지 어딘지 고층빌딩 불빛이 보이지 않았더라면 거리를 식별하기도 힘들었을 거야. 갑자기 다른 세계 앞에 와 있는 것 같은 느낌이 들었어. 이런 공원이 있긴 있었던가 싶도록, 거기는 어쩐지 비현실적이었어. 조금 무서웠지만 달리 갈 곳도 없다고 생각했지. 그래서 결국 들어갔던 거야. 그 공원으로.

있잖아, 밤의 공원에 가본 적 있니?
너라면 가봤을지도 몰라. 보통은 밤에 공원 같은 곳에 가지는 않지만 말이야. 공원이란 날씨 화창하고 햇살도 좋은 낮에 가는 곳이니까. 카페에 죽치고 있기는 지겨워진 연인들이나 사귄 지 얼마 안 돼서 세상 모든 게 아름다워 보이는 연인들이 꽃구경을 하며 거닐겠지. 가족이 와서 돗자리를 펴고 김밥을 먹고 아이들은 끝없이 칭얼거리거나 공원이 아니라 어디라도 상관없을 놀이를 저희끼리 할 거고. 건강에 신경 쓰는 젊은 여자와 남자 들이 휴대전화에 러닝 앱을 켜놓고 앞서거니 뒤서거니 하면서 달리겠지. 유일하게 남은 가족인 개를 데리고 산책 나온 노인들이 차양 달린 모자를 쓰고 그 뒤를 천천히 걸어갈 거야. 벤치에는 노숙자가 누워서 자고 있거나, 기분 내러 온 대학생이 테이크아웃 컵을 들고 태블릿을 들여다보고 있거나. 그런 데가 공원이잖아?

하지만 밤의 공원은 달랐어. 그러니까, 흔히 낮에 가게 마련인 곳을 밤에 가면 조금 낯선 느낌이 드는 게 당연하겠지만, 그건 그런 정도가 아니라 그냥 아예 다른 세계 같았던 거야. 그걸 어떻게 설명하면 좋을까? 맥락 없는 인상과 감정이 머릿속을 휘돌아서, 그걸 한꺼번에 건져 올리지 않으면 영영 잊어버릴 것만같이 초조해. 하지만 일단은 공원에 들어갔던 것부터 되짚어볼게. 차근차근.

나는 구름다리를 건너서 안쪽으로 들어갔어. 캄캄할 거라고 생각했는데 그렇지만은 않더라. 걸어가다 보니 점차 등불이 보였어. 화단에는 노랗고 파란 조명등이 별똥별처럼 흙에 박혀 있었어. 산책로를 따라서 드문드문 가로등이 불을 밝혔고. 그래, 기억나. 그건 백 년도 더 전의 가스등같이 부옇게 흐린 빛을 내는, 철골로 된 가로등이었지. 그 빛에 새빨갛게 물든 목련이며 벚꽃이 나를 내려다보았어. 낮이었다면 봄의 풋풋한 연둣빛으로 보였을 나무들이 표현주의 화가의 그림처럼 검고 빨갛게 빛과 그늘에 엉킨 채 숨 쉬고 있었어. 나는 천천히 걸었지. 카페와 식당, 기념품 판매점이 문을 닫은 채 손님을 기다리는 것처럼 불만 환하게 밝혀놓았어. 길을 따라 띄엄띄엄 놓여 있는 벤치에는 누군가가 놓고 간 손수건이나 머리핀이나 빨대 같은 것이 뒹굴고 있었던 것 같아. 방금까지만 해도 사람들이 북적거렸는데 갑자기 마법 때문에 사라지기라도 한 것만 같았지. 빛이 닿지 않는 곳에는 알 수 없는 것들이 밤에 묻혀 있었을 거야. 나무와, 꽃과, 분수와, 호수와, 이끼 낀 돌계단과, 아이들이 해놓고 간 낙서와, 크레파스 부스러기 같은 것들. 나무와 하늘의 경계는 불분명하고, 그저 끝없이 이어지는 나무 우듬지에 별들이 촘촘히 스며 있는 것 같았지.

J야, 거긴 아름다웠어. 시간이 봄밤에 영원히 멈춰 있는 곳처럼 느껴졌어. 그렇게 시간의 흐름이 흐릿해질 때는 정적 속에서 아주 작은 소리들이 들려오지 않니? 왜, 깊은 밤 혼자 깨어나면, 옆집 할머니가 잠꼬대하는 소리나 낮에 내린 빗물이 고인 물웅덩이 위로 자전거 지나가는 소리 같은 게 들릴 때가 있잖아. 그런 거랑 다르지 않았어. 바람이 불고, 잎사귀가 부딪혀 파스스 떨리고 흩어지는 소리. 소쩍새가 우는 소리. 구름의 모양이 변하고, 개미가 모래를 옮기고, 꽃이 피어나고, 작은 동물들의 마지막 숨이 꺼져드는 소리. 그런 것들이 귓가에 들렸어. 그리고 나는 공원에 있는 다른 사람의 인기척을 들을 수 있었어. 누군가의 숨소리에 섞인, 미세하게 성대가 떨리는 것 같은 그런 소리가 귓가에 스쳤거든.

나는 그 소리를 따라갔어. 얼마 안 가서 작은 광장이 나왔어. 둥근 빈터 중앙, 아코디언을 든 악사의 조각상을 둘러싼 대여섯 개의 벤치 중 하나에 사람이 앉아 있었어. 어쩐지 나이를 짐작하기가 어려웠는데, 지금 와서 돌이켜보면 소년과 청년의 중간에 있는 사람이었던 것 같아. 하지만 또 남자 같지는 않고 그렇다고 여자 같지도 않았어. 음, 설명하려니까 잘 안 되네. 그는 벤치에 그림처럼 가만히 앉아서 어딘가 먼 곳을 보고 있다가 나와 시선이 마주쳤어. 내가 멈칫하니까 엷게 웃어 보이더라. 처음 보는 사람한테, 그것도 그런 시간대에 그런 장소에서 마주친 사람한테 지어 보일 만한 표정은 아니었어. 판단한다거나 눈치를 본다든가 망설인다든가 하지 않고, 그냥 나를 보면 당연히 웃어야 하는 듯이. 하지만 당시에는 그게 이상하다는 생각을 할 수 없었어. 다만 나는 그 공원의 아름다움에 대해 아무 말이라도 하고 싶어서 무척 들떠 있는 상태였고, 더군다나 그 사람이 그 공원의 일부인 것처럼 또 아름답기도 했지. 그것만으로도 내가 그에게 다가갈 이유는 충분했던 셈이야.

"안녕."

내가 다가가자 그가 입을 열어 말했어. 칠흑처럼 새까만 머리카락에 새까만 눈동자를 한 사람. 그에 비해서 얼굴과 목덜미와 손이 어둠 속에서도 선명하게 보일 만큼 새하얬어. 오뚝하게 솟은 코와, 눈의 선과 정확히 평행을 이루는 입술이 얼굴에 자리했고. 잘생긴 얼굴이었지만 마치 전혀 다른 인종의 사람들 수백 명의 피가 섞인 사람처럼 아무런 뿌리도 궤적도 읽을 수 없는 얼굴이기도 했어. 그리고 몹시 마른 몸. 툭 불거진 뼈가 애처로울 정도로 말라 보이는 몸 위에 하얀 티셔츠와 검은 바지를 입고, 발에는 검은 단화를 신고 있었어. 그 외에는 아무런 장신구도 짐도 없었어.

"……안녕."

나는 마주 인사했어. 그는 나를 올려다보았어. 앉아 있는 자세 그대로 고개만 약간 든 채였지. 그가 앉아 있는 벤치 뒤로 무성하게 자란 아카시아나무의 꽃향기가 독하게 느껴질 정도로 자욱했어.

"이런 시간에 나 말고 또 누가 있을 줄은 몰랐어."

"보통은 오지 않지."

그가 고개를 끄덕였어.

"하지만 정말 예쁜 곳이야. 여기 오길 잘한 것 같아. 기분이 좋아졌어. 정말로. 할 수만 있다면 여기서 살고 싶을 정도야."

나는 열심히 말을 주워섬겼어. 물론 거짓말은 아니었지만, 진심에서 자연스럽게 우러나온 탄성이라기보다는 다분히 의식적으로 취한 제스처였지. 그 사람과 어떤 공감대를 만들어서 대화를 더 이어가고 싶었거든. 다행히 그는 내 말에 기분이 좋은 눈치였어.

"그래? 그렇다면 다행이네."

"너는 어쩌다가 여기 온 거야? 그냥 산책?"

"아니. 나는 여기를 관리하는 사람이야."

"관리……? 경비원 같은 거야? 청소부?"

"음, 좀 달라. 관리인은 사람들에게 개똥을 치워 가게 하거나, 입구와 출구의 방향과 가까운 정거장을 알려주거나, 조깅이나 축구를 하다가 다친 사람에게 반창고와 연고를 가져다주거나, 미아가 된 아이를 경비실로 데려다주는 일을 해."

"하지만 내가 보기엔 그런 사람들은 하나도 없는 것 같은데."

"당연하잖아. 너는 개를 데리고 오지도 않았고, 정거장을 찾을 필요도 없고, 다치지도 않았고, 아이도 아니니까."

"그건 그래……."

"그렇지."

"그러면 넌 지금은 할 일이 없는 거야?"

"지금은 너랑 얘기하는 게 일이지."

그는 활짝 웃었어.

이렇게 적어놓으니까 그와 내가 했던 대화는 좀 이상하다. 아버지 주정이랑 비슷한 수준으로 해괴해 보여. 그때 난 아버지 때문에 자기만의 이상한 논리로 대화하려는 사람의 말을 받아주는 데에 익숙해져 있었는지도 몰라. 하지만 아버지와 대화할 때와는 기분이 달랐어. 하나도 불편하지도 불쾌하지도 않았거든. 오히려 그 반대였지. 아무튼 중요한 건 그게 아니라, 그가 활짝 웃었다는 거야.

그 웃는 얼굴에 온 마음을 빼앗겼어. 붉은 가로등 빛 아래 가늘게 뜬 눈도, 어린아이처럼 거리낌 없이 커다랗게 벌린 입도 너무나 다정해 보였거든. 그토록 다정한 웃음을 마주하는 것이 얼마 만이었던가, 기억도 나지 않을 정도였지. 그건 나를 판단하지 않고, 아무것도 요구하지 않고, 심지어 바라는 것도 없는 사람만이 웃을 수 있을 그런 웃음이었어. 그 앞에서 마음이 편안해지기도 했고 동시에 떨리기도 했어·······.

J야, 때로 우리는 한 번도 본 적 없고 앞으로도 다시 볼 일이 없을 것 같은 사람과 그 무엇보다도 과격하고 진심 어린 대화를 나누고 싶어지곤 해. 가장 가까운 가족이나 친구나 연인에게도, 아니 그토록 가까운 관계이기 때문에 차마 털어놓을 수 없던 속내를, 낯선 사람에게는 다 털어놓을 수 있을 테니까. 그러고 나면 그 사람은 우리의 삶에서 사라져줄 테니까. 이해와 오해로 얽힌 사람들 틈바구니에서 피곤해질 때면 이따금씩 그렇게 낯선 사람이 보고 싶어지는 거고, 그건 자연스러운 일이야. 하지만 열여섯의 소녀는 좀 다를 수도 있나봐. 아니면 나만 그랬던 걸까? 어쨌든 그때 나는 때때로 기분 전환처럼 그런 만남을 원하는 게 아니라, 평생 매일매일, 오로지 그런 사람만을 마주 보며 살 수 있기를 바랐거든. 모순적인 생각이지만 그때 나는 나름 절실했어. 그리고 그는 내가 만나고 싶던 바로 그런 사람이었지. 낯설고 이상한데도 전혀 위협적이거나 위험해 보이지는 않는 사람. 상상할 수 있겠니? 그 사람이라면 무슨 이야기든 들어줄 것 같았어. 그 사람에게라면 무슨 이야기든 해도 괜찮을 것 같았어.

"너는 여기 왜 왔어?"

그가 물었어. 나는 잠시 생각했어. 공원에 왜 왔냐고? 갈 데가 없어서. 집에 가기 싫어서. 그렇게만 대답하면 편했을지도 몰라. 하지만 나는 너무 진지했기 때문에 당장 편한 길을 택할 수 없었지. 그렇다고 학원에서 돌아왔고, 아버지의 주정을 들었고, 화분이 내 머리로 날아왔고, 집에 있기 무서웠고, 무작정 나와서 버스에 탔고, 아무 생각 없이 공원에서 내려서, 어쩌다 보니 들어왔다고, 그런 식으로 이야기하면 너무 길어지고 구차해지잖아. 나는 진지하게 고민했어. 아카시아 향기가 어찔어찔하게 퍼지고 흰 꽃잎이 하나둘씩 떨어져 내렸어. 다시 돌아보니 그는 재촉하지 않고 내 말을 기다리고 있었어. 아주 차분한 얼굴이었는데, 내가 말을 할 때까지 언제까지라도 기다려줄 것만 같은 느낌이었지. 그게 나를 편안하게 했고, 그래서 아무것도 목에 걸리는 것 없이 꽤 쉽게 말할 수 있었어. 눈물이 찔끔 나긴 했지만.

"엄마가 날 버렸어. 나를 아끼지 않는대. 아끼지 않으니까 버린 거래. 그러니까 나쁜 사람인데, 정말 나쁜 사람인데, 악담이라도 실컷 퍼부어주고 싶어도 어디에 있는지를 몰라서 못 하겠어. 그래서……"

그가 문득 자리에서 일어났어. 나는 마치 떼쓰느라 울다가 나비나 새 같은 것을 보고는 우는 걸 깜빡 잊어버린 어린애처럼 눈물을 뚝 그쳤어. 코만 훌쩍이면서 그를 마주 보았어. 귀와 목 언저리에 흔들리는 검은 머리카락, 붉은 입술. 그에게 들릴까 봐 무서울 정도로 심장이 크게 뛰고 있었어.

"그럴 리가 없어. 네가 잘못 알고 있는 거야."

"뭐라고?"

나는 순간 그가 농담을 하는 걸까 생각했어. 하지만 그는 지극히 진지한 표정으로 말했어.

"엄마가 너를 아끼지 않았을 리가 없어. 다만 고통이 지나치게 컸던 거야. 심지어 사랑보다도 더 커서, 감당할 수 없을 만큼."

J야, 정말이야. 그가 정말로 이렇게 말하지 뭐야. 나는 너무 놀라서 뭐라고 대답도 못 하고 그를 빤히 바라보았어. 도대체 나에 대해 어떻게 알았느냐고, 게다가 어떻게 그런 단언까지 할 수 있느냐고 물어야 했겠지만, 그의 말에 담긴 의미가 머리에 꽉 들어차서 의문을 제기할 생각조차 하지 못했어.

그가 부드럽게 웃으며 말을 이었어.

"너희 아빠는 솔직하지 못한가 봐."

그때 눈에 고여 있던 눈물이 마침내 눈시울 너머로 흘러내렸어. 황급히 옷소매로 눈을 문지르자, 그가 허리를 굽혀 나와 눈높이를 맞추고는 당황한 목소리로 말했어.

"울리려 한 건 아닌데……."

그가 손을 내밀어 내 턱에 묻은 눈물을 마저 닦아줬어. 차가운 손가락이 뺨 위를 머뭇머뭇 서툴게 지나가는 느낌에 온 신경이 쏠렸어. 솔직히 말하자면, 그 순간 나는 얼굴도 잘 기억나지 않는 어머니 따위 어떻든 상관없었던 것 같아. 그때

울음을 그치지 못하고 눈물을 계속 흘린 것은 어머니나 아버지나 언니들이나 그 외에 내 삶의 무언가가 서러워서가 아니라, 차라리 안도감 때문이었다고 해야 할 거야. 그의 말이, 아니 그보다도 그 손길이 나에게 전해주는 평화 때문에 나는 눈물을 멈출 수 없었어.

"어떻게 하면 기분이 좋아질까?"

그가 우스꽝스러울 정도로 심각하게 물었어. 나는 웃음이 나오려는 걸 애써 참고 그의 손을 얼굴에서 조심스럽게 떼어냈어. 조금 부끄러워졌거든.

"넌 정말 이상하다. 이런 것도 네 '일'이니?"

그가 고개를 끄덕였어. 나는 잠시 묵묵히 있다가, 다시 우르르 쏟아내듯이 물었어.

"아무나 와서 이렇게 아무렇게나 말 걸고, 이렇게 무턱대고 울면 다독여주는 게 네 일이야?"

"그럼 안 돼? 일을 안 하고 있으면 나는 심심한데."

심심하다고? 도무지 무슨 말인지 이해할 수가 없었어.

"안 될 건 없지만……."

"그렇지? 그러면 이제 일어나봐."

그가 내 손을 잡고 가볍게 위로 끌어올렸어. 나는 엉겁결에 그를 따라 일어섰지. 그는 싱긋 웃으며 제안했어.

"왈츠를 추자. 그러면 기분이 좋아질 거야. 장담해."

"왈츠?"

나는 반문했어. 왈츠라니, 물론 그게 무슨 뜻인지야 알고 있지만, 그건 노래 가사나 학교 음악 시간이나 근대 낭만주의 시선집 같은 데서나 나오는 단어잖아. 실제로는 쓰지 않는 낯간지러운 페어 같은 거잖아. '왈츠'라는 걸 진짜로 하자고 하는 게 너무 낯설고 당혹스럽게 느껴졌지. 글쎄 보통 공원에서 논다고 하면 뭐, 산책이나 간단한 게임이나 공놀이나…… 그렇게 생각하다가 문득, 사실상 해가 지고 난 뒤에 공원에 와서 즐길 만한 거리랄 게 거의 생각나지 않는다는 걸 깨달았어.

"싫어?"

"그게, 난 춤출 줄 모르는데…… 음악도 없잖아."

"그건 걱정 안 해도 돼."

그가 친절하게 내 손을 잡아끌더니 광장 안쪽을 가리켰어. 아코디언을 든 악사 조각상이 고개를 돌려 우리를 바라보더니, 씩 웃고서는 모자를 한 번 들어 올리며 인사하더군. 그러더니 헛기침을 하면서 건반을 시험 삼아 눌러보기 시작했어. J야, 정말이야. 정말로 그런 일이 벌어졌다니까. 그런데 신기하게도 나는 악사에는 그다지 놀라지 않았어. 그보다도 전혀 춤을 춰본 적이 없는 아가씨가 갑자기 사교계에 끌려 나온 듯한 난처함과 설렘에 당황하고 있었을 뿐이야. 그는 그런 나를 흘긋 보고서는 한 손으로 부드럽게 허리를 감싸 안았어.

"괜찮아, 굉장히 쉬워. 그네 타는 거랑 똑같아."

그리고 내 허락을 기다리는 듯이, 허리를 잡은 채로 가만히 있었어.

"……그네?"

"응. 스텝은 내가 넣는 거야. 그네가 일단 한번 움직이면 계속 움직이지? 너는 그냥, 그 위에서 기분 내키는 대로 힘을 넣고, 빼고, 흐르는 거야. 나머지는 나만 따라오면 돼."

그가 열심히 말하다가, 내 표정을 보더니 문득 웃으면서 말했어.

"절벽에서 떨어뜨리려는 사람 보는 것 같아, 너."

"……아, 그게 아니라."

그는 장난스럽게 내 한 손을 잡아끌어 자신의 어깨에 얹게 하고, 남은 한 손을 부드럽게 맞잡았어. 맞잡은 그의 손은 파충류의 가죽처럼 차갑고 미끈거리면서도 까칠했어.

"오른발을 한 발 뒤로 딛고, 그다음에 왼발을 왼쪽으로 디뎌봐. 하나,"

나는 일단 시키는 대로 했어. 그러는 동안 그가 자신의 발을 같은 방향으로 내디뎠어.

"둘, 셋."

그리고 발을 다시 앞으로, 오른쪽으로.

"하나, 둘, 셋."

악사가 아코디언을 연주했지. 수면 위로 끊임없이 생기는 빗방울의 파문처럼 3박자의 선율이 무한히 반복되었어. 대기에서는 정신이 혼미할 정도로 짙은 아카시아 향기에 깔린 썩은 피 냄새 같은 게 콧속으로 밀려들었어. 그의 나지막한 음성과 함께, 나는 심호흡을 하고, 눈을 감고, 발을 움직이기 시작했어. 하나 둘 셋. 하나 둘 셋. 정말로 그네를 타는 것 같았어. 아무것도 걱정할 것도, 의심할 것도 없었지. 아주 부드럽고 안온한 물속에 잠겨서 흘러 다니고 있는 것 같았지. 하나 둘 셋, 그 리듬에 실려서 그가 이렇게 말하는 소리가 들리는 듯했어. 아무 생각 하지 말고 눈을 감아.

　나만 따라오면 돼.

∴

　어젯밤에는 윗부분까지 쓰다가 눈이 침침해져서 잠들었어. 이렇게 뭔가를 열심히 적다 보니 쉽게 피곤해지네. 머리도, 허리도, 손도. 불면증을 완화하는 데 도움이 되는지 덕분에 전보다 말끔한 머리로 아침에 일어날 수 있긴 했지만, 기분이 후련하다거나 한 건 아니야. 글쎄. 말이나 글로 뭔가를 풀어놓으면 속이 시원해진다고들 하던데 난 잘 모르겠네. 이렇게 한 자 한 자 옮겨적다 보니까, 내 안에 있던 것들이 돌이킬 수 없이 고정되는 것 같은 느낌이 들어. 더 이상 살아 움직이지 않고, 그대로 굳어서 화석이 되어버릴 것 같아. 이건 별로 유쾌한 기분은 아니야. 그럼에도 불구하고 내가 적는 건······.

그와의 첫 만남까지 이야기했지.

왈츠를 추던 때부터는 기억이 끊겨 있어. 다시 기억나는 건, 눈을 떴을 때 해가 뜨는 공원의 잔디밭에 누워 있었다는 거야. 나는 졸린 눈을 비비며 몸을 일으켜 주변을 둘러보았어. 딱딱하게 굳은 동상이 전면으로 햇빛을 받고, 형광색 조끼를 입은 청소부가 산책로와 광장을 쓸고, 멀리 아파트와 고층빌딩과 산등성이가 윤곽을 드러내는 게 보였어. 아침이 온 사방에 도사리자 공원은 원래의 빛깔을 되찾았고 지난밤과는 전혀 다른 공간이 되어 있었지. 나와 왈츠를 추었던 공원 관리인은 온데간데없었어.

꿈이었나 싶었어. 하지만 결코 갖고 온 적이 없고 가져본 적도 없는 담요 한 장이 내 가슴팍에서 말려 내려가고 있었거든. 아무 무늬도 없는 새하얀 담요였어. 나는 그걸 둘둘 말아 껴안았어. 아카시아 향이 배어 있었어. 희미하지만 선명했지. 풋풋하고 독하고 축축하고 비리고 괴팍할 정도로 생생한 식물의 냄새가 지금도 선명해. 담요에 얼굴을 묻고 숨을 들이쉬며 그의 얼굴을 떠올려봤어. 하지만 기억이 흐릿했어. 이름도 몰랐고. 가슴이 시큰할 정도로 그리워졌어. 한동안 그러고 있다가, 햇빛을 등에 지고 비척거리며 공원을 나갔지.

그 이후 나는 공원에 자주 갔어. 봄이 다 가고 여름이 그 자리를 메꾸기 전까지 자주 공원에 가서 그를 만났지. 밤낮이 바뀌었어. 낮에는 학교에서 항상 늘어지게 잤어. 내가 있는지도 없는지도 잘 모르던 선생님들이 내 이름을 외우기 시작하더라. 하도 자니까. 불려 나가서 출석부로 머리를 얻어맞은 게 셀 수도 없지. 담임은 나를 교무실에 불러서 몇 번이고 집에 무슨 일이라도 있느냐, 고민이라도 있느냐, 남자친구라도 생겼느냐, 꼬치꼬치 캐물었어. 하지만 나는 신경 쓰지 않았어. 아버지는 여전히 주정을 부렸고 언니들은 내가 요즘 이상하다며 귀찮게 굴었고 성적은 똑바로 하향 곡선을 그렸지만 역시 신경 쓰지 않았어. 사람들이 내게 무슨 말을 해도 멍하니 딴생각에 빠져 있고 듣는 둥 마는 둥 눈만 끔뻑거리니까 그들은 무척 답답해하거나 내가 반항을 하고 있다고 생각했지. 나는 마냥 행복했어. 밤이 되면 공원에서 그를 만날 수 있을 테니까. 나는 그를 너무, 좋아했으니까.

그래서 밤마다 나는 버스를 타고, 강을 건너서, 아무도 없는 공원 입구에 내리고, 서슴없이 들어갔던 거야. 마치 비밀의 화원의 열쇠를 쥔 특별한 소녀인 양 씩씩하게, 그러면서도 전설 속 성에 혼자 초대받은 아름다운 아가씨인 것처럼 사뿐사뿐 걸었지. 내가 걷는 길을 따라 미리 준비한 듯이 등불이 환하게 밝혀져 있었어. 나는 그가 공원의 어디에 있는지를 자연스럽게 알 수 있었어.

"왔어?"

그는 정자에서 기다리고 있다가 나를 보고 손을 흔들었

어. 레이스처럼 촘촘한 구멍이 뚫린 장식이 빙 둘러쳐진 흰색 정자였어. 바닥에는 부드러운 융단 같은 이끼와 알록달록한 버섯과 기이하게 생긴 양치식물이 무성했어. 그는 반갑게 내 손을 잡았지. 계단을 함께 올라가서 의자를 살짝 끌어당겨 내가 앉을 수 있게 해줬어.

"오늘은 뭐 하고 놀 거야?"

"티 파티."

그는 뽀얗게 김이 올라오는 찻주전자를 들어 보이고, 내 앞에 있는 알록달록한 찻잔에 차를 따라주었어. 쪼르륵 하고 찻물이 떨어지고, 도자기 벽에 부딪혀 찰랑거리는 소리와 함께 향긋한 내음이 훅 올라왔어. 과일이나 꽃 냄새는 아닌데 어쩐지 달콤한 향. 나는 찻잔을 입가에 댄 채 그를 곁눈질로 보았어. 내게 이런 걸 대접하는 게 즐거운 것 같았지. 내가 올 때마다 같이 어울리는 게 재미있는 것 같았지. 하지만 반드시 내가 아니어도 된다는 생각. 내가 아니라 누가 오더라도 그는 똑같이 즐거워하고, 상냥하게 대했을 거라는 생각이 드니까. 갑자기 마음이 따끔거렸어.

"이런 건 어디서 나는 거야?"

나는 말을 돌렸어.

"공원 관리 비품."

그는 자기 찻잔에도 차를 따랐어.

"거짓말."

"진짠데. 이 공원 굉장히 넓어. 이것저것 많이 있어."

"그래……. 네가 그렇다면 그런 거겠지. 잘 알 테니까."

내가 가볍게 체념 조로 말하니까, 그는 사뭇 진지하게 응수했어.

"나 자신보다도 더 잘 알지."

나중에 안 거지만, 그건 비유가 아니라 사실 그대로였어. 가령, 그는 그 정자의 흰 페인트가 조금씩 벗겨지고 칠이 떨어지는 속도나, 이끼가 자라나고 죽는 과정이나, 정자의 어느 자리에 앉으면 처마 아래로 달이 지고 별이 떠오르는 궤적이 계절에 따라 어떻게 달라지는지를 알고 있었어. 하지만 그는 자신에 대해서는 하나도 아는 게 없었거든. 자기 나이도 모르고, 심지어 이름조차도 모른다는 거야.

"여길 관리한 지 얼마나 됐는데?"

"잘 모르겠어."

"모르겠다고?"

"응. 너무 오래돼서 잘 모르겠어. 아마 몇백 년은 넘지 않았을까?"

"그런 게 어딨어. 서울에 몇백 년 된 공원 같은 건 없어."

"……서울이 뭐야?"

"이 공원이 있는 도시."

"그래? 난 몰랐어. 어떤 곳인데?"

"서울은…….."

나는 말을 삼켰어. 그는 항상 그런 식으로 바깥 일을 물어왔지. 처음 몇 번은 한국에 관심이 많은 외국인을 안내하는 가이드 비슷한 뿌듯함을 느끼면서 떠들어대기도 한 것 같은데, 이내 하기 싫어졌어. 그는 내 이야기나 학교 이야기, 가족 이야기, 도시 이야기를 듣기 좋아했지만 나는 별로 좋지 않았어. 내가 왜 여기까지 와서 그런 것들을 곱씹어야 하나, 낮에 시달린 것만으로도 이미 충분한데. 그렇게 생각하게 된 거야.

"관둘래. 별로 재미없다."

"난 좋은데."

"그보다 난 정말 네 이야기가 듣고 싶어."

"나? 나는……."

그는 아까 내가 했던 것과 똑같이 말을 삼켰어. 하지만 나와 달리 말하고 싶지 않아서 그만둔 것 같지는 않았지. 나름대로 이야기를 해주고 싶은데 도무지 할 말이 떠오르지 않는지, 허공을 올려다보며 "음……"만 되풀이하고 있었어.

"저기, 이름을 지어보는 건 어때?"

보다 못한 내가 제안했어.

"이름?"

그가 눈을 동그랗게 떴어.

"이름이 없으니까 불편해서. 뭐라고 불러야 할지 모르겠어."

"그래?"

그는 그런 게 왜 불편한지 이해를 못 하는 듯했지만 선뜻 고개를 끄덕였어.

"그럼 네가 지어줘."

뜻밖의 과제를 떠안게 된 나는 잠시 당황했지만 이내 흥분이 솟아올랐어. 사실 사람에게 이름을 붙여주는 경험을 살면서 얼마나 해볼 수 있겠어? 엄청나게 큰 권한이 주어진 기분이었어. 내가 가장 먼저 붙이고, 내가 가장 먼저 부를 수 있고, 적어도 한동안은 나 외에는 아무도 모르는 이름일 거 아니야. 그와 내 사이가 그만큼 각별하다는 의미가 되는 것만 같아서 신이 났지.

정말 진지하게 고민했어. 못해도 십 분은 고민했던 것 같아. 그러다 한 가지를 겨우 생각해냈어.

"'시아'는 어때?"

찻잔을 두 손으로 감싸 쥐고 있던 그는 반색하며 찻잔을 내려놓았어.

"마음에 들어. 무슨 뜻이야?"

"너를 처음 만났던 게 아카시아 꽃나무 앞에서였거든. 그래서……."

신이 나서 설명하던 나는 문득 부끄러워져서 목소리를 낮췄어. 그 기억이 내게 얼마나 소중한지 적나라하게 드러나 버린 것 같았거든. 만발한 꽃들 아래에 앉아 있던 그의 첫인상이 얼마나 강렬했는지, 그를 만나서 내가 얼마나 행복한지,

또 얼마나 불행한지까지 몽땅.

"……아카시아에서 끝에 두 글자를 따본 거야."

그는 내 복잡한 기분은 전혀 눈치 못 챈 듯 마냥 열심히 고개를 주억거렸어.

"난 좋아. 그런 이름을 가질 수 있다니 정말 기뻐. 이제부터 난 시아가 될게. 시아라고 불러줘."

그는 진심으로 기쁜 표정이었어. 그런 얼굴을 마주하고 있으니 내 부끄러움도 수그러들었어. 그를 그토록 기쁘게 해주었다니, 나도 덩달아 기쁘더라.

"마음에 들어해서 다행이다, 시아야."

"시아, 시아."

그는 혼잣말하듯 중얼거렸어.

"이번 이름은 절대로 잊지 말아야지."

그 말에 나는 따스하게 달아올랐던 마음이 갑자기 식는 듯했어.

"아…… 예전 이름도 있었어?"

"응, 있었지. 잊어버렸지만. 그래도 내게 이름을 붙여줬던 사람은 기억할 테니까 괜찮아. 다시 만나면 알려주겠지."

나는 찻잔을 들어서 얼굴을 가렸어. 내가 어떤 표정을 하고 있는지 몰라도 시아에게는 보이고 싶지 않았거든. 대체 뭘 기대하고 있던 건가 싶어서 자괴감이 들었어. 예전 이름이 있었다는 게 뭐 어때서. 누구나 자기 의사와 상관없이 이름을 달고 태어나는 법인데. 하지만…… 아무래도 시아는 부모님이나 할아버지가 지어준 이름을 말하는 것 같지가 않았어.

"누가 붙여주었는데?"

"몰라. 그것도 잊어버렸어."

"그게 뭐야. 이름을 지어줄 만큼 중요한 사람 정도는 기억해야 하는 거 아니야?"

"음…… 괜찮아. 그 사람이 나를 기억할 테니까."

나는 이유 없이 화가 났어.

"말도 안 돼. 네가 잊었으면 그 사람도 너를 잊었겠지. 다시 만날 기약도 없을 거 아냐. 언제 마지막으로 만났는데? 몇백 년 전? 아직 살아 있기는 할까? 넌 참 답답하다."

그러자 시아는 침묵했어. 마냥 담백하고 담담하고 경쾌하기만 하던 그의 얼굴이 약간 굳은 것 같았어. 나는 내가 뱉은 말을 후회했지만 이미 늦었지.

"내 말은……."

"아니야. 네 말이 맞아."

시아가 나지막이 말했어.

"그 사람도 잊었을 수 있지. 다시 못 만날 수도 있고. 하지만 그래도 나는 여기서 기다려야 해. 약속했으니까."

나는 할 말을 잃고 잠시 묵묵히 있었어. 시아는 내 그런 반응을 아는지 모르는지, 그저 꽤 복잡한 수학 문제 하나를 드디어 풀어버리기라도 한 것처럼 가벼운 표정으로 찻잔에

각설탕을 퐁퐁 집어넣었어. 아, 너무 어둡네. 그러더니 그는 테이블 아래에서 램프를 꺼내 올려놓았어. 주홍색 백열등이 그와 내가 있는 공간을 흐릿하게 비추었고, 두 사람의 그림자가 거인처럼 커다랗게 천장에 어른거렸어. 사방으로 그림자 연극이 상연되고 있는 것 같았지. 그가 찻잔에 차를 따르자 투명하게 빛나는 물 그림자가 졸졸거리며 천장을 따라 흘러갔어. 어디론가. 내가 모르는 곳으로 흐르는 소리.

"기다린다고? 누구를, 왜 기다리는지도 모르면서? 나는 정말 이해를 못 하겠어."

"글쎄. 이해 못 해도 어쩔 수 없어. 약속은 약속이야."

시아는 그 문제에 대해서는 더 할 말이 없다는 단호한 어조였어. 그러니까 나도 뭐라고 더 따져 묻지는 못하겠더라.

그리고 사실, 머리로는 이해되지 않았지만 직관적으로는 납득했던 것 같아. 기억의 지층이 쌓이려면 그만큼 시간이 흘러야 하는 거잖아. 하지만 그 공원은, 그가 있는 곳은, 그 공기는, 시간이 흐르지 않는 것 같았어. 영원이라는 건 시간이 무척 오래, 많이 지나간다는 게 아니야. 시작과 끝이 없다면 그건 흐른다고도 할 수 없지. 그래서 시아는 마치 이 정자의 일부분인 듯, 목적도 이유도 잃고 영원히 멈춰 있는 듯했어. 내가 오지 않았다면 그는 밤이 지는 내내 정자에 혼자 앉아 있었겠지. 그 광경을 상상하니까 기분이 이상해졌어.

그때 시아가 내 표정을 살피더니 물었어.

"왜 그래?"

대답을 못 하고 어물거리는 사이, 어디선가 차르랑거리는 소리가 들리더니 아무도 타지 않은 자전거 한 대가 우리를 향해 천천히 굴러왔어. 작은 바구니에 빵과 과자가 한가득 담긴 종이봉투가 들어 있었어. 그는 그걸 꺼내서 접시에 가지런히 올려놓았지. 방금 구운 것처럼 달콤하고 뜨거운 냄새가 올라왔어. 하늘색의 당의가 입혀진 케이크. 독할 정도로 단 버찌가 탐욕스럽게 들어찬 파이. 그걸 입에 욱여넣고 꼭꼭 씹었어. 그가 다시 말했어.

"넌 참 이상하다."

천천히 그를 올려다보았어. 그는 상체를 테이블에 깊이 기대고 턱을 팔에 묻은 채 의아한 눈으로 내 얼굴을 뚫어져라 바라보고 있었지. 음울할 정도로 흰 얼굴과 깡마른 어깨 위로 까만 머리카락이 달라붙어 있었어. 남 말하듯 말하긴, 생각하면서 나는 되물었어.

"뭐가……."

"나를 걱정하잖아."

"……."

"입에 크림 묻었어."

그가 손을 뻗어 내 입술 가장자리를 닦아냈어. 그의 둘째 손가락과 셋째 손가락이 입에 닿았고, 차갑지만 다정한 감촉에 나는 눈을 질끈 감았다가 떴어. 하늘색 크림이 손가락에 묻어 있었지. 그건 굳어서 가루가 된 수채 물감처럼 파스스 바람에 날려 사라져갔어. 그는 생긋 웃었어. 램프의 불빛이 깜빡거렸고. 거인이나 유령 같은 우리 두 사람의 그림자가 정자의 천장에 만곡된 형상으로 흔들거렸어. 구름이 지나가고 달이 가려지는 소리가 들렸어. 언뜻 내 그림자가 사라지고. 길게 휘청거리는 그의 어깨와 목이 은하수처럼 천장을 감싸며 움직여갔어. 그는 거기에 혼자 있었어. 그가 몇백 년, 몇천 년의 시간 동안 이곳에 혼자 우두커니 앉아서 누군가를 기다리고 있는 장면이 헤아릴 수도 없이 반복 상영되고 있었어. 새까만 얼굴의 그림자에는 어떤 표정이 드리워져 있는지 전혀 알아볼 수 없었지.

"……걱정한 거 아니야. 네가 너무 오래 살아서 정신이 좀 이상해졌나 보다고 생각했을 뿐이지."

나는 말했어.

J야. 생각해보면 그때의 나는 지금보다 과감한 면이 있었네. 정신이 이상해졌다니. 편지의 앞머리에서만 해도 너에게, 내가 미쳤다고는 생각하지 않으리라는 희망 때문에 이 편지를 쓴다고 적었었는데. 우리는 상대방을 이해할 수 없을 때, 하지만 너무나도 이해하고 싶을 때, 그러나 이해할 수 없다는 사실만 이해할 수 있을 때, 상대방에게 미쳤다고 하지. 내가 그 말을 뱉었을 때 시아가 어떤 얼굴을 하고 있었는지

기억나지 않아.

다음 날 아침에 일어났을 때는 배가 끓어오르듯이 아팠어. 혼자 테이블에 엎드려 잠들어 있었는데, 식도를 타고 기관차처럼 성질 급하게 넘어오려고 하는 토기 때문에 잠을 깰 수밖에 없었어. 눈을 떠보니 정자에는 아무도 없고, 테이블에는 검은 곰팡이가 수북이 앉은 케이크와 썩어 문드러진 파이 조각이 소복이 쌓여 있더라.

온종일 복통에 시달렸지만 나는 아무도 무엇도 원망하지 않았어. 그리고 그날 밤에도 언제나처럼 공원으로 달려갔지. 짝사랑이라고, 그렇게 부를 수도 있을 거야. 하지만 있잖아. 남편이 바람이 났다는 걸 알았을 때 그런 생각이 들더라. 그렇게도 지겹고, 흉측하고, 같이 있기가 따분해서 견딜 수 없는 생물로만 느껴지던 남편이. 숨겨둔 애인이 있고, 그 애인과 함께 유채꽃이 흐드러진 곳으로 여행을 다녀왔다는 걸 알았을 때, 갑자기 남편이 무척 아름다운 남자처럼 느껴지는 신비한 경험을 했단 말이야. 얼굴도 모르는 남편의 애인은 몸이 물고기처럼 미끈하고 손등이 부드러울 것 같았어. 그런 여자가 자신의 불행을 감수하고서라도 만나고 싶어하는 남편, 여자가 사랑스럽게 살결을 쓰다듬고 턱을 어루만지는 남편, 내 전화를 받지 않기 위해 휴대전화를 꺼두고 두 사람이 나누었을 정사, 그런 것들이 야릇한 꿈 같은 것으로 상상되는 거야. 느닷없이 남편이 다시 갖고 싶어지는 거지.

그때도 그것과 비슷한 체험을 하고 있던 것 같아. 가령 나는 자주 꿈을 꿨어. 그 아름다운 공원 관리인이 몇백 년 전 사랑하던 소녀와 함께 공원을 거니는 장면을 보았어. 얼굴을 모르는 그 소녀는 그처럼 머리가 새까맣고 피부가 희고, 시간을 잊은 채 순결하기만 한 소녀일 것 같았어. 두 사람은 소박하지만 초라하지 않은 옷을 입고, 공원의 완전한 주인처럼 밤이면 밤마다 산책을 하는 거야. 거위에게 모이를 주고, 잔디밭에서 간식을 먹고, 나하고는 비교할 수도 없이 매끄럽고 우아한 왈츠를 추고, 하늘로 무지개색 풍선을 날리고, 자전거를 타고 세상 끝까지…… 두 사람의 손가락에는 복잡한 리본 모양으로 매듭지어진 새빨간 실이 동여매어져 있었어. 너무 단단하게 묶여 있어서, 손가락이 검붉게 물들었고 실이 묶인 부분은 하얗게 피가 빠져 있었지. 관리인은 소녀의 손가락에, 손톱에 다정하게 입을 맞추었어. 소녀는 희게 날아갈 듯이 웃음 짓고 손가락은 똑똑, 부러지고 있었어. 부러진 손가락들이 새가 되어 하늘을 날아갔고 풍선을 쪼아 터뜨리더니 내 입안으로 한꺼번에 쳐들어왔어. 나는 소스라치게 놀라 잠에서 깼어.

"이놈의 계집애, 그만 퍼질러 자고 당장 나와!"

아버지였어. 나는 발작적으로 깨어나서 문지방에 서 있는 아버지를 쳐다보았어. 땀으로 목과 겨드랑이가 축축했어. 방은 밀폐된 채 내가 반나절 동안 내뿜은 이산화탄소와 체취로 꽉 차 있어서 숨이 막히게 텁텁했어.

"너 어젯밤에 또 싸돌아다니고 왔지?"

나는 멍하니 일어나 앉았어. 거실의 빛이 역광으로 비쳐서 아버지 모습은 검게 그늘져 있었어. 하지만 얼굴이 잘 보이지 않아도 아버지가 아주 화났다는 건 알 수 있었어. 아버지가 술을 마시지 않았을 때 우리에게 고함을 치는 일은 거의 없었으니까. 나는 얼른 대답하지 못하고 눈만 깜빡였지. 아버지 뒤에서 밥주걱을 든 채 이러지도 저러지도 못하고 머뭇거리는 둘째 언니가 보였어.

"너 내 말을 우습게 아는 거야? 오냐오냐하니까 날 아주 우습게 봐, 응?

"……그런 거 아녜요."

"아니긴 뭐가 아니야. 누굴 만나고 다니는 건지 어서 말해."

"누구 만나는 거 아니라니까요. 그냥 산책……."

"그냥 산책? 오밤중에 무슨 산책이야, 엉? 씨알도 안 먹히는 소리 하지 말고 어서 그놈 이름 대."

나는 손으로 얼굴을 가렸어. 딱히 시아를, 그리고 시아를 만나는 것을 비밀로 해둬야겠다고 거창한 다짐을 한 건 아니었지. 다만 말로 꺼내면 분명히 미친 사람 취급받을 일이라는 걸 알았던 거야. 아버지는 계속 뭔가 말을 했어. 남자가 생긴 게 분명하다, 어떤 놈인지 가만 내버려두지 않겠다, 말 잘 들고 순하던 애를 이렇게 만든 놈이 대체 누구냐. 이어서, 그런 것에 푹 빠질 정도로 잘 넘어가는 내 순진한 성격과, 떨어지는 성적과, 교우 관계나, 뭐 그런 것들. 아버지에게 뭐라고 말해야 했을까? 나는 왜 밤마다 시아를 만나러 가는 걸까? 무슨 거짓말을 해야 진실을 더럽히지 않을 수 있고, 왜 나는 거짓말을 해야 하는 거고, 애초에 진실이라는 게 뭔지. 머릿속에서 엉망으로 뒤죽박죽된 것 같은 느낌이었어. 공원에서 그를 만날 때는 모든 게 명료하고 확실했는데, 아버지 앞에서는 더 이상 그렇지 않다는 것이 무엇보다도 화가 나고 억울했어. 너라면 그런 때 무슨 말을 하겠어? 뭔가 어엿하고 합리적인 자기 방어가 나올 것 같아? 내가 할 수 있었던 말은 그냥,

"아버지는 아무것도 몰라요. 제발 날 그냥 내버려둬."

이런 거였어. 유치하지. 하지만 청소년 드라마에서 애들이, 녹음해둔 테이프처럼 한결같이 그 대사를 읊고 박차고들 나가는 건 그럴 만한 이유가 있는 거라니까.

❖❖❖

J야,

외출을 다녀와서 다시 펜을 든다. 오늘은 동창회가 있었어. 글쎄, 중학교 동창회 같은 건 참 애매한 이벤트라고 생각해. 그렇지 않니? 고등학교 동창회라면, 대학에 가고 성인이

된다는 중대한 분기점을 맞기 바로 직전까지의 시절을 공유하던 사이니까 할 말이 많지. 물론 너는 고등학교 동창회에 좀처럼 나오질 않으니까 생각이 나하고는 좀 다를 수 있겠지만. 적어도 나는 고등학교 때 친했던 애들하고는 지금도 종종 만나고 지내고, 안 친했던 애들도 어쩌다 만나면 반갑더라고.

하지만 중학교 동창들끼리는, 글쎄, 뭘 나눌 수가 있지? 중학교라는 삼 년간의 기억은 고등학교나 초등학교 시절에 딸려 들어가 묻히고 마는걸. 내가 유난히 기억력이 모자라는지도 모르겠지만, 아무튼 강남의 한 술집에서 모였을 때 그 애들 얼굴에서 옛 친구의 얼굴을 확인하고 매치하는 일조차도 할 수 없었어. 사실 중학교 때 친구들 자체가 잘 기억이 나지 않기도 했고. 그 시절은 몇몇 사건을 제외하면 전체적으로 안개에 묻힌 듯이 뿌옇게만 남아 있으니까…… 역시 내 기억력이 문제인가 보다. 어쨌든 나는 그냥 완전히 새로 만나는 사람들과 안면을 트는 기분이었어.

그 사람들은 내가 밤에 공원에서 겪은 일에 대해 아는 바가 없었지. 사실 당연한 일이야. 내가 아무에게도 말하지 않았으니까. 하지만 누군가, 내 경험과 관련된 파편이라도, 내 기억을 뒷받침할 막연한 단서라도 갖고 있는 사람이, 한 명쯤은…… 있지 않을까 싶었는데.

한동안 밤에 시아를 만나러 나가지 못했어.

아버지의 감시가 심해졌거든. 아버지는 아르바이트생을 하나 더 고용하고 가게 보는 시간을 줄이셨어. 그리고 눈을 부릅뜨고 천하대장군처럼 집을 지키고 계셨어. 덕분에 술도 덜 하셨지. 그러면 그럴수록 시아가 더 보고 싶었어. 줄리엣이나 직녀가 되기라도 한 것처럼 나는 베란다 난간에 기대서서 발을 동동 굴렀어. 그리고 결국은 결심했지. 집에 가지 않으면 되는 것 아니냐고. 집에 가지 않겠다고.

비가 오는 날이었어. 학교 수업이 끝나고 학원에 갔어. 학원 수업까지 끝난 뒤, 나는 학생 독서실 자리 하나를 차지하고 앉아서 캔 커피를 뽑아놓고 꾸벅꾸벅 졸고 있었어. 내가 수강하지 않던 심야 수업까지 모두 끝나고 학원 문을 닫을 때가 돼서야 원장님 꽁무니를 따라 슬슬 걸어 나왔지. 네온사인과 빗물이 한데 섞여 흘러넘치는 밤거리를 달려갔어. 어디선가 우산은 잃어버리고 교복은 걸음을 옮길 때마다 허벅지에 달라붙었어. 도착한 공원은 우르릉거리는 천둥소리와 쏟아지는 빗소리로 가득했어. 연신 눈을 닦아냈지만 소용없이 시야가 흐렸지. 시아의 이름을 소리 높여 불렀지만 내 목소리는 폭우에 묻혀버렸어. 불안해졌어. 그는 정말로 이곳에 있었던 걸까. 내가 만들어낸 망상이 아니라, 정말로 여기에 확실히 존재하고 있었던 걸까. 절대로 이곳을 떠나지 않고 언제나 있어주는 걸까. 혹시라도 기다리던 사람을 이미 만난 게 아닐까. 그 손을 잡고 내가 알지 못하는 어느 나라로 사라져버린 게 아닐까. 속에서 치밀어오르는 불안감을 꾹꾹 내리누르며 잔디밭을 가로질러 걸어갔어. 발밑에서 물기를 잔뜩 머금은 풀이 구겨지는 감촉. 녹은 아이스크림처럼 흐들흐들해져서 엉기고 찢어지는 패스트푸드 봉투. 버려진 은박지와 비닐 돗자리를 타고 흘러내리는 기억들. 터진 풍선 조각들, 붉은빛의 조명등, 기름이 떠서 무지갯빛 색을 내는 물웅덩이. 사람들이 있어야 할 것 같은데 없는 곳. 이곳에서 시간을 보내던 사람은 어쩌면 나 말고도 많던 게 아닐까. 멀쩡하게 한밤의 피크닉을 즐기고 정담을 나누던 사람들이 영화에서처럼 갑자기 나타난 괴물에 쫓겨 모두 도망쳐버렸거나 UFO에 일 초 만에 흡수되어버린 게 아닐까. 말도 안 되는 생각, 어디부터 어디까지가 말도 안 되는 건지 알 수 없는 생각을 하면서 한참을 갔어.

가는데, 멀리서 빗줄기 사이로 시아의 모습이 보인 것 같았어. 검은 사막같이 탁 트인 공간에 나무 한 그루를 두고 기대 서 있는 인영이 언뜻. 아, 가슴이 철렁 내려앉는다는 게 안도감 때문일 수도 있다는 걸 그때 알았어. 나는 그쪽으로 곧바로 날아 꽂히는 화살처럼 무작정 달려갔지.

그런데 그 공간은 검은 사막 같은 게 아니었어. 거긴 호수였던 거야. 검은 호수.

번지점프 하듯 호수에 몸을 던진 나는 물속으로 깊이 가라앉았다가 떠올랐어. 눈과 코와 입으로 물이 들어왔지. 거세게 기침을 해대면서 수면 위로 고개를 내밀었어. 물을 뱉어내고 눈을 비벼대는 와중에도 빗물이 쏟아지고 있었어. 나는 어쩔 줄을 모르고 첨벙거리며 주위를 살펴보았어. 호수 가운데에는 작은 섬이 있었고 거기에 아카시아나무 몇 그루가 서로 몸을 맞비빈 채 엉켜 있었지. 시아의 인영이라고 생각했던 건 그 나무 중 다소 작은 나무일 뿐이었어. 나는 망연자실해서 나무를 바라보았어. 물에서 나가지도, 헤엄쳐 어디론가 가지도 못한 채 둥둥 떠 있었지. 어디에 있는 거야. 어디에 있는 거야! 나는 덜덜 떨면서 하릴없이 물장구를 쳤지. 비바람에 뒤섞여 꽃잎들이 흩어졌어. 뭔가 지독하게 썩는 냄새와 피 냄새가 물안개에서 진하게 배어났어. 이게 대체 뭐지? 그전에도 이런 냄새를 맡았다는 게 기억났어. 달큼하게만 느껴지던 것들이 갑자기 두려워졌어. 나는 공황 상태가 되어서 소리 질렀어.

"시아야, 어디 있는 거야! 얼른 나와! 나오라고!"

아무 소리도 들리지 않았어. 그 말에 돌아온 건 누군가의 대답이 아니라, 내 발을 무겁게 잡아끄는 무언가였어. 갑작스러운 공포에 온몸이 뻣뻣하게 굳는 것 같았어. 뭔가가 내 발목을 거세게 움켜잡고 잡아당겼어. 나는 속수무책으로 가라앉기 시작했어. 손을 내저어봤지만 손가락에 닿는 건 끈덕끈덕하게 달라붙는 물이끼뿐이었지. 나는 본능적으로 숨을 깊게 들이쉬었어. 몸이 무겁게 빠져 들어가고, 마침내 머리가 물속에 잠겼어. 나는 입을 단단히 다문 채 눈을 부릅떴어. 그건 물고기였어. 인어라고 할까. 아니. 그건 정말이지 이상한 물고기였어. 썩은 생선 같은 눈에 지느러미와 꼬리가 있는, 하지만 길쭉하게 사람의 팔이 돋아나 있는 그런 물고기였어. 그게 내 발목을 단단히 잡고 있었지. 그런 물고기들이 몇십 마리는 있었어. 그놈들이 내 주위를 헤엄치면서 탐욕스러운 눈을 홉뜨고 나를 노려보고 있는 거야. 반사적으로 비명을 지르려다가, 입을 열면 물을 먹고 호흡이 뒤엉키고 질식할 거라는 본능으로 입을 꽉 다물었어. 그 물고기의 손을 힘껏 떼어내려고 했지만 그건 마치 흡반으로 내 살에 꽉 붙어 있는 문어처럼 떨어질 생각을 하지 않았어. 물은 불그스름했고 석유처럼 끈적거렸어. 나는 미친 듯이 발버둥을 쳤어. 떨어져, 떨어져, 그렇게 마음속으로 외치면서 발을 아무렇게나 흔들어댔어.

그때, 누군가의 손이 내 팔을 붙잡았어.

올려다보았어. 그였어. 시아가 한 마리의 유연하고 강인한 상어처럼 헤엄치면서 내 팔을 강하게 붙들고 있었지. 그리고 내 발목을 잡아당기고 있던 물고기들을 노려보았어. 해초처럼 일렁이는 검은 머리카락. 물속에서도 또렷하게 빛나는 눈동자. 그 날카로운 일별에 물고기들은 포식자를 만난 짐승처럼 단숨에 흩어져갔어. 마지막까지 나를 움켜잡고 있던 그놈도 결국 나를 놓고서 천천히 어둠 속으로 빨려 들어갔지. 시아는 나를 안고 빠르게 물 밖으로 솟구쳐 올랐어.

수면 위로 머리를 내밀자마자 미친 듯이 숨을 몰아쉬었

어. 그의 품에 안겨서 한동안 그렇게 헐떡거렸어. 숨을 쉬어도 쉬어도 산소가 부족한 것 같았어. 가슴이 답답해서 엉망으로 젖은 교복 블라우스를 잡아 뜯었어. 시아는 잠자코 내 허리를 안고 있었어. 이제 안전하구나. 정말 안전하다는 생각이 들었지. 나는 그의 가슴에 머리를 묻고 있다가, 온몸을 녹이는 것 같은 안도감이 밀려오자 눈물을 왈칵 쏟아냈어.

"넌 뭐야! 대체 뭐야!"

나는 버럭 소리치고 그의 어깨를 붙잡고 흔들었어. 시아는 그걸 고스란히 받아주었지. 그는 어른에게 혼나는 아이 같은 얼굴로 나를 보았어.

"……넌 뭐야, 너는 뭐야, 뭐냔 말이야. 내가 왜……."

"미안해."

시아가 그렇게 말했어. 나는 횡설수설 쏟아내다가 말을 멈춰버렸지. 갑자기 할 말이 없었어. 시아는 흔들리는 눈으로 나를 보다가, 내 머리를 꼭 끌어안았어. 그의 손에 힘이 들어가는 느낌. 내가 있다는 걸 확인하려는 듯한 손. 나는 차츰 잦아드는 숨을 천천히 골랐어. 젖은 옷에 달라붙은 그의 살결이 입술에 느껴졌어. 내가 내쉬는 숨으로 그의 가슴이 따스하게 젖어가고 있었지. 그 생생한 감촉을, 퍼져 나가는 온기를, 어떻게 망상이라고 할 수 있을까? 한순간이라도 그렇게 생각할 수 있었을까?

나는 눈을 감았어.

"늦었지. 정말 미안해. 이제 괜찮아."

시아의 음성이 들렸어. 현실감이 없을 정도로 생생한 목소리가. 나는 입술을 깨물었어. 미안할 게 뭐가 있어, 그 사람이. 내가 멋대로 찾아오고 헛짓을 하고 혼자 허우적거리는 걸 그가 구한 것뿐인데. 그런데도 그는 거리낌 없이 미안하다고 하고. 나는 그게 더 서러워서 훌쩍거리고만 있었어.

시아는 나를 데리고 뭍으로 올라갔어. 우리는 비를 피하려, 폐점한 카페 앞에 천막이 쳐진 노천석으로 갔어. 피부에 와 닿는 공기는 뼈가 시리도록 차가웠어. 나는 이빨을 딱딱 부딪치며 떨었지. 시아는 내게 담요를 둘러주고 김이 오르는 우유 한 잔을 가져다주었어. 한 모금 마시는 순간 따스한 온기가 온몸에 퍼지는 것 같았어. 나는 양손으로 컵을 꼭 잡아 들고 어깨를 움츠리고 앉아 있었어.

"화났어?"

시아는 내 옆에 가만히 앉아서 물었어. 나는 대답하지 않았어. 그는 나처럼 쫄딱 젖어 있었지. 젖은 머리카락에서 물방울이 흘러내렸어.

"화난 거지."

"……"

나는 화가 난 게 아니었어. 다만 내가 아까 화를 냈다는 게 너무 미안해지고 나 자신이 싫어서, 무슨 말을 해야 할지 알 수 없을 뿐이었지. 나는 하릴없이 손거스러미를 뜯었어. 시아는 뺨에 엉망으로 달라붙은 내 머리카락을 부드럽게 귀 뒤로 쓸어넘겼어.

"내가 싫어졌다면 오지 않아도 괜찮아."

시아가 조그맣게 말했어. 그 특유의 담담하고 아무래도 좋다는 식의 어조에 나는, 울컥 내뱉었지.

"응. 그렇겠지. 너는 내가 없어도 상관없을 테니까."

그는 내 말에 언뜻, 놀란 빛을 띠었어. 그가 내 머리카락을 만지던 손을 천천히 내리는 게 느껴졌지. 그리고 아무 말이 없었어. 나는 내가 뭔가 잘못 말했다고 느꼈지만, 정확히 뭐가 어떻게 잘못되었던 건지, 어떻게 주워 담을 수 있는 건지 갈피를 잡을 수 없었어. 나 역시 아무 말을 하지 않았지. 어색하고 깔깔한 침묵이 이어졌어. 나는 서러움을 참아 누르면서 발밑의 흙을 짓이겼어. 내 옆에 앉아 있는 침묵이 따가워서.

"……그게 아니라."

나는 말했어.

"그게 아니야. 네가 싫어진 게 아니야. 네가 없을까 봐 겁이 났던 거야. 이 공원에 네가 없을까 봐. 네가 떠났을까 봐. 네가, 아무것도, 아니었을까 봐…… 나는……."

나는 더듬거리면서 말하다가, 말을 마치지 못하고 입을 다물었어. 내 감정은 앞뒤가 맞지 않았지. 하지만 시아의 목소리는 그런 번잡함도 제치고 또렷하게 들려왔어.

"나는 오히려 네가 영영 오지 않을 거라고 생각하고 있었는데."

"그럴 리가 없……."

가슴이 콱 막히는 것 같았어. 내가 근 일주일 동안 그를 만나러 오지 않았다는 걸 그제야 떠올린 거야. 나는 고개를 들었어. 그가 빙긋 웃고 있었지.

"그런 건 익숙하지만……."

천천히 내 손을 쥐고, 가져가더니, 자기 뺨에 가져다 댔어. 차가운 뺨. 시아의 눈이 살며시 감겼어. 눈꺼풀이 고운 반달 모양을 그리며 내려앉고 그 위로 물방울이 떨어졌어. 혼자 이 공원에, 그 정자에, 그 광장의 벤치에, 연못 앞에, 잔디밭에, 우두커니 심심하게 앉아 있을 그의 모습이 빗방울 속에서 언뜻언뜻 떠올랐지. 익숙하다는 말이. 심심하다는 말이.

"그런데도 보고 싶었어."

"……왜?"

"네가 좋아."

아주 당연한 말을 하는 듯한 어투로. 선언도, 설득도, 뭣도 아니고, 그냥 있지, 오늘은 날씨가 좋다, 그런 목소리로. 내가 더듬거린 게 무색할 정도로 너무 쉽게. 그가 기다리는 누군가는 영원히 이 공원으로 돌아오지 않으리라고. 그는 항상 여기 있었고. 여기 있고, 여기 있으리라고.

우유가 식어가고 비가 그치고 있었어.

비가 그치고 나서 우리는 불꽃놀이를 했어. 시아는 카페 건물의 닫힌 유리문을 열고, 창고로 들어가서 불꽃놀이용 폭죽을 박스째 갖고 나왔어. 뭐야, 그거 다 써도 되는 거야? 내가 물으니까 그는 그럴 작정이라며 포장을 하나씩 뜯었어.

"거기다 두지 마, 심지가 젖잖아. 불이 안 붙는다고."

나는 성냥을 꺼냈어. 비 온 후의 물기가 공기에 스미고, 구름이 지나간 자리에 그믐달이 비스듬하게 걸린 하늘을 향해 우리는 불꽃을 쏘았어.

"예쁘다."

삐이잉, 팡 하는 소리와 함께 검은 하늘을 밝히는 섬광. 마치 거대한 들판 위에 눈부신 꽃들이 빠른 속도로 수없이 돋아나고, 피고, 지는 걸 지켜보는 것 같았어.

"하나 더 줘."

"나도 불붙일래."

"이번에는 내가 할래."

"한꺼번에 해보자."

"좋아."

매캐한 화약 냄새가 남은 뒤에 검은 하늘로 퍼지던 색색의 불꽃. 점점이 흩날리는 잔광들은 어둠 속에 빨려 들어가는 별똥별처럼 사라졌어. 어떤 것들은 모래밭에 묻어두고 저절로 터질 때까지 기다려야 했어. 터진다, 터질 거야. 수류탄이라도 던져놓은 것처럼 호들갑을 떨고 있었어. 그리고 팡! 하면서 어디 나사 하나 잘못 박힌 로켓처럼, 불꽃이 휘청휘청 궤적을 그리며 하늘로 날아가기 시작했어. 우리는 동시에 같은 속도로 머리를 들어 올렸다가 다시 내리면서, 그 불꽃이 하늘 한복판으로 올라가다가 다시 고꾸라지는 걸 눈으로 좇았지. "병든 것 같아, 쟤는." 우리는 연신 웃어댔어. 시아가 다른 하나에 또다시 불을 붙이며 말했어.

"이러니까 무슨 포격하는 것 같아."

"하늘이 무너질지도 몰라."

"그래도 별수 없어. 계속할 거야."

"너무 무자비하다."

"그래도 너한테 보여주고 싶어."

시아는 그렇게 말하면서 내게 불꽃이 치직치직 빛나는 막대를 건넸어. 막대를 쥐여주고, 양손으로 그걸 꼭 쥐어 잡게 하고 자기 손으로 내 손을 덮었지. 예쁜 인조 깃털 장식이나 조화의 꽃술처럼 동그랗게 반짝거리며 타오르는 분홍색 불꽃에 그의 얼굴이 아주 가까이 비쳐 보였어.

"어떤 걸?"

그는 대답하지 않고 내게 입을 맞췄어.

계속, 계속, 계속. 더 많은 폭죽을, 끝도 없이 빵빵 터지도록, 하늘이 꽃밭이 될 때까지, 무자비한 폭격을 가하는 것처럼, 끝없이 계속, 우리는 말했어.

약속해. 우리, 절대 헤어지지 말자.

❖❖❖

이후로 한 해 동안 나는 거의 매일 밤 공원에 가서 시아를 만났어. 처음에는 아버지를 속이느라 힘들었지만 그것도 차츰 요령이 붙었어. 언니들이 도와주기도 했고…… 언니들, 음, 언니들을 속이는 건 오히려 아버지보다 더 힘들었던 것 같아. 자매끼리 더 예리하게 알아차릴 수 있는 부분이 있게 마련이니까. 그래서 그냥 남자친구가 생겼다고 언니들에게 거짓말하고 비밀 데이트를 도와달라고 부탁했지. 내 수상쩍은 변화에 초조해하고 있던 둘째 언니는 내가 합리적인 핑계를 대자 도리어 안심이 되었는지 냉큼 믿어주었고, 수능 준비로 신경이 곤두서 있던 첫째 언니는 나더러 걱정할 일만 만들지 말라고 했어.

그렇게 낮의 삶과 밤의 삶이 나뉘었고, 나는 그 두 가지를 병행하는 법을 익혀갔어. 밤마다 시아를 만나는 대신 전보다 일찍 집에 들어갔고, 낮에는 잠을 쪼개서 잤지. 점차 낮의 삶을 정상적으로 유지할 수 있게 되자 사람들은 더 이상 나를 추궁하지 않았어. 아버지도 내 생활을 단속하지 않았고, 선생님도 더 이상 나를 교무실이나 상담실로 부르지 않게 됐지. 모든 것은 원래대로 돌아왔어. 무섭게 떨어진 성적도 이전의 궤도를 되찾았고, 아버지의 술주정도, 언니들의 습관적인 짜증도 일상적으로 되풀이되었고, 가끔은 눈치 없이 굴다가 아버지나 언니들에게 맞기도 하고, 그런 평범한 일상 말이야. 평범한……

나는 내가 그런 일상을 잘 살아내고 있다는 것이 스스로 놀라웠고, 또 한편으로는 사람들이 나의 또 다른 삶을 알아차리지 못한다는 것이 신기하게 느껴졌어. 내 세상에 그토록 큰일이 벌어지고 있는데 그걸 아무도 인지하지 못한다니. 그저 겉으로 보이는 역할만 잘 해내면 사람들은 그 이상 간섭하지 않는구나. 그걸 깨닫고 나는 안도감을 느꼈지. 내가 내 역할을 유지하는 한은 사람들이 우리의 공원 산책을 방해하는 일은 없을 테니까. 그리고 낮 동안 내게 아무리 슬프거나 화나는 일이 있더라도, 밤에 시아를 만날 거라는 확신이 있는 한은 얼마든지 버틸 수 있을 테니까.

우리는 행복했어. 공원은 넓었고 할 일은 많았어. 거위에게 모이를 주고, 잔디밭에서 간식을 먹고, 매끄럽고 우아한 왈츠를 추고, 하늘로 무지개색의 풍선을 날리고, 자전거를 타고 세상 끝까지…… 우리는 봄볕에 나와 앉은 한 쌍의 고양이들처럼 고륵거리며 붙어 있었어. 맛있는 것을 먹고 새콤한 것을 마셨고 입을 맞추었어. 시아가 주는 뭘 먹어도 더는 배가 아프지 않게 되었어. 그의 입술과 혀는 그 무엇보다도 향긋했지. 계절이 여름에서 가을로, 가을에서 겨울로 바뀌는 동안에도 그 공원은 언제나 봄날이었어.

J야, 그때의 나는 그 평화가 언제까지나 지속될 수 있으리라고 믿었어. 정말로 그랬어.

♦♦♦

너는 나를 어떻게 기억할까? 가끔 궁금해지곤 해. 고등학교 때를 돌이켜보면 우리는 별로 친하지는 않았지. 1, 2학년 연속으로 같은 반이기는 했지만, 제대로 된 대화를 나눌 기회는 없었던 것 같아. 솔직히 말하자면 내가 너를 무의식적으로 피한 것 같기도 해. 아무래도 네가 너무 독특하고, 나랑은 사는 세계가 다르다고 생각했으니까. 오해는 하지 마. 네가 싫었다는 건 아니야. 다만 너를 어떻게 대해야 하는지 잘 몰랐던 것뿐이야. 게다가 당시에는 내 세계를 추스르는 것만도 바빴고.

고등학교에 올라갔을 때 내 세계는 급속도로 변했어. 나는 그저 중학교의 연장일 거라고 생각했는데, 전혀 그렇지가 않았지. 중학교와 겨우 도보로 십 분 떨어진 학교였지만, 거기는 행정구역상 우리 동네가 아니라 옆 동이었기 때문에 내가 초등학교 때부터 알았던 아이들과는 완전히 다른 동급생들을 만나게 된 거야.

　새로운 인간관계에 둘러싸이면서 나는 다시 태어나는 기분이었어. 운 좋게도 우리 반에서 꽤 인기 있는 아이들의 무리에 끼었고, 그중 몇몇과는 꽤 가까워져서 매일 점심을 같이 먹고 등굣길과 하굣길을 함께하게 되었지. 그 친구들은 우리 아버지에 대해서도, 내게 어머니가 없다는 사실도 몰랐어. J야, 그건 정말 놀라운 경험이었어. 주변 사람들이 나를 보는 관점이 변하니 스스로가 정말로 다른 사람이 되는 것 같더라고. 그 애들 사이에서 나는 조용하고 굼뜨고 눈치 없는 애가 아닌, 착하고 입이 무겁고 엉뚱한 애라는 이미지로 통했지. 심지어는 내게 있는 줄도 몰랐던 유머 감각도 발휘하게 되지 뭐야. 주위 애들이 나 때문에 까르르 웃으면 그게 얼마나 뿌듯하고 기쁘던지.

　더구나 첫째 언니가 대학 기숙사에 들어가면서 집을 떠났고, 아버지가 친구랑 무슨 사업을 구상한다며 밤늦게까지 집에 들어오지 않는 날이 늘어가면서 우리 집은 전과 비교할 수 없이 조용해졌어. 그 모든 변화가 한 달도 채 안 되는 시간에 일어났어. 십대 시절의 시간 감각이란 참 희한하지. 그때는 단 하루에 일 년 치의 사건을 겪고 십 년 치의 감정을 맛보기도 했으니까…… 지금처럼 어제가 오늘 같고 오늘이 내일 같은 정체된 일상을 사는 내게는 그 숨 가쁜 시간들이 경이롭게 느껴지네.

그래, 그 숨 가쁜 한 달이 지났을 무렵의 일이었을 거야. 내가 시아와 헤어진 것은.

처음에는 친구들에게 내 특별한 밤 산책에 대해 말해주고 싶어서 좀이 쑤셨어. 비밀을 나눌 수 있을 만큼 믿을 만한 아이들인 것 같았거든. 그리고 시아에게 친구들을 소개해주고 싶기도 했지. 다 같이 공원에서 어울려 논다면 얼마나 재미있을까, 시아도 분명 새 친구들을 좋아할 거야, 이제부터는 훨씬 덜 외로워지겠지…… 그런 생각에 많이 설렜어.

그런데 친구들에게 그 말을 꺼내려고 벼르던 어느 날, 점심시간에 같이 급식을 먹는데 T가 묻는 거야. "오늘 밤에 뭐 해?"라고. 나는 자연스럽게 그 화제가 나왔으니 잘됐다 생각하고 냉큼 대답했지.

"나는 공원에 갈 거야. 실은 매일 밤 공원에 가."

"공원?"

그 순간 T의 표정이 지금도 생생히 기억나네. 내가 모멸감이라는 감정을 배운, 적어도 그 감정을 처음 의식적으로 자각한 순간이 그때였던 것 같아. T는 가볍게 웃으며 이렇게 되물었어.

"뭐야, 달밤에 체조하는 게 취미야?"

그러자 식탁 주위에 둘러앉은 아이들이 피식 웃었어. 악의적인 웃음은 아니었어. 그건 T도, 다른 아이들도 다 마찬가지였고.

하지만 J야, 너는 웃지 않았지. 식탁 끝자락에 앉아서 잡채 면발을 젓가락으로 뒤적거리던 너는 그 순간 눈을 슬쩍 들어 나를 한 번 보았을 뿐이었어. 멍하니 딴생각에 빠져 있는 줄 알았는데 사실 우리 대화를 듣고 있기는 했구나 싶었지.

그래, 아마 너는 기억이 나지 않을 거야. 그건 그저 대화의 큰 흐름들 사이에서 잠깐 지나가는 농담이었으니까. 하지만 내게는 그것이 아주 중대한 사건이었다는 것을 알아주기를 바라.

나는 T에게 뭐라고 항변하려 했지만 그럴 틈이 없었어. 다른 아이가 먼저 말을 꺼냈거든.

"얘 아는 언니가 노래방 알바 한대. 오늘 자기가 쏜다고 다 놀러 오라고 했어."

"2학년들도 온댔어. 야, 너네 M선배 알지? 그 곱슬머리에 잘생긴 선배 있잖아."

T가 자못 의미심장하게 속삭인 말에 아이들이 탄성을 올렸지.

"그 선배도 와? 어떡해! 나 뭐 입고 가?"

"일단 이따 끝나고 K네 집 다 같이 가자. 쟤 옷 많잖아."

"야, 그거 다 언니 옷인데 걸리면 나 죽어."

뭐 그런 대화들이 이어졌지.

나는 말없이 밥을 먹다가 네 쪽을 흘끔 돌아보았어. 너는 관심 없다는 듯 휴대전화만 들여다보고 있었어.

이상해. 정작 그날 밤의 일은 기억이 잘 안 나. 노래방에서 세 시간쯤 노래를 불렀던 것 같네. 누군가가 맥주를 구해와서 마셨고, 선배들과 게임을 했고, 그중 누군가의 집에 부모님이 없다고 해서 놀러 갔고…… 그랬던 기억은 나. 하지만 그 모든 일은 지금 생각해보면 뻔하고, 무의미하고, 그 나이 때 누구나 한 번쯤 거칠 법한 사소한 일탈에 불과했어. 물론 그때의 나는 그렇게 생각하지 않았지만. 오히려 일생일대의 대격변이 일어났다고 믿었지. M선배가 내 손에 자기 손을 포갰을 때, 알코올의 취기까지 겹쳐져서 나는 하늘을 나는 듯한 현기증에 사로잡혔어. 그런 아찔한 흥분은 처음이었어.

이후 M선배와 사귀기 시작해서, 학교에서 공식적으로 알려진 커플로 연애를 하다, 허무하게 헤어지기까지 걸린 시간은 기껏해야 이삼 주였을 거야. 그 일로 아이들이 꽤 시끌벅적했으니 너도 모르지는 않았겠지. 그때 소문이 어떻게 났는지는, 원래 그런 건 당사자에게는 쉬쉬하게 마련이니까 나는 자세히는 모르겠어. 하지만 진실을 말하자면 그때 내가 대단히 끔찍한 실연을 당했던 건 아니야. 누군가는 그 선배가 나를 가지고 놀았다거나 하는 소문을 흘렸던 모양이지만, 아니, 정말이지 M선배는 그렇게 나쁜 사람은 아니었어. 차라리 그렇게 드라마틱한 일이라도 있었다면 비련의 여주인공 역할이라도 실컷 할 수 있었을 텐데…… 솔직히 내가 느꼈던 감정은 슬픔보다는 당혹과 수치심에 가까웠던 것 같아. M선배와의 연애는 친구들에게 내보일 훈장 같은 것이었으니까. 뭐라고 할까, 그 선배와 사귄다는 사실은 나를 여자아이들 사이에서 주목받게 해주었고, 사실 나는 그게 무엇보다도 좋았던 것 같아. M선배와 실제로 만나서 무언가를 하는 시간보다는, 친구들이 나를 둘러싸고 수선을 피우고, 우리 커플이 걔네 눈에 어떻게 보이는지 이야기하고, 은근한 시기심이 실린 눈길을 보내고, 무슨 선물을 살지 고민하고 상상하는 시간이 나를 더 설레게 했지. 그런 사이가 어떻게 오래 갈 수 있겠어. 얼마 못 가 M선배와 만나면 서먹하고 지루해졌고, 시답잖은 일로 말다툼을 벌인 끝에 선배는 내게 이별을 통보했지.

어휴, 지금 이렇게 쓰다 보니 참 우습다. 별것도 아닌 일들이었는데 말이야. 그때에는 그게 얼마나 심각한 곤경이었는지 몰라. 얼마나 심각했던지, 나는 밤의 공원에 대해서는 깜빡 잊고 있었어.

밤마다 휴대전화를 붙잡고 친구들과 통화하고, 문자 한 통 한 통에 담긴 의미를 해석하느라 새벽까지 잠을 못 이루고, 어떻게 하면 더 예뻐 보일 수 있을지 연구하고, 그 와중에 숙제며 시험공부까지 허겁지겁해내면서 아버지의 눈치까지 보느라 정신이 하나도 없었어. 눈을 떠보면 언제 잠들었는지도 모르게 이미 아침이었고, 내 하루는 그 어떤 어른의 일상보다도 바쁘게 굴러갔지. 공원에 대해서는 생각할 겨를이 없었어.

아니, 겨를이 없었다는 건 핑계에 가깝겠다. 사실 문득문득 시아를 떠올리기는 했어. 하지만 깊이 생각하고 싶지 않아서 외면했던 거야. 어쩌면 그렇게 이기적일 수 있었을까…… 새삼 놀랍네. 시아는 온종일 나만을 생각하고 있었을 텐데 말이야. 언제나 나를 위해 그 자리에 있어주고, M선배와는 비교도 할 수 없을 만큼 많은 것을 내게 해주었는데, 절대로 헤어지지 말자고 약속까지 해놓고서, 일상이 바빠졌다는 이유로 시아를 나 몰라라 내버려두었다니. 아니, 바빠져서 그런 것도 아니야. 솔직히 말하자면 부끄러웠던 거야.

"달밤에 체조하는 게 취미야?" 조롱이라기도 뭣한, 구태여 놀릴 가치조차 없다는 듯 대수롭잖게 나를 툭 건드리고 넘어가는 말. 그 말을 듣는 순간, 시아와의 비밀이 그만큼 대수롭잖은 문제가 된 것 같았어. 고등학교 입학과 함께 내 앞에 펼쳐졌던 롤러코스터 같은 나날들과, 총천연색으로 이루어진 사람과 풍경 들, 내 볼에 닿았던 M선배의 따뜻하고 습기 어린 입술, 꽝꽝거리는 음악과 폭소와 차 소리와 지하철 소음과 유리 깨지는 소리…… 그 모든 선명하고 복잡하고 추하고 화려한 현실에 비해 밤의 공원에서 내가 보고 듣고 겪은 일들은 흐릿한 흑백영화처럼 느껴졌어. 우스꽝스럽게 과장된 대사, 음질이 너무 낮은 조잡한 음악, 작위적인 공간과 소품 들로 이루어진 흑백영화 말이야. 그 안에서 나와 시아가 해왔던 연기는 얼마나 터무니없이 유치한 소꿉놀이였던가, 그런 걸 친구들에게 털어놓을 생각을 하다니 참 바보 같다, 그런 생각을 한 것 같아. 아무도 모르는 사이에 그 고백을 목구멍 속으로 눌러 삼켰으니 천만다행이라고도.

J야, 나도 알아. 내가 참 나쁘지. 변명하지는 않겠어. 하지만 있잖아, 본래 아이들은 더없이 소중했던 누군가에게 잔인한 짓을 하고 나서야 어른이 되는 것 같아. 그렇지 않니?

너도 분명 그런 적이 있었을 거야. 아마 기억은 나지 않겠지만.

•••

나는 오랫동안 시아가 그저 꿈이었다고 생각해왔어. 고등학교를 졸업하고, 대학교에 가고, 직장에 다니다가, 결혼을 하고, 그렇게 근 이십 년이 지나는 시간 동안 나는 시아를 완벽하게 잊었으며, 드문드문 떠오르는 그의 이미지들은 내가 유년기에 꿨던 꿈의 파편이라고만 여기고 있었어. 시아와 내가 어떻게 헤어졌는지조차도 까맣게 잊고 있었지. 지금 너에게 쓰는 이 모든 일이 생생하게 다시 기억난 건 아주 최근의 일이야.

시아를 마지막으로 찾아갔던 건 M선배와 헤어진 직후였어. 그러니까 그때가 4월이었을 거야. 시아를 처음 만난 그날처럼 봄꽃이 흐드러졌던 날이었으니까. 사람들의 발길에 짓이겨진 벚꽃잎이 깔린 인도를 걸어서 공원으로 향하면서 그에게 뭐라고 말할까 궁리했지. 그동안 오지 못한 이유를 적당히 둘러대야 할 것 같았거든. 하지만 어떤 변명도 궁색하게만 느껴졌어.

공원 입구에 들어서서 산책로를 따라 조금 걸어서 구름다리 앞에 다다랐을 때, 건너편에서 시아가 불쑥 나타났어. 나를 본 그의 얼굴은 혼이 빠져나간 듯 황망해 보였어. 휘둥그레했던 두 눈이 가늘어지더니 시아는 구름다리를 한달음에 건너와 나를 힘껏 끌어안았어.

"왔구나. 와줬구나."

내 어깨에 얼굴을 파묻은 시아가 횡설수설 속삭이는 소리가 먼 데서 새어 나오는 것처럼 아득하게 들렸어. 나는 두 팔을 늘어뜨린 채 어색하게 서 있었어. 시아가 틀림없이 나를 원망하거나 추궁할 줄 알았는데, 그런 말은 꺼낼 기미조차 없으니 내가 그토록 열심히 궁리한 변명은 전부 부질없게 되어버렸지. 시아는 차라리, 잃었던 부모님을 다시 만난 미아에 가까워 보였어.

"미안해. 그동안 안 와서."

내가 웅얼웅얼 말하자 시아는 대답 대신 나를 안은 팔에 힘을 줄 뿐이었어. 그동안 나를 기다리며 얼마나 애를 태웠을지, 말로 표현하지 않아도 충분히 알 수 있었어. 측은했지. 하지만…… 예전 같았으면 그 모습에 가슴이 저려왔을 텐데, 어떻게든 위로해주고 싶고 다시 웃게 해주고 싶었을 텐데, 이

때는 그런 의욕이 들지 않더라. 시아에 대한 애정을 끌어내려 안간힘을 써봐도, 내 마음속에서 애정이라는 감정의 성질이 변해버렸는지 전처럼 애틋해지지가 않았어.

실망스러웠어. 나는 시아를 다시 보면 예전의 감정이 되살아나지 않을까, 그 평화와 행복에 다시 빠져들 수 있지 않을까 기대했거든. 하지만 그럴 가망은 없다는 것이 너무나 명확했어. 여전히 이 공원 밖의 세상이, 밤보다는 낮이, 시아보다는 새 친구들이 내게 훨씬 더 중요하고 구체적인 현실로 느껴졌어. 반면 시아와의 만남은 어딘가 막연했고, 공원은 시시하기만 했지. 결국 이곳에서 내가 할 수 있는 게 뭐야? 시아가 내 삶에 무슨 영향을 줄 수 있겠어? 내 진로, 인간관계, 결혼, 그 무엇하고도 관련 없는 존재인데. 게다가······.

시아를 안고 있으니까 미처 생각도 못 했던 것이 떠오르더라. 시아의 차가운 몸. 심장 박동도, 뜨거운 피의 흐름도, 땀이나 각질 같은 것도 느껴지지 않는, 그의 깡마른 파충류 같은 몸. 그게 너무 이상했어. 아니, 이상하다는 거야 전에도 알고 있었지. 하지만 원래는 그 점이 별문제도 아니었을뿐더러 오히려 매혹적으로 다가왔는데, 이때는 어쩐지 불쾌하더라고. M선배의 짙은 체취와 역동하는 근육과 따뜻한 살결과는 달라도 너무 달랐어. 비교하고 싶지는 않았지만······.

"그동안 어떻게 지냈어? 많이 바빴지? 가자, 이야기하자. 내가 차 끓여줄게."

시아가 포옹을 풀더니 내 손을 끌어당겼어. 그 차가운 손을 맞잡으니 나도 모르게 한기가 들더라. 마음을 찌르는 죄책감에 고개를 떨군 채 나는 그에게 이끌려 구름다리를 건너갔어. 내딛는 길마다 가로등이 깜빡이며 일제히 불을 밝히고, 나무들이 인사를 하는 것처럼 바람에 휘청거렸지. 그 풍경마저도 어딘지 서글퍼 보였어.

이윽고 흰 철골 정자에 이르렀어. 이끼와 양치식물이 빽빽이 깔린 바닥을 건너 의자에 앉으며 나는 해야 할 말을 곱씹었어. 시아는 마냥 신나서 찻주전자와 찻잔을 내왔고.

"나…… 사실 할 말이 있어."

나지막이 중얼거렸어. 들릴까 말까 싶을 만큼 조그만 목소리였지만, 시아는 내 사소한 기척 하나하나도 놓치지 않는 사람이었어. 테이블 건너편에서 찻잔을 찻주전자에 담고 있던 시아가 스푼을 든 손을 멈췄어.

"응, 무슨 이야기인데?"

시아는 미소를 지었어.

"있잖아, 나, 곧 이사 가."

시아의 미소가 흔들렸어.

"이사?"

"응. 아버지가 사업을 하신다고. 다른 지방으로 가야 한대."

나는 어렵사리 한마디를 덧붙였어.

"멀리."

J야, 그건 거짓말은 아니었어. 아버지는 정말로 가게를 정리하고 대구로 내려가 새로운 일을 할 예정이었거든. 그 무렵 가게에 자주 찾아와서 바둑을 두곤 하던 대구 출신 아저씨가 있었는데, 그 아저씨랑 친구들이랑 함께 발전기와 동력기 부품 가공 일을 하자고 합심을 했다나 봐.

하지만 굳이 당장 꺼내야 할 이야기는 아니었어. 이사는 내년이나 되어서야 갈 예정이었으니까. 적어도 그해 동안에는 시아를 만나려면 얼마든지 만날 수도 있었겠지. 하지만 나는 그러고 싶지 않았던 거야. 가능하면 빨리 이 공원에 발길을 끊고 싶었어.

시아는 한동안 아무 말도 하지 않았어. 무언가를 묻는 듯한 눈길로 가만히 나를 바라보고만 있었어. 나는 입술을 깨문 채 그의 시선을 피하지 않으려 애썼어. 그 새까만 머리카락과 새하얀 얼굴을, 내가 그토록 좋아했던 날렵한 얼굴선과 눈동자를 눈으로 더듬으며, 마음속에서 자꾸만 치밀어오르는 본능적인 거부감을 억누르고 또 억눌렀지. 그런데 그렇게 그 얼굴을 보고 있으니 내가 느꼈던 불쾌감의 정체가 무엇인지 오히려 더욱 분명해지고 말았어.

시아는 남자도, 여자도 아니었어. 그 아름다운 얼굴은 여자의 것도, 남자의 것도 아니었어. 그 웃자란 어린아이 같은 몸 역시 여성스럽지도, 남자답지도 않았고. 그뿐만 아니라 태도, 목소리, 심지어 내가 붙여준 이름까지도 전부.

그 순간을 어떻게 설명할 수 있을까……. 사실 지금까지도 잘 모르겠어. 그게 왜 그렇게까지 혐오스러웠는지. 하지만 그때는 정말로, 넌더리가 나더라고. 그가 산 사람이 아닌 것 같다는 점보다도 성별을 구분하기 어렵다는 점이. 이런 상대와 도대체 무슨 대화를 해야 하지? 그와 나 사이가 친구인가, 연인인가, 대체 뭐지? 이 존재가 나에게 무슨 행동을 할지 어떻게 예측하지? 불현듯 나를 사로잡은 혼란이 발밑의 땅을 무너뜨리는 느낌이었어. 고등학교에 입학하면서 기적적으로, 그러나 힘겹게 쌓아 올린 내 세계가 시아 때문에 단번에 무너질 수도 있을 것만 같았어. 시아에게 붙들려서 이 기괴하고 비정상적인 세계에서 빠져나가지 못하면 어떡해?

이상하지. 한때는 이 공원에서 아예 살고 싶어했던 내가, 이제는 어떻게 해서든 벗어나고 싶어하다니.

시아는 내 표정을 읽은 게 분명했어. 그는 얼굴을 떨구고 눈물을 흘렸어. 소리 내어 울지는 않았어. 조용히, 빗방울 같은 눈물이 테이블에 투둑 떨어졌어. 그 모습을 보고도 더 이상 동정심조차 들지 않았어.

알아, 나…… 너무 못됐지. 하지만 J야, 그때 내가 얼마나 무서웠는지 네가 조금만 알아줬으면 해. 아니…… 그래도 너는 시아의 편을 들려나? 너는 사고방식이 아무래도 보통 사람들과 다르니까…….

"한동안 심심해지겠네."

시아가 천천히 말했어. 나는 의자에서 일어나고 싶어서 안절부절못하며 대꾸했어.

"미안해. 나도 어쩔 수 없어."

"알아."

"너무 실망하지는 마. 너도 곧 또 다른 친구를 사귀게 될 테니…… 그리고 나도, 나중에 서울에 또 오게 되면, 여기 다시 놀러 올게."

나는 이 대화를 어서 마무리 짓고 싶어서 거짓말을 했지. 이곳에 다시 올 생각 따위는 없었으니까. 시아는 그걸 아는지 모르는지, 눈물을 그치고 나를 올려다보았어.

그런데 그때 정말로 섬뜩한 일이 일어났어. 시아의 얼굴이 변하고 있었어. 얼굴 가장자리가 흐무러지면서 살점이 한 조각, 한 조각씩 떨어져 내리는 거야. 그 살점들은 마치 흰 꽃잎처럼, 아주 가볍게 공기 중을 부유했고……. 시아의 얼굴이 급속도로 무너져가는 광경 앞에서 나는 충격으로 얼어붙었어.

"나는 그저 네가 행복하길 바라. 네가 오든 안 오든, 나를 기억하든 안 하든."

시아가 미소 띤 입술로 말하자마자 그의 아랫입술이 뚝 떨어졌어. 붉은 살점은 채 끓이지 못한 찻잎이 담긴 찻주전자 안으로 들어가 사라졌어. 그 찻주전자에서였을까, 어디에서

인지는 모르겠지만, 무언가가 썩는 악취와 함께 비릿한 피 냄새가 훅 끼쳐왔어. 아니, 아니야. 사실 그 냄새는 처음부터 늘 이 공원에 떠돌고 있었어. 꽃향기에만 관심이 쏠려서 깊이 생각하지 않았을 뿐…….

나는 마법에서 풀려난 듯 퍼뜩 정신을 차리고 의자에서 일어났어. 주춤거리며 뒷걸음질 치는 동안 시아는 목과 어깨까지 부서지고 있었어. 그뿐만이 아니었어. 우리가 앉아 있던 정자의 하얀 빛깔이 탁한 잿빛으로 변해갔고, 주변을 울긋불긋 물들였던 버섯들은 말라비틀어지더니 흙이 되어 주저앉았고, 그리고 밤하늘도, 나무들도, 꽃과 오솔길도 전부…….

공원이 무너지고 있었어.

나는 망설임 없이 뒤돌아 뛰기 시작했어. 꽃도 잎도 모두 잃고 죽어가는 나무들 사이로 구불구불 뻗은 길을 따라 정신없이 달렸어. 저 앞에 개울을 가로지르는 구름다리의 난간이 허물어지는 것이 보였어. 나는 턱끝까지 차오른 숨을 가쁘게 몰아쉬며 구름다리를 전속력으로 건너갔어.

등 뒤에서 돌이 와르르 무너지고 물에 첨벙첨벙 빠지는 소리가 들렸지. 하지만 어딘가 멀리서 들려오는 듯 아득하고 먹먹한 소리였어. 마침내 공원 입구 앞까지 다다른 순간, 뺨을 스치는 바람 한 줄기에 시아의 목소리가 실려왔어.

"나는 언제나 여기 있을 거야."

정신을 차렸을 때 나는 내 방 침대에 있었어. 온몸이 땀으로 푹 젖어 있었어.

"김소정 밥 차려. 오늘 너 담당이잖아."

둘째 언니가 나한테 베개를 던지면서 짜증을 부리고 있었어. 거긴 내 방이었고, 내 앞에 있는 사람은 둘째 언니 김혜정이었고, 서울 신월동이었고, 아침이었고, 학교에 가야 할 시간이었고, 학교에 가기 전에 아버지 아침밥을 차릴 시간이었지. 나는 망연자실하게 베개를 끌어안고 언니를 보고 있었어. 슬픔과, 놀라움과, 그리고 무엇보다도 무시할 수 없는 안도감으로 나는 가만히 숨을 내쉬었어.

"야, 안 들려? 오늘은 진짜 그냥 안 넘어가. 너 때문에 학교 늦는단 말야!"

"……."

"……왜 울고 지랄이야. 내가 너한테 뭐 욕했니? 때렸어?"

"……."

"……아, 씨."

❖❖❖

J야,

이걸 내가 부칠 수 있을지 잘 모르겠다. 쓰다 보니까 좀 자신이 없어지네. 나는 그냥 단순히 미친 게 아닐까? 꿈을 현실이라고 믿고, 아무도 믿어주지 않을 것 같으니까 남한테 민폐나 끼치는 이런 글이나 써대고, 그냥 그런 걸까?

몇 달 전에 이혼한 남편은 심리상담사였어. 남편이 연애 시절에 해준 이야기인데. 사람은 자기한테 닥친 문제가 너무 어려우면 피하고 싶어지는 게 당연한 거래. 비겁한 게 아니라 아주 자연스러운 현상이라고 해. 가끔 우리는 그냥 문제를 제쳐놓고 눈과 귀를 막고 기다리고 있으면 그 문제가 그냥 지나가거나 사라져버릴 거라고 믿어버린대. 끈덕지게 견디면 문제가 해결될 거라고, 그게 미덕이라고 생각하기도 한다고 해. 그게 더 심해지면 스스로에게 거짓말을 하게 되고, 이윽고 굉장히 정교한 환상을 만들기 시작한다는 거지. 환자가 환상을 없애고 진실을 직시하게 해주는 게 자기의 의무라고 했어. 환자의 이야기를 계속 들으면서 스스로 깨달을 수 있도록 참을성 있게 들어주는 작업이기 때문에 무척 품이 많이 들고 지난한 과정이지만. 그는 그런 일이 힘든 만큼이나 보람된 일이라고 여기고 있었지. 환상을 죽이는 거.

그런지도 몰라. 적어도 나는 그 이야기가 무척 그럴 듯하다고 생각했어. 하지만 있잖아, 이제 와서는 이런 의문이 드네. 과연 환상이 죽을 수 있는 것일까? 죽여지기는 하는 것일까?

그해 겨울에 우리는 대구로 떠났어. 서울의 대학에 입학

할 첫째 언니를 빼고 아버지, 나, 둘째 언니만. 평생 서울에서 살았던 나는 낯선 지역으로 이사 가는 게 싫었고, 기껏 사귄 친구들을 두고 떠나야 한다는 것도 슬펐어. 하지만 아버지의 결심은 확고했지. 무조건 서울에서 벗어나야 한다는 거야. 서울이 당신을 망쳐놓았다고 하시더라. 더는 여기서 살기 싫다고.

남편은 아버지의 그런 생각 역시 문제에서 회피하려는 전형적인 방식 중 하나라고 해. 문제의 책임을 다른 데에 전가하는 거지. 자기를 떠난 아내나, 자기가 태어나고 자란 서울이라는 환경이나, 오랫동안 하고 있던 좁은 구멍가게나, 그런 것들에 문제가 있다고 생각하면 당장은 모든 게 쉬워 보인다고. 하지만 진정한 문제 해결은 자신에게 책임이 있다는 걸 인정하는 데서부터 시작한대. 하지만 나는 아버지를 비난할 수 없었어. 그건 어쨌든 진심이잖아. 더는 이대로는 살지 않겠다는 의지. 새로운 인생을 살아보고자 하는 결심과 희망 같은 것들.

이사 가기 전날 다시 버스를 타고 그 공원에 가보았어.

거기서 있던 모든 일은 급속도로 머릿속에서 잊혔어. 마치 간밤에 꾼 꿈이 하루만 지나도 90퍼센트가 소실된다는 것처럼, 언뜻언뜻 떠오르는 이미지의 파편을 제외하면 모두 흐릿해졌지. 결국 남는 건 기억도 나지 않는, 하지만 뭔가 소중했던 것들이 스러져가고 있다는 막연한 상실감 같은 거였어. 한번쯤 확인해보고 싶다는 생각 때문에 나는 다시 밤, 공원으로 향했던 거야.

 버스를 타고 내렸을 때 선유도 공원이라는 간판이 보였어. 주차 금지 표지판과, 경찰차에 달려 있는 것 같은 빨간 등이 붙은 경비실과, 누군가와 한담을 나누고 있는 경비원이 있더군. 여름밤의 열기를 피하기 위해 돗자리를 말아 들고 찾아온 가족들이 입구로 들어갔어. 입구 너머로 구름다리가 있었고, 그 옆에는 화장실같이 보이는 불그스름한 벽돌 건물 한 채가 보였지. 나는 막막히 서 있었어. 택시 한 대가 와서 손님들을 또 우르르 내려놓았어. 이윽고 운전사가 나오더니 담배를 피워 물고 캬악 퉤, 하고 거하게 가래침을 내뱉더라.

 나는 길을 건너서 다시 버스를 탔어. 그리고 망설임 없이 집으로 돌아갔어.

 이사를 하고 나서 나는 이래저래 고등학교를 졸업하고, 대학에 들어가서 언론학을 전공하게 됐지. 졸업 후에는 서울로 올라와 신문사에 들어가려다 잘 안 돼서 아르바이트를 전전하다 결국 전공과는 상관없는 백화점 점원으로 취직했고, 정신없이 일하다 보니까 세월이 금세 흘렀고, 전남편과 삼 년 정도 연애한 끝에 결혼했지. 그러는 동안 나는 그 공원에 대해서 완전히 잊어버렸어.

 남편은 원래 아버지의 상담사였어. 아버지는 술 때문에 사업 동료들과 완전히 사이가 어긋나버린 뒤 본인이 알코올

의존증임을 시인하셨거든. 무슨 복지 단체에서 하는 금주 프로그램에 참여하시다가, 종료 두 달을 남겨놓고 다시 술을 드셨고. 그다음에는 교회에 다니시다가, 하나님이란 존재하지 않고 교인들은 하나같이 가식덩어리라고 소리치며 다시 술을 드셨고. 그다음에는 상담센터의 문을 두드리게 되셨던 거야. 나는 아버지가 술을 끊으시리라는 기대를 애초에 하지 않았는데, 거기서는 정말로 효과를 보는 것 같았어. 무척 놀랐지. 아버지는 술을 드시지 않으실뿐더러 나나 다른 사람들을 대하는 태도 자체를 바꿔나갔어. 상담사가 제시한 열 가지 단계가 있었는데, 그중 하나가, 지금까지 술을 마시고 폐를 끼친 사람을 모두 찾아가서 사과하라는 거였거든. 한 명도 빼놓지 말고, 전화라도 해서 말이야. 아버지는 정말로 그걸 하고 있더라고. 친구들, 사업 동료들, 친척들, 술집 주인이며 아르바이트생들, 나와 언니들, 그리고 엄마한테도.

　나는 그 상담사가 누군지 궁금했어. 마법사가 아니고서야 아버지를 그렇게 만들 수가 있겠냐고. 그러다 어느 날 우연히, 내가 일하던 백화점 남성복 매장에 그 사람이 찾아왔어. 적당한 가을 재킷을 찾고 있다며 내게 추천을 해달라고 했는데, 피곤해 보이면서도 젠틀한 말투가 마음에 들었지. 사실 그가 아버지에게 마법을 베푼 바로 그 상담사였고 온화한 말투는 상담실에서 직업적으로 굳어진 습관이었다는 사실을 알게 된 것은 그와 데이트를 세 번이나 하고 난 다음이었어.

그걸 처음 알게 된 날이 기억나네. 어느 레스토랑의 테이블에서 와인 잔을 사이에 두고 우리는 정신없이 웃어댔지. 어떻게 이런 우연이 있을 수 있느냐면서 신기하다는 말을 연신 되풀이했어. 그는 만약 우리가 상담실에서 만났다면 이렇게 데이트를 할 수도 없었을 거라고 했어. 내담자하고는 사적인 접촉을 하지 않는 것이 원칙이라나. 그 말에 나는 어쩐지 반항심 비슷한 감정이 들어서, 그전까지는 하지 않은 이야기를 늘어놓았어. 있잖아요, 나는 정말이지 모든 게 피곤해요. 너무 오래 산 것 같은 느낌이 들고 일찍 늙어버린 것만 같아요. 이래저래 헤프게 웃고는 다니는데 아무 데도 발을 붙이지 못한 것 같아요. 밤이면 밤마다 뭔가가 머리를 꾹꾹 눌러대는 것같이 무거워요. 항상 아주 무거운 철로 만들어진 상자를 이고 사는 것 같아요. 끊임없이 싸워대는 것 같아요. 지겨워 죽겠어요. 적어도 나는 그렇게 가난하게 자란 것도 아니고, 하고 싶은 걸 못 한 것도 아니고, 어디 크게 아픈 데도 없이, 잘 먹고 잘 자랐잖아요. 그건 나도 안다고요. 그런데 뭔가 아주 중요한 걸 잃어버린 것 같은 느낌이 들어요. 남들은 다 갖고 있는 뭔가를 잃어버린 것 같다고요. 나는 어떻게 해야 하죠? 상담사로서 어떻게 생각해요?

그는 내게 말했어. "잃어버린 적 없는 걸 잃어버렸다고 생각하지 말아요. 잃어버리는 것도 뭘 가져본 다음에야 할 수 있는 거예요." 그 말이 어쩌면 그렇게 멋있게 들리던지. 아마 그때였을 거야. 그와 결혼해야겠다고 마음먹었던 것은.

그리고 그가 말했던 대로, 칠 년간의 결혼생활 끝에 나는 드디어 뭔가를 잃어버릴 수 있었지. 나보다 열 살은 어린 여자가 집에 찾아와서 나한테 이혼 서류를 내밀고 머리를 조아리며 빌더군. 제발 해주세요. 진짜로 제발요.

...

J야,

어렸을 때부터 누가 꿈이 뭐냐고 물으면 나는 늘 현모양처라고 대답했어. 그러면 어른들은 기특해하면서도 한편으로는 안쓰럽다는 듯한 반응을 보였지. 그럴 만도 해. 그건 사실 이루기가 거의 불가능한 꿈이니까. 과장을 좀 보태자면, 아마 대통령이 되는 것보다도 어렵지 않을까.

하지만 정말로 현명한 어머니와 착한 아내의 역할을 진지하게 선망하던 것은 아니었어. 그건 그냥 나처럼 꿈이랄 게 없는 여자아이들이 쉽게 꺼낼 수 있는, 어른들이 좋아할 만한 모범 답안 중 하나였을 뿐이야. 현모양처까지는 못 되더라도 어쨌든 결혼과 육아라는 것은 언젠가 당연히 할 일이라고 믿었으니까······. 그 외에는 내가 할 수 있는 게 딱히 없다고 생각했어. 공부를 아주 잘하는 것도 아니고, 특별한 재능 같은 것도 없고, 언니들에 비해 예쁘지도 않고. 글짓기 대회에서

상을 두어 번 받기는 했지만, 언론학과의 몇몇 동기들처럼 사명감 있는 기자가 되겠다거나 책을 쓰겠다거나 하는 거창한 욕심 같은 건 떠올려본 적도 없어.

나는 그냥, 편안하게 살고 싶었어. 안정된 가정을 갖고 싶었어. 좋은 남편을 만나서, 아들 하나, 딸 하나쯤 낳고, 사랑받고 사랑하면서 살고 싶었어. 십대 시절 교실에서 창밖을 내다보며 백일몽에 잠길 때면 막연하게나마 그런 풍경을 그려봤던 것 같아.

그게 얼마나 큰 꿈인지 그때는 몰랐지.

지금 나는 어렸을 때는 상상도 못 했던 삶을 살고 있어. 위자료로 마련한 작은 전셋집에서 살면서, 침대 옆 창가에 놔둔 서양란과 허브 화분을 벗 삼아 아침을 맞고, 고등학생들 에세이 첨삭 아르바이트를 하고, 저녁마다 배달 음식을 시켜 먹는 삶. 수면제 없이는 잠을 이루지 못하고, 다운받은 옛날 서양 영화들을 종일 보다 말다 하면서 누워 지내고, 가끔 이런저런 동호회나 모임에 얼굴을 내밀고 낯선 사람들 사이에서 실없는 농담을 주고받으며 웃다가 다시 집에 틀어박히는 삶. 이틀에 한 번 꼴로 새벽 서너 시에 잠에서 깨 잠옷 바람으로 창가에 앉아 맥주를 마시며 밤을 보내는 삶.

어느 날 밤 침대를 빠져나와 냉장고 문을 열다가 문득, 이런 식으로는 안 되겠다는 생각이 들었어. 뭔가 규칙적인 일과를 만들어야 할 것 같았어. 너무 거창한 목표를 세우면 포기할 게 뻔하니까, 그냥 작은 습관을 만들어보자. 잠을 깊이 자는 데 도움이 될 만한 활동을 해보자. 그래서 산책이라도 해야겠다는 생각을 한 거야.

그게 일주일 전의 일이었어.

편지가 거의 다 끝나가네. 지난주에 공원에 산책을 나갔던, 바로 그 일을 이야기하고 싶었던 건데, 우습게도 가장 이야기하기 싫은 부분이 되고 말았어. 입에 담기 싫을 정도로 나쁜 일이어서 그렇냐고 묻는다면, 그건 아니야. 다만 조금 무서워. 이제까지 공원에서의 일을 아무에게도 털어놓은 적이 없었는데. 이걸 정말 다 쓰면, 뭔가 무시무시한 일이라도 벌어질 것만 같은 기분이 드는 거야. 하지만 아무 일도 일어나지 않으리라는 걸 알아. 내가 다 쓰든, 다 쓰지 않든, 쓰고 나서 찢어버리든, 온전히 봉투를 붙이고 우체통에 넣든 간에 말이야.

아버지가 주정 때문에 폐를 끼친 사람들에게 사과하고 다니셨을 때가 생각나. 사실상 그 사람들도 아버지라는 사람이 모월 모일에 이런 주정을 부리고 이런 피해를 입혔다는 것들은 다 잊어먹었을지도 모르는데. 괜히 전화를 하거나 찾아가거나 했을 때 듣게 되는 건 되려 이쪽이 무안해지는, 어, 그랬었나요? 참 나. 뭘 사과는 사과예요, 겨우 이런 말이었을 거야. 그러니까 그중 한두 명 정도 빼먹는다고 해도 문제 될 건 없다고 생각할 수도 있어. 정말로 미안하다고 말해야 할 사람에게만 하자, 라고 골라낼 수도 있지. 하지만 그렇게 치면 결국 아무에게도 사과하지 않아도 문제 될 건 없다는 얘기기도 해. 그럴 거면 치료를 왜 받아, 그냥 술 마시고 살고 말지. 아버지는 그렇게 말씀하시고는, 악착같이 전화번호부를 뒤져서, 시시콜콜하게는 어디 대폿집에서 그릇을 깨먹은 거나, 거하게는 친구 마누라에게 손을 대고 절교당한 것까지, 그 모든 사람을 찾아냈어. 아버지는 수화기를 들기도 전에 이미 어떤 깨달음을 얻었다는 듯이, 창밖을 보며 멍하니 담배를 태우고 계셨어.

그래. 이 이야기를 마치면, 너에게 딱 한 가지 질문을 하고 싶었어. 꼭 물어보고 싶은 게 있었어. 하지만 편지를 쓰면서 점차 그런 건 중요하지 않다는 걸 깨달아버린 것 같아. 그렇다고 해도…….

공원에 갔어.

봄밤의 공원이었지. 목련과 벚꽃이 지고 진달래가 피어나고 있었어. 나는 아무 생각 없이 걷고 있었어. 딱히 운동을 하겠다는 것도 아니고, 그냥 긴 청치마에 운동화 바람으로 어슬렁어슬렁 걸었을 뿐이지. 하지만 다른 사람들은 나 같진 않았어. 주말을 맞아 밤 꽃구경을 하러 온 연인들이 많았지. 벤치에 늘어져 있는 노숙자들도 있었고. 잔디밭에 앉아서 맥주를 마시고 과자를 먹으면서 떠드는 사람들. 돗자리에 나란히 누워서 잠들어 있는 가족들. 구석진 자리에서 깊게 키스하고 있는 커플. 산책로를 따라 조깅을 하는 사람들. 개를 데리고 온 사람들. 정거장의 방향을 묻는 사람들. 미아가 된 아이. 폭죽을 파는 상인들…… 나는 멈춰 섰어. 천 원, 한 개 천 원, 하고 한 노인이 소리 질렀어. 불꽃놀이가 떠올랐어. 엄청나게 많은 불꽃이 밤하늘에 꽃밭처럼 피어나던 장면이. 물기 어린 웃음이. 살갗에 엉겨 붙던 젖은 교복 블라우스가. 그의 입술이…….

나는 멍하니 서 있었어. 아줌마 안 살 거면 좀 비켜요! 신경질 부리는 소리가 들렸어. 주위를 둘러보았어. 야간 영업을 하고 있는 카페와 식당. 아이스크림 가게. 휘영청 불을 밝혀놓은 가로등. 벤치에 앉아서 머리를 다시 묶다가 핀을 떨어뜨리는 여자애. 노란 풍선을 들고 가는 아이들. 나는 사람들에게 치이다시피 하면서 조금씩 물러섰어. 기억이 댐을 뚫고 터져 나오는 것처럼 흘러나오고 나는 물살에 휩쓸리듯이 휘청거리며 발을 내디뎠어. 어떻게 잊고 있었을까. 어떻게 그걸 모두 잊어버리고 있었을까. 나는 점차 뛰기 시작했어. 공원은 내가 알던 그 공원이 아니었어. 어딜 가든지 사람들이 있었고, 시끄러웠고, 기묘하게 움직이는 동상도 새빨간 조명도 달큼한 피 냄새도 하늘색 케이크도 없었어. 하지만 나는 들은 것 같았어, 어디선가 그의 숨소리를. 공기 중에 희미하게 퍼지는 향기를 맡은 것만 같았어. 나는 아무렇게나 달렸지. 얼마 안 가서 작은 광장이 나왔어.

둥근 빈터 중앙, 아코디언을 든 악사의 조각상을 둘러싼 대여섯 개의 벤치 중 하나에 사람이 앉아 있었어. 그는 벤치에 그림처럼 가만히 앉아서 어딘가 먼 곳을 보고 있다가 나와 눈이 마주쳤어. 내가 잠시 멈칫하니까 엷게 웃어 보이더라. 판단한다거나 눈치를 본다든가 망설인다든가 하지 않고, 그냥 나를 보면 당연히 웃어야 하는 듯이. 그렇게.

점차 주위의 소리가 잦아들기 시작했어. 유모차 바퀴 소리와 사람들의 발자국 소리와 떠드는 소리들이 조금씩 사라지고 있었어. 나는 혼곤한 기분으로 눈을 감았다 떴어. 점차 색깔들이 한겹 한겹 내려앉았지. 물속에 빠져드는 것처럼 세상이 변해갔어. 바람이 불고, 그의 머리카락이 흩날렸어. 그는 똑바로 나를 올려다보면서 마침내 입을 열었어.

"안녕."

나는 그에게 가까이 다가갔어.

작가의 말

　2021년 《로드킬》을 내고 어느덧 사 년이 흘러 두 번째 소설집을 엮게 되었다. 《로드킬》 작가의 말에서 "이제 다음 이야기를 쓰겠다"라고 호언장담해놓고서는 솔직히 좀 막막했는데, 이래저래 정말로 다음 이야기들을 써서 세상에 내놓기는 했구나 싶다. 내가 계속 쓸 수 있는 사람이라는 사실에 안도한다.

　《멜론은 어쩌다》는 《로드킬》과 여러모로 다르다. 더 유머러스하고 경쾌하다. 더 발전했다는 의미는 아니다. 《로드킬》을 쓸 수 있던 시기의 내가 있고, 《멜론은 어쩌다》를 쓸 수 있는 시기의 내가 있다. 끊임없이 변화하는 사람이니만큼 나는 여전히 천국의 아이가 될 자격을 갖추고 있는지도 모르겠다. 모쪼록 독자분들이 이러한 색채도 즐겨주시기를 바란다.

한 명의 작가가 계속 써나가는 데에는 많은 사람의 도움이 필요하다는 사실을 실감한다. 《멜론은 어쩌다》가 독자들을 만날 수 있도록 애써주신 백경현 님과 박규민 님, 더불어 비채의 많은 분들에게 감사드린다. 〈어느 부치의 섹스 로봇 사용기〉가 영국 독자들을 만날 수 있게 해주신 이조흔 님의 훌륭한 번역과 에드위나 님의 지지와 열정에 감사드린다. 내가 무한히 힘과 용기를 내게 해주는 찬연한 시우 님에게, 내가 꿈을 꾸며 앞으로 나아갈 수 있는 원동력이 되어주는 소연 님에게, 내 삶과 배움의 길을 닦아준 어머니와 아버지에게 진심 어린 감사의 말을 전한다. 그리고 늘 곁에서 영감이 되어주는 친구들에게 고맙다고 말하고 싶다. 이 책을 읽고 즐거워할 친구들의 얼굴을 생각하면 나도 신나게 글을 써나갈 수 있다.

예전에는 누군가에게 충격과 불안을 안기고 밤잠을 어지럽히는 이야기를 쓰고 싶었다. 요즘에는 누군가에게 위로와 힘이 되는 이야기를 쓰고 싶다고 생각한다. 도처에 있을 연약한, 소외된 이들에게 이 책이 조금이나마 위안이 된다면 더할 나위 없이 기쁘겠다. 당신이 꿋꿋하게 걸어 나갈 길에 내 책이 동반자가 되기를.

2025년 여름
아밀

수록 작품 발표 지면

나의 레즈비언 뱀파이어 친구 … 《나의 레즈비언 여자 친구에게》(큐큐, 2022)

어느 부치의 섹스 로봇 사용기 … 《림: 초 단위의 동물》(열림원, 2023)

아이돌 하려고 태어난 애 … 《어션 테일즈 No.3》(2022)

노 어덜트 헤븐 … 《꼬마 귀신들》(서해문집, 2023)

성별을 뛰어넘은 사랑 … 리디 우주라이크소설(2023)

넘을 수 없는 사차원의 벽 … 《SF 보다 Vol. 2 벽》(문학과지성사, 2023)

인형 눈알 붙이기 … 리디 우주라이크소설(2024)

야간 산책 … 환상문학웹진 거울(2021)

멜론은 어쩌다

멜론은 어쩌다

1판 1쇄 인쇄 2025년 08월 19일 **1판 1쇄 발행** 2025년 09월 11일

지은이 아밀

발행인 박강휘
편집 백경현 박정선 **디자인** 송윤형
마케팅 박유진 이현영 **홍보** 박상연 이수빈

발행처 김영사
주소 경기도 파주시 문발로197(문발동) 우편번호10881
등록 1979년 5월 17일(제406-2003-036호)
구입 문의 전화 031)955-3100 **팩스** 031)955-3111
편집부 전화 02)3668-3289 **팩스** 02)745-4827
전자우편 literature@gimmyoung.com
비채 블로그 http://blog.naver.com/viche_books
인스타그램 @drviche @viche_editors **트위터** @vichebook
ISBN 979-11-7332-318-8 03810 책값은 뒤표지에 있습니다.

비채는 김영사의 문학 브랜드입니다.